Ella Theiss

Duo mit Beretta

Handlung und Figuren sind frei erfunden. Darum sind eventuelle Übereinstimmungen mit lebenden oder verstorbenen Personen zufällig und nicht beabsichtigt.

Originalausgabe 2016

Tel.: 0561/766 449 0, Fax: 0561/766 449 29

Titelfoto: © Karsten Christiansen, Darmstadt
Druck: Totem, Inowroclaw, Polen

ISBN: 978-3-95475-135-8

www.prolibris-verlag.de

Ella Theiss

Duo mit Beretta

Ein Kriminalroman aus Darmstadt

Prolibris Verlag

Die Autorin
Ella Theiss lebt in der Nähe von Darmstadt. Sie hat Germanistik und Sozialwissenschaften studiert und rund zwanzig Jahre unter ihrem Klarnamen Elke Achtner-Theiss als Redakteurin und Texterin gearbeitet, insbesondere im Themenbereich Bio-Lebensmittel. Seit 2008 schreibt sie auch Romane und Erzählungen. Mit ihrem historischen Krimi »Die Spucke des Teufels« belegte sie Platz 2 zum Gerhard-Beier-Preis 2010. Für zwei ihrer Erzählungen erhielt sie den 2. Freiburger Krimipreis 2013 und den QuoVadis-Kurzgeschichtenpreis 2013. »Duo mit Beretta« ist ihr dritter Roman. – Mehr unter www.ellatheiss.de

Morgens um sechs fanden Reinigungskräfte des Straßenverkehrsamts den Jungen schlafend unter einer der Picknickbänke am Autobahnrastplatz Bornbruch Ost. Er hielt einen lehmverkrusteten Plastikbeutel mit beiden Armen umklammert. Seine vom Regen nassen Turnschuhe hatte er ausgezogen und ordentlich neben sich im Gras aufgestellt. Die Männer riefen die Polizei.

Anfangs glaubten die Beamten an einen Ausreißer, denn er hatte nichts als ein paar Superman-Comics, eine zur Hälfte verzehrte Packung Karamellbonbons, mehrere Münzen und ein rostiges Taschenmesser in seinem Beutel. Keinen Ausweis, keinerlei Papiere.

Er sprach akzentfrei Deutsch, nannte aber einen russischen Namen: Jegor Antonowitsch Plewe. Er wusste sein Alter, fünf Jahre, und er konnte angeben, wieso er sich am Rastplatz aufhielt. Seine Tante Tanjuscha mochte ihn nicht bei sich haben. Nur seine Schwester Milenka habe sie in ihrem Auto mitgenommen. Er dagegen sollte unter der Picknickbank warten, bis ihn jemand fand.

1. ISABELL

Mit mir stimmt was nicht. Ich sehe Gespenster. Genauer gesagt nur eins. Noch genauer gesagt nur meins, mein Double. Seit Wochen geht das schon, ich sehe in den Spiegel und sehe – nicht mich. Sondern sie. Mit verschränkten Armen steht sie vor mir und grinst mir ins Gesicht. Manchmal zwinkert sie mir zu, als wolle sie mich aufmuntern, manchmal rollt sie die Augen, als sei sie von mir genervt. Wende ich mich von ihr ab, kriecht sie in meine Ohren, flüstert peinliche Sprüche: *Wer sich nicht wehrt, lebt verkehrt.* Oder: *Macht kaputt, was euch kaputt macht.* Solche Sachen. Am schlimmsten ist, wenn sie leibhaftig neben mir auftaucht mit ihrem Zottellook, ihren schwarz umrahmten Augen und meinen Alltag durcheinanderbringt. Billie heißt sie. Ein peinlicher Name für eine Frau Mitte dreißig. Meine Meinung.

Billie trat in mein Leben in Form eines Molotowcocktails, ja, wirklich, sie katapultierte sich quasi aus einem Brandsatz in meine Seele. Psychologen würden sagen: Billie ist eine posttraumatische Belastungsstörung. Und zwar eine hartnäckige.

Es passierte am 31. März, einem Tag, der sich wie November anfühlte, so grau und trüb. Was nicht nur am Wetter lag. Ich musste mich von der Wohnung in Kranichstein verabschieden, in der ich fast drei Jahrzehnte gelebt hatte, ging ein letztes Mal durch alle Räume. – Neu-Kranichstein, nach Ansicht mancher Darmstädter ihr »schlechtester« Stadtteil im Norden: jede Menge Hochhäuser, meist brutale 13 bis 19 Stockwerke hoch und satellitenstadtüblich gruppiert. Eine typische Bausünde der 60er Jahre, seit den 90ern mit viel Grün, viel Teich und viel Infrastuktur aufgehübscht und aufgewertet. Sogar einen Wochenmarkt gibt es jetzt. Mag sein, dass es keiner glaubt, aber inmitten der »Eiger Nordwand«, wie die Wohnblöcke rings um die Bartningstraße im Volksmund heißen, habe ich mich als Kind und auch später durchaus heimisch gefühlt.

Kurz nach meinem fünften Geburtstag waren wir eingezogen, Vater, Mutter, meine großen Brüder und ich. Damals war die Familie noch komplett, nicht glücklich, aber komplett. Mit Vaters Tod, er starb an einer Leberzirrhose, ging es bergab. Mutter arbeitete hart, bis sie an Parkinson erkrankte, was sie schließlich in den Rollstuhl zwang. Meine Brüder zogen aus, ich gab meinen Job als medizinisch-technische Assistentin auf und blieb bei Mutter wohnen. Ihre Rente reichte für die Miete und ein passables Auskommen für uns beide. Urlaub war nicht drin, Kino auch nicht, doch Mutter wäre zu solchen Ausflügen ohnehin nicht in der Lage gewesen.

Mitleid mit mir? – Ist unangebracht. Ich bin nicht der Typ für ein geregeltes Berufsleben. Schlecht gelaunte Chefs und ehrgeizige Kollegen machen mich unglücklich. Softwaresysteme auch. Besonders unglücklich machen mich Männer. Sie übersehen mich einfach. Schon in der Schule haben sich die Jungs mir nur genähert, um an meine attraktiveren Freundinnen heranzukommen. Den Gedanken ans Heiraten gab ich folgerichtig mit achtzehn auf. Nein wirklich, ich habe in all den Jahren, die ich mit Mutter allein zusammenwohnte, nicht viel vermisst. Mein Leben hätte gut und gerne so weitergehen können. Doch Parkinson verläuft in unvorhersehbaren Schüben: Zittern und Muskelsteifigkeit, Störung der Reflexe, Inkontinenz, Ohnmachtsanfälle ... Zuletzt ging es ganz rasch. Mit Mutters Tod entfiel ihre Rente. Beim Jobcenter nötigte man mich, mir Arbeit zu suchen. Und aus der Vierzimmerwohnung auszuziehen.

Ich gebe zu, ich bin sentimental. Der Abschied von den Räumen, die so lange mein Zuhause gewesen waren, tat schrecklich weh. Alles deprimierte mich: Das bleichgraue Licht, das sich ausbreitete, seit die Vorhänge fehlten, die hellen Rechtecke an der Tapete, die Mutters Blumenaquarelle hinterlassen hatten, die von Blut gedunkelten Fliesenfugen vor der Badewanne, Zeugnis von Mutters verzweifeltem Versuch, ihr Leiden abzukürzen. Die ganze ausgeräumte Wohnung erschien mir wie tot. Wie Mutters Leiche. Kalt und fremd.

Aber ich wollte tapfer sein, zwang mich zur nüchternen Überprüfung, ob alles leer und »besenrein« war, wie der Mietvertrag es bei Auszug verlangte. Mangels eines Besens – ich hätte ihn schlecht in der Straßenbahn transportieren können, ohne Aufsehen zu erregen – benutzte ich einen Akku-Handstaubsauger, kroch damit durch die Zimmer, bearbeitete auch die Ecken, die Scheuerleisten, die Fensterbänke, versuchte, die Staubflusen zu erwischen, die ich beim Auszug übersehen hatte.

Es war diese Gewissenhaftigkeit (eine sicherlich positive, aber heimtückische Eigenschaft, weil sie mir ständig Nachteile im Leben einbringt), die mich in einer nachlässig gezimmerten Abseite im Wandschrank diese Pappkiste entdecken ließ. Das heißt, ich konnte nicht gleich erkennen, was da lagerte. Viele Generationen von Spinnen hatten sie umwebt, irgendwann vertrieben von dem Staub, der Jahr für Jahr durch die Ritzen gedrungen war und ihre Netze verklumpt hatte.

Ich hielt mir die Hand vor Mund und Nase, richtete die Staubsaugerdüse auf das eklige Gewirr, bis sich ein altertümlicher Waschpulverkarton zu erkennen gab. Drinnen lauter Flaschen: Whisky, Wodka, Doppelkorn … Mein Vater, ein unentwegter Altlinker, war nicht wählerisch, wenn es darum ging, sich aus Gram über die ausgebliebene Weltrevolution zu betrinken.

Es versteht sich, dass ich diese Überreste entsorgen musste, damit die Nachmieter, die schon am folgenden Tag renovieren wollten, nicht schlecht von mir oder gar von meiner Mutter dachten. Kein Problem, sagte ich mir, die Flaschencontainer stehen ja keine zwanzig Meter weit an der Biegung der Zufahrtsstraße.

Ich nahm die Kiste und die Wohnungsschlüssel, trat in den Flur – und sah sie durchs Fenster: drei junge Männer mit wattierten Jacken, Schirmkappen oder Kapuzen, Beuteljeans und Sportstiefeln. Sie standen an einer halbhohen Betonmauer, die die Glascontainer großzügig einfriedete und von der Einfahrt einer alten, kaum noch frequentierten Tiefgarage abteilte. Sie tranken Bier aus Flaschen, rauchten was auch immer, rangelten und knufften sich. Keine Chance, unbemerkt an ihnen vorbeizukommen. Ihr Gegröle drang durchs Fenster und klang gefährlich nach Langeweile und Imponiergehabe. Oder nach Wut auf alle Welt.

Der Tag war kühl, und es dämmerte schon. Sie würden bald verschwinden. Dachte ich. Ich spielte auf meinem Handy ein paar Solitärs und spähte gelegentlich hinaus. Nach einer Viertelstunde zählte ich vier, nach weiteren zehn Minuten fünf Kerle.

Das war so ein Moment in meinem Leben, in dem ich gern ein eigenes Auto gehabt hätte, meinetwegen ein altes und unscheinbares. Dann hinein mit dem Karton, ab und weg. Ich träume oft von einem kleinen Wohnwagen. Der würde reichen für die paar Sachen, die mir wichtig sind. Damit würde ich an die Schottische Küste fahren oder in die Schweizer Berge oder in die Camargue. Irgendwohin, wo man nicht dauernd auf Menschen trifft. Erst recht nicht auf herumlungernde, Bier saufende und grölende Halbstarke.

Ich überlegte, ob ich eine Bekannte mit Auto anrufen könnte, damit sie die Kiste und mich in meine neue Wohnung bugsiert. Oder zu einer anderen Altglassammelstelle. Doch es gab niemanden, dem ich gern erklärt hätte, woher die vielen alten Flaschen stammten. Es half nichts, die mussten in die Container vorm Häuserblock. Noch vor zwanzig Uhr, wie die Aufkleber verlangten, um die Nachbarn nicht zu belästigen.

Als sich nach einer weiteren Viertelstunde die Anzahl der Kerle wieder auf drei reduziert hatte, nahm ich all meinen Mut zusammen, den Karton in beide Hände und den Aufzug nach unten. Ich trat aus dem Haus und ging, meine Kiste fest an den Bauch gepresst, auf die Mülltonnen zu. Der ein oder andere geparkte SUV bot mir ein paar Meter weit Sichtschutz.

Ich spitzte die Ohren und registrierte zufrieden, dass sie mit einer Diskussion über die Qualitäten der örtlichen Spielhölle beschäftigt schienen. Also trat ich aus der Deckung, marschierte ohne einen Blick in ihre Gesichter auf die Einfriedung zu, passierte den Durchgang zu den Containern und drehte der Meute den Rücken zu. Mein Herz pochte, ich atmete flach und hastig, schob aber scheinbar unbekümmert meine Flaschen nacheinander – weiß zu weiß, grün zu grün, braun zu braun – durch die dosendicken runden Öffnungen, jedweden Schwung und damit lautes Klirren vermeidend.

Ich war fast fertig, griff nach der letzten Flasche, die im Gegensatz zu den anderen in vergilbtes Zeitungspapier gehüllt war und mich in ihrer Form an Sekt denken ließ. Sie war keinesfalls leer, wog schwer in meiner Hand. Vorsichtig löste ich das Papier ab, fand ein unversehrtes Etikett mit dem Aufdruck Moët & Chandon und einen kunstvoll mit Draht umwickelten Korken.

Ich stutzte. Ein echter Champagner, ein teurer Champagner, viele Jahre alt. War so etwas noch genießbar? Fieberhaft überlegte ich, was ich auf die Schnelle damit anfangen sollte, als sich eine nach Tabakrauch stinkende Pranke auf meine Schulter legte: »Na, Püppi, was haste'n da Schönes?«

Ich fuhr herum, sah in ein pickelnarbiges Gesicht mit schwarzem Flaum auf der Oberlippe. Und schwieg.

»Sie will mir was schenken«, murmelte ein feister Kerl mit flächigen Wangen und einer brennenden Zigarette im spöttisch verzerrten Mund. Er lehnte betont lässig an der Mauer und säuberte seine Fingernägel mit der Spitze eines Klappmessers.

»Unser Freund Jeggo hat nämlich Geburtstag, Pussy. Und da darf er sich von allen was wünschen«, sagte der dritte Typ, ein Pykniker, der seine mangelnde Körpergröße durch Breitbeinigkeit wettzumachen versuchte. Nein, leider tatsächlich wettmachte, mir wurde schwindelig vor Angst, als er sich mir voll in den Weg stellte. Ich sah von einem zum anderen, wusste nicht, wen von den dreien ich am unsympathischsten finden sollte.

»So isses«, sagte der Feiste und grinste müde. »Aber ihr sollt nicht leer ausgehen. Machen wir's so: Ihr kriegt die Braut, ich krieg die Flasche.«

»Nix da, wir teilen uns die komplette Beute. In der Tiefgarage.« Die Pranke ließ meine Schulter los, ergriff meinen linken Ellbogen und drehte mir den Arm schmerzhaft auf den Rücken. Eine schwielige Hand presste sich auf meinen Mund. Sie stank nach Schmutz, Schweiß und Bier.

Aus Richtung der Parkplätze hörte ich eine Autotür zuschlagen. Und noch eine. Die drei Typen hielten inne, verstummten, und ich schöpfte Hoffnung. Ein Paar, Anfang fünfzig, war aus einem Honda ausgestiegen, beide groß gewachsen, sie bewegten sich drahtig, sportlich. Ich holte tief Luft, brüllte gegen die Hand vor meinem Mund an, mehr als ein schwaches Grunzen brachte ich nicht heraus. Es genügte. Das Paar sah herüber! Sah gleich wieder weg, raffte ein paar Einkaufstüten aus dem Honda und verschwand, ohne einen Blick zurück, hinter der Ecke des Nachbarhauses.

Der Pykniker keckerte leise.

Panik ergriff mich, ich hielt meine Moët-&-Chandon-Flasche mit der Rechten fest umklammert und schwang sie wie eine Keule, um mir Respekt zu verschaffen.

»Na, gib's mal her, dein Geschenk, Fotze.« Der Feiste rappelte sich von der Mauer weg, machte zwei Schritte auf mich zu. Er hatte ein tiefes Grübchen im Kinn, was seinem Gesicht etwas unpassend Kindliches gab. »Mach schon.« Er ließ die Klinge seines Klappmessers aufschnappen, drehte sie hin und her, sodass sie trotz des matten Abendlichts aufblinkte.

Andere Frauen besuchen Selbstverteidigungskurse, lernen tief in den Bauch zu atmen, sich zu straffen und ihre Körpermitte zu finden, um den Opferlook zu vermeiden. Sie üben sich darin, ihre Zähne in Schweineschwarten zu hauen und mit Handkantenschlägen und Fußtritten zentimeterdicke Holzbretter zu zertrümmern. Ich kann nicht beurteilen, ob mir derlei Fertigkeiten in meiner Lage geholfen hätten. Mir fiel nur eine einzige Methode der Selbstwehr ein, ich hob meine Champagnerflasche und schleuderte sie dem Dicken an den Kopf. Das heißt, ich zielte auf seinen Kopf. Tatsächlich flog sie seinen Oberbauch an. Er fing sie wie einen Ball.

Nicht mal einen Sprung hatte sie bekommen. Aber der Verschluss war aufgebrochen und eine hellschimmernde Flüssigkeit sprudelte wie ein Brünnlein heraus, besudelte seine Jacke, seine Hose …

»Huach!« Er hielt die Flasche von sich, ließ sie fallen. Sie zerbrach, und auch der Rest lief aus, sammelte sich vor seinen Boots, wo die Zigarette, die ihm zeitgleich aus dem Mundwinkel gerutscht war, zaghaft vor sich hin qualmte.

Ich betrachtete die Bescherung. Der Champagner war dahin. Und ich keineswegs gerettet. Ich wagte nicht, dem fluchenden Dicken ins Gesicht zu sehen, blickte weiter zu Boden, beobachtete staunend, wie die brennende Kippe nicht etwa in der Pfütze erlosch, sondern im Gegenteil aufglimmte, aufstob, aufloderte. Und ein paar Sekunden später – die ich brauchte, um zu glauben, was ich sah, und um den sich ausbreitenden Geruch von Reinigungsbenzin zu bestimmen – stand der Kerl in einer Suppe aus Flammen, die beide Hosenbeine erfassten. Er fluchte, keuchte, bückte sich, schlug mit bloßen Händen nach dem Feuer, umsonst, es kroch an ihm hinauf, bis zum Knie, bis zum Schritt. Er schrie, jaulte, taumelte, stolperte, fiel zu Boden. Da erst kamen seine Freunde auf die Idee, ihr restliches Bier über ihn auszukippen, ihre Jacken auszuziehen und die Flammen damit zu ersticken.

Eine gefühlte Ewigkeit später war das Feuer erloschen, es blieben Glasscherben, verrußte Jeans, stinkender Qualm und ein sich vor Schmerzen krümmender und brüllender Mensch. So unbändig und laut brüllte er, dass es in den Häusern ringsum zu hören sein musste. Dann sank er zusammen und lag da wie tot.

Seine Freunde waren zurückgewichen, standen starr und mit offenen Mündern. Ich auch. Als die ersten Jalousien sich bewegten, die ersten Fenster sich öffneten, rannten die beiden davon, den Grünstreifen in Richtung der Hauptstraße entlang. Ich nicht, ich floh in den erstbesten Hauseingang, tappte wie benommen die Treppe zum Keller runter, kauerte vor der Eisentür im Halbdunkeln und zitterte vor Entsetzen.

Ich hab ihn umgebracht, bestimmt hab ich ihn umgebracht oder ganz schwer verletzt, hämmerte es in meinem Kopf. Möglicherweise stammelte ich es halblaut vor mich hin. Jedenfalls antwortete mir eine Stimme, die klang, als käme sie aus einem Radio: »Quatsch, das war ich.«

Und da stand sie. Wie aus dem Fliesenboden gewachsen, keine drei Schritte von mir entfernt, hatte die halblangen aschblonden Haare im Nacken zu einem Zopf gebunden wie ich, trug ein eierschalenfarbenes Poloshirt mit geringeltem Strickblouson drüber wie ich. Ihre Füße steckten in meinen bevorzugten Gesundheitsschuhen mit dem Klettverschluss. Kritisch sah sie an sich hinunter.

Wer sind Sie, wollte ich fragen. Doch ich schwieg. Die Frage war überflüssig. Trotz der Dunkelheit im Keller (ich hatte vermieden, die Lampe anzuschalten) erkannte ich auf Anhieb ihre kleine Nase, ihr leicht fliehendes Kinn, das Muttermal über ihrer linken Augenbraue.

Sie antwortete trotzdem. »Ich bin dein Geist aus der Flasche, Isa, dein Dschinn aus der Champagnerpulle. Oder, um es präziser zu formulieren«, sie hob theatralisch die Arme, »ich bin die Dämonin aus dem Molotowcocktail, den unser Vater Ende der Achtziger nicht mehr hat schmeißen können.«

Mir wurde übel, ich brach zusammen.

»Und, tja, dein tapferes alter Ego bin ich auch«, sagte sie, als ich zu mir kam. Sie streichelte mich sanft und kicherte dabei wie ein Kind, das sich an einem drolligen Hund erfreut. Ihr Name war nicht schwer zu erraten, Vater hatte sie immer Billie genannt.

Es war Vater, dem wir den unsäglichen Vornamen unserer Kindheit zu verdanken hatten: Ilsebill. Wie die dreiste und gottlose Fischersfrau aus Grimms Märchen. Mit Mutter vereinbart war Isabell, doch auf dem Weg zum Standesamt entschied Vater sich anders. Er hatte schon immer die fixe Idee, dass unser Nachname, Liebmann, nach einem Kontrast verlange. Weil aus seinen Nachkommen keine angepassten Staatsbürger werden sollten, im Gegenteil. Ein den Mut stählender Vorname, so glaubte er, sei von Vorteil auf dem »Marsch durch die Institutionen«, zu dem sein Idol, Rudi Dutschke, aufgerufen hatte. Meine großen Zwillingsbrüder Hagen und Etzel hatte Vater nach den beiden bösartigsten klassischen Sagenhelden taufen lassen, weil der Standesbeamte sich auf Lenin und Trotzki partout nicht einlassen wollte. – Vater hieß übrigens Gottfried, weshalb wir ihn niemals mit Vornamen ansprechen sollten, wie es damals in den links orientierten Familien üblich war.

Zu seiner Enttäuschung entwickelten sich meine Brüder zu freundlichen Jungs mit besten Schulnoten, sogar in Betragen, Fleiß und Ordnung. Aufmüpfig waren sie allenfalls Vater gegenüber. Früh beschlossen sie, Elektrotechnik zu studieren und kündigten ihre Auswanderung in die Hochburg des kapitalistischen Imperialismus an, in die USA. Vielleicht nicht nur, um Vater zu ärgern, sondern auch weil in Amerika Leute die seltsamsten Vornamen haben können, ohne unangenehm aufzufallen. Ich, das um elf Jahre jüngere Nesthäkchen, wurde erneut in den revolutionären Kampf geschickt und in einen sogenannten Kinderladen gesteckt, eine von Vater initiierte Privatkita im Martinsviertel, wo ich schmutzig, laut und böse sein durfte, sollte, musste. Und wo es Lernziel war, jeden Vorschlag der Erzieherinnen mit einem emphatisch vorgetragenen Gegenvorschlag zu parieren. Sprüche wie *Der Bundeskanzler Helmut Kohl ist außen dick und innen hohl* lernte ich auswendig wie andere Kinder das Hänschenklein.

So verlief mein Leben in zwar ungewöhnlichen, aber immerhin geordneten Bahnen, bis ich zur Schule kam, wo mir das Stigma meines Vornamens zum ersten Mal bewusst wurde. Ich erinnere mich gut an die ungläubig aufgerissenen Augen der Lehrerin beim Verlesen der Klassenliste. Und Gesänge wie *Ilsebillse, keiner willse* verfolgten mich anfangs in jeder großen Pause. Um nicht zusätzlich anzuecken, lernte ich rascher als meine Mitschüler, leise zu sein, still zu sitzen und unbekannte Zeichen präzise in linierte oder karierte Hefte zu malen. Der Drill im Kinderladen kam mir dabei zugute.

Vater hätte mein Wohlverhalten in der Schule gewiss missfallen. Mehr noch, es hätte ihn schwer getroffen, wenn auch sein jüngstes Kind, seine über alles geliebte Billie, sich genauso konform entwickelt hätte wie seine missratenen Söhne. Um ihn zu beschwichtigen, erklärte ich die ein oder andere Hausaufgabe zur Strafarbeit, die mir auferlegt worden sei, weil ich die Klassenraumwände mit Fingermalfarben verschönert, die Lehrerin mit einem nassen Schwamm beworfen und eine reaktionäre Qualle genannt hätte. Auf dem Schulweg nach Hause brach ich Mercedessterne ab und klaute Tulpen, Lilien oder Astern aus Vorgärten von Einfamilienhäusern, um sie Vater als Trophäen meiner Rebellion gegen das Establishment ans Krankenbett zu bringen. Er war stolz auf seine Billie.

So begann meine aufregende Doppelexistenz, die anderthalb Jahre später jäh endete. Vater fiel ins Koma und wachte nie wieder auf. Man brachte ihn in die Städtischen Kliniken, hängte ihn an lärmende Apparate, nährte ihn tropfenweise aus Kanülen, die in seiner aufgedunsenen Haut steckten. Seine Hilflosigkeit schmerzte, und ich glaube im Nachhinein, dass dies der Anlass dafür war, dass ich mich später für einen medizinischen Beruf entschied.

Mutter bereitete sich frühzeitig auf seinen Tod vor. Und zögerte meine Umerziehung um keinen Tag hinaus. Sie kaufte mir Enid-Blyton-Bücher, ließ mich evangelisch taufen und erwirkte beim Einwohnermeldeamt (gegen die Gebühr eines Monatsgehalts) eine Eintragsänderung: Ich bekam den von Mutter ohnehin favorisierten Vornamen, aus Ilsebill wurde Isabell.

Die kleine Isabell gedieh zum Musterkind. Und Vaters Liebling Billie verschwand, wie ich nun begriffen habe, in dem Brandsatz, den er eigens gebastelt hatte, um ein letztes Fanal gegen die Stationierung von Pershing-Raketen auf deutschem Boden zu entzünden. Zu spät, die Demo fand ohne ihn statt und verlief laut Zeitungsberichten unerwartet friedlich.

»Und? Was willst du von mir?«, fragte ich matt.

»Von dir? Gar nix, Isalein. Bleib ganz ruhig.« Billie musterte mich abschätzig, wie ich als Häuflein Elend auf dem blanken Boden kauerte, trat zu dem kleinen Oberlicht im Kellervorraum und lauschte. Ein Krankenwagen tatüterte herbei, jemand rief etwas, Nachbarn quasselten aufgeregt.

»Wie … wie soll es weitergehen?«, fragte ich.

»Wir warten, bis die Sanis weg sind. Wenn der Kerl noch lebt und bei Bewusstsein ist, erkennt er dich. Und zeigt dich womöglich an.«

»Das meine ich nicht. Wie es mit uns weitergehen soll, meine ich.«

Sie lachte. »Schau'n wir mal.«

Ich richtete mich auf. »Ich komme nämlich gut allein zurecht.«

»Ha, das haben wir gerade gesehen. Ohne mich würden sich die drei Kotzbrocken jetzt in der Tiefgarage über dich hermachen.«

Kotzbrocken? Mir wurde schon wieder übel. Ich versuchte, langsam und konzentriert zu atmen.

Blaulicht waberte durchs Fenster, ein Martinshorn heulte auf, verklang allmählich. Billie reckte sich auf die Zehen und sah hinaus. »Der Krankenwagen ist weg. Dafür ist die Polizei angerückt, zwei Männer in Uniform. Und jede Menge Nachbarn stehen rum und gucken.«

Ich sagte nichts mehr, stand auf, klopfte ein paar Staubflusen von meiner Hose und verließ, ohne auf Billie zu achten, mein Schlupfloch, um den Polizisten pflichtschuldigst zu bekennen, was passiert war. Mir zitterten die Beine, ich fühlte schon die Handschellen an meinen Gelenken, sah mich auf dem Rücksitz eines vergitterten weiß-blauen Transporters davonfahren, mit beiden Händen die Stäbe umklammernd … Dazu kam es nicht. Die Menge vor dem Haus erwies sich als undurchdringlich. Und sie ignorierte mich. Wie mich alle Welt immer ignoriert. Kaum gelang es mir, einen meiner Oberarme zwischen einen Brustkorb und einen Schmerbauch zu schieben, holte ein angewinkelter Ellbogen aus und bugsierte mich zurück. Ich überlegte, wie ich mich akustisch bemerkbar machen könnte, entschloss mich, laut zu rufen: *Ich war's. Lassen Sie mich durch!*

Die zwei lächerlich kurzen Sätze lagen mir schon auf der Zunge, da hielt mir jemand den Mund zu und rief etwas anderes, etwas ganz anderes: »Ich bin Zeugin, hab's genau gesehen.« Billie rempelte sich erfolgreich bis zu den Polizisten vor und tischte ihnen eine derart plausible Lügengeschichte auf, dass ich heute am liebsten selbst daran glauben möchte: Vier junge Männer hätten sich geprügelt, erzählte sie, zwei von ihnen seien mit Messern auf die anderen beiden losgegangen. Da hätte einer der Angegriffenen einen länglichen Gegenstand aus seiner Lederjacke gezogen, ein Feuerzeug darangehalten, die Gegner damit beworfen. Ich hörte nicht mehr hin, registrierte nur noch, wie Billie mit erhobenem Kinn und leuchtenden Wangen redete und redete … und alle überzeugte. Manche der Nachbarn beeilten sich zu versichern, dass sie genau dasselbe beobachtet hätten. Als die Spurensicherung das Klappmesser des Opfers bei der Abmauerung fand und als Beweismaterial sicherstellte, überwand ich einen erneuten Schwächeanfall und lächelte schweigend in die Runde.

Billie tat, was getan werden musste. Sie holte meine restlichen Sachen aus der alten Wohnung, schloss die Tür ab und warf den Schlüssel, wie mit dem Hausmeister verabredet, in dessen Briefkasten. »Schönen Abend allerseits!«, rief sie den noch immer am Wendehammer gruppierten Nachbarn zu, hakte sich bei mir ein, als seien wir beste Freundinnen, und schleppte mich nach Hause.

Meine neue Wohnung (anderthalb Zimmer, Dachgeschoss) liegt gut sechs Kilometer Luftlinie von der alten entfernt in der lauten und abgasreichen Heidelberger Straße. Ein gewisser Trost: Die Heidelberger quert Bessungen. Bessungen, das Kultviertel. Die geschichtsträchtige Siedlung, im vierten Jahrhundert gegründet und damit um einiges älter als Darmstadt selbst, ist heute ein urbanisiertes Dorf oder ein dörflicher Stadtteil, ganz wie man will. Lebhaft und still, bunt und bieder, teilweise edel, teilweise nicht so edel – Bessungen ist alles zusammen im Kleinformat. Und von meinen Mansardenfenstern aus habe ich den perfekten Überblick.

Die wenigen Möbel, die mit umziehen konnten, waren noch provisorisch platziert, die unausgepackten Umzugskisten türmten sich im Flur. Mir hatte bis dahin der Elan gefehlt, mich wohnlich einzurichten.

Billie sah sich um. Liebevoll strich sie über Vaters klassizistischen Schreibtisch, sein selbstgebautes Kiefernholzregal, blätterte sich durch seine Doppelkopfkarten, spielte auf seiner Maultrommel die Internationale. Zuoberst in einer der Bücherkisten fand sie die mehrbändige DDR-Ausgabe von Bertold Brechts Gesammelten Werken, das dreibändige »Kapital« von Marx und Engels, auch die legendären »Pariser Manuskripte«. Sie jubelte. »Die bekommen einen Ehrenplatz.«

Ich spürte, wie meine Wangen heiß wurden, wagte nicht zu bekennen, dass ich die Bücher nur behalten hatte, um sie bei Ebay gegen Höchstgebot zu verscherbeln. Was man nicht brauchen kann, ist Plunder. Meine Meinung.

Nachdem sich Billie, ohne zu fragen, einen Schokopudding aus meinem Kühlschrank und ein Lavendelblüten-Wellnessbad in meiner Wanne genehmigt hatte, begann sie, meine Kleiderkoffer zu durchwühlen, rechtfertigte sich damit, dass sie »was Gescheites zum Anziehen« benötige. Ich konnte nur ahnen, was sie darunter verstand. Meine Feincordhosen und Baumwollblusen waren es nicht, mein Kammgarnkostüm und mein Tweedsakko auch nicht. Die musste ich am folgenden Tag aus einem Altkleidersack der Johanniter retten, zusammen mit den praktischen warmen Achselunterhemdchen, die ich von Mutter geerbt hatte.

Billie entschied sich für ein paar schwarze Strumpfhosen und ein Strandshirt mit Leopardenmuster, die sie mit meinen einzigen - etwas zu klein gekauften - Pumps kombinierte.

Um der Gastfreundschaft willen überließ ich ihr die Sachen, ebenso mein Bett und machte mir ein Lager auf dem Sofa. Sie schlief sofort ein. Ich trank eine halbe Flasche Rotwein und versuchte, all die Bilder, all die Eindrücke des Abends zu verscheuchen. Umsonst. Wie in einem Kaleidoskop rotierten die Splitter in meinem Kopf: das Pickelgesicht mit dem Bartflaum, die stinkende Hand, die mir den Mund zugehalten hatte, der feiste Kerl mit dem Messer und dem kindlichen Grübchen im Kinn. Die Schampusflasche, die Flammen ... und Billie. Billie, die nebenan schlief, als sei nichts passiert.

Zu zweit in einer so kleinen Wohnung, war das auszuhalten? Schwerlich. Zu zweit in einem so kleinen Leben? Ging gar nicht. Ich beschloss, einen Psychotherapeuten aufzusuchen. *Familiär inspiriertes posttraumatisches Syndrom* würde ich ihm als Diagnose nahelegen. Tabletten, Hypnose oder eine sogenannte Familienaufstellung? Ich schaltete meinen Laptop ein und googelte alle Möglichkeiten durch. Am Ende erschien mir *Familienaufstellung nach Hellinger* in Kombination mit *Urschreitherapie* als ein erfolgversprechender Ansatz. Aber würde die Krankenkasse zahlen? Ich nahm mir vor, es am Morgen herauszufinden.

Meine Sorge erwies sich als überflüssig. Vorerst. Als ich aufwachte, war Billie verschwunden, regelrecht auf und davon.

Auf dem Esstisch lag ein Zettel: »Geh du zu deinem Psychodoktor und mach dich lächerlich. Ohne mich. Ich packe jetzt mein neues Leben an. Endlich!«

Konnte sie Gedanken lesen? Ich schämte mich, sie nicht als gleichberechtigte Partnerin in meine Überlegungen einbezogen zu haben. Doch dann schämte ich mich wieder nicht. Kein bisschen. Hatte ich nicht das Recht auf meinen Vorsprung in Sachen Reife und Persönlichkeitsbildung? Nicht das Recht, unbeeinflusst von ihr mein Leben auf meine Weise fortzusetzen? Ich riss den Zettel in kleine Stücke und ließ sie in den Papierkorb rieseln. Keine Woche später kam ich zu der Überzeugung, dass alles nur ein böser Traum gewesen war. Was für ein Irrtum!

Da keine Vermisstenmeldung vorlag, übergab die Polizei den kleinen Jegor Plewe dem Fürsorgeamt der Stadt Darmstadt, das ihm einen Platz im Kinderheim Martinushof vermittelte. Akteneinträge beschreiben den Jungen als »freundlich und integrationswillig, aber auch etwas still und in sich gekehrt«. Dem Bericht eines Betreuers zufolge fragte Jegor mehrmals nach seiner Schwester und bat darum, sie ebenfalls im Heim wohnen zu lassen.

Es dauerte Monate, ehe das Fürsorgeamt die Zeit fand, nach seiner Herkunft zu forschen. Die Ergebnisse waren spärlich. Jegors Vater, Anton Plewe, war als Deutschrusse mit zwei Kindern aus Tomsk eingereist. Er arbeitete als Lagerist bei der Firma Merck, die Familie wohnte im Stadtteil Arheilgen. Wenige Tage vor dem Auffinden Jegors starb der Vater bei einem Autounfall, nachdem er seinen Sohn von einer Kinderfreizeit abgeholt hatte. Der Junge, im Fond des Wagens, blieb unversehrt. Nachbarn vermuteten, dass die Mutter bereits vor Übersiedlung der Familie verstorben sei. Von einer Tante und vom Verbleib der Schwester war niemandem etwas bekannt.

*

Billies Auftritt hatte eine nachhaltige Wirkung auf meine seelische Verfassung. Ich überwand meine Trauer um Mutter und mein verlorenes Zuhause, beschloss nun selbst, mein *neues Leben anzupacken*, wie Billie es ausgedrückt hatte. Was zunächst bedeutete, meine Umzugskisten *aus*zupacken. Ich räumte Geschirr und Besteck in die Küche, hängte Mutters Blumenaquarelle an die Wände, setzte meinen alten Teddybären aufs Sofa und ersteigerte mir Gardinen bei Ebay. Täglich ging ich die Stellenangebote im Internet durch – und tatsächlich haben sogar Frauen wie ich mitunter Glück. Ich fand einen Job als Pflegehilfskraft in einer mir bis dahin völlig unbekannten Klinik in Eberstadt. Seit Mai verdiene ich achthundert Euro im Monat bei ausgesprochen abwechslungsreichen Tätigkeiten. Und Arbeitszeiten.

Als Springkraft habe ich all das zu erledigen, was simpel, aber nötig ist: Malventee für die Patienten kochen, in Kannen füllen und auf einem kleinen Tisch im Flur bereitstellen, die Seifenbehälter in den Krankenzimmern und Besuchertoiletten auffüllen, die Einweghandschuhe und Einwegspritzen aus den Großpackungen nehmen und auf die Stationen verteilen, Wundpflaster in brauchbare Streifen schneiden …

Die Stationsärzte und Chirurgen übersehen mich gerne, gucken durch mich hindurch wie durch aufgewirbelten Staub. Die Krankenschwestern nicht, denn sie haben jede Menge Arbeit zu delegieren und zeigen sich durchweg freundlich, weil von mir keinerlei Konkurrenz ausgeht. Im Gegenteil, wir Springkräfte (außer mir gibt es noch drei) sind ihnen überaus willkommen. Wir nehmen ihnen die unqualifizierten Alltagsdinge ab, und bei kleinen Pannen können sie leicht die Schuld auf unsere Unerfahrenheit schieben. Kurz, es ist der ideale Job für einen zurückhaltenden Menschen wie mich. Ich habe es dank meiner beflissenen Demut nun sogar in die heiligsten Hallen des Hauses geschafft, habe Zugang zur Chirurgie und zur Intensivstation, wo ich die Ampullen wechseln und frische Bettwäsche bereitlegen darf. Wenn man mit meiner Arbeit zufrieden ist, winkt mir nach einem Jahr eine Festanstellung. So zumindest hat man es mir beim Bewerbungsgespräch zugesagt. Dass es noch rascher klappen könnte, habe ich Billie zu verdanken. Und so ein bisschen auch Jegor Plewe, genannt Jeggo.

Es war neulich, am 19. Mai, kurz vor Mitternacht, da trat er erneut in mein Leben, genauer gesagt, er kam angerollt. Wieder mal rotierte Blaulicht, schepperten Fahrzeugrampen an der Notaufnahme der Klinik. Sekunden später bugsierten zwei Sanitäter in routinierter Hektik eine Liege mit einem Schwerverletzten darauf den Krankenhausflur entlang, begleitet von einem Assistenzarzt, der sie mittels knapper, scharf intonierter Kommandos Richtung OP lotste und per Funk den Bereitschaftschirurgen verständigte. Einen kurzen Moment parkte man die bewusstlose Person vor dem Tresen der Notaufnahme in unmittelbarer Nähe von Schwester Karin und mir. Wegschauen ging nicht. Ich erkannte einen kurzgeschorenen linksseitig eingedellten Schädel, aus dem eine blutverschmierte, grauschimmernde Masse quoll und von dem eine fast weiße Ohrmuschel herabhing. Schwester Karin stieß einen Seufzer aus. »Ein ganz junger Mann!«

Ich schwieg, ortete unterhalb der üblen Verletzungen ein Kinn mit kindlichem Grübchen, erahnte die massige Gestalt unter der Thermofolie, schrie leise auf und wich einen Schritt zurück.

»Das gibt sich, Kindchen, mit der Zeit gibt sich das. Atmen Sie ein paar Mal tief ein und aus, trinken Sie einen Schluck Wasser!« Schwester Karin steht kurz vor der Rente und versorgt, seit sie mehr und mehr von der direkten Patientenversorgung abgeschnitten wird, jüngere Kollegen gern mit probaten Tipps.

»Geht schon wieder«, sagte ich, riss mir den Kittel vom Leib und floh aus der Klinik nach Hause. Meine Schicht war zum Glück um.

Da hatte dieser Kerl also meine Molotowattacke nicht nur überlebt, er hatte sie so unbeeindruckt überstanden, dass er weiterhin in der moralischen Verfassung war, seine Mitmenschen zu drangsalieren. Dachte ich. Denn einen anderen Hintergrund, als dass eines seiner Gewaltopfer ihm aus Notwehr oder aus Rache den Schädel eingeschlagen hatte, konnte ich mir nicht vorstellen. Vielleicht eine Frau wie ich, die er zusammen mit einer Crew ähnlicher Scheusale vergewaltigen wollte. Ich hoffte im Stillen, diese Frau würde nachhaltigeren Erfolg haben, nein, sie würde ihn endgültig erledigt haben. Was unangemessen unchristlich gedacht war, ich weiß, aber schließlich ging es um meine Haut, zumindest um meinen Job. Ein wiederhergestellter Jeggo würde früher oder später hier auf mich treffen. Mich erkennen. Sich an mir rächen. Um dem zu entgehen, müsste ich kündigen. Meinen wunderbaren neuen Job aufgeben?

Nach ein paar schlaflosen Stunden meldete ich mich zum Frühdienst. Ich musste wissen, wie es um ihn stand, und kreiste mit meinem Tablettwägelchen durch die Chirurgie.

Da sah ich zwei Männer im Flur sitzen, die offenbar auf eine Nachricht warteten, einmütig stumm in ihrer Besorgnis: einer schätzungsweise Mitte vierzig, graublond, Stirnglatze, hängende Wangen, scharfe Linien zwischen Mundwinkeln und Kinn wie Angela Merkel; ein anderer, zirka dreißig mit südländischem Teint, dunklem Haar und dunkel umwimperten hellblauen Augen. Zusammengesunken hockten sie auf den Fiberglasstühlchen, schauten abwechselnd mal aufs Linoleum, mal auf die Schwingtür, empfingen jeden heraustretenden Weißkittel mit gespannten Blicken.

»Das sind Angehörige der Schädelfraktur«, flüsterte mir Schwester Mareike zu. Ich grüßte die Männer mit einem knappen Nicken, eilte mit Mullbinden und Wundpflasterpäckchen beladen an ihnen vorbei ins Depot und wieder heraus, und wieder hinein und wieder heraus, tat hektisch, als ginge es auch beim Einräumen von Lagermaterial um Leben und Tod.

Am nächsten Tag gelang es mir, einen Blick in die Krankenakte zu werfen. Jegor Plewe, geb.: 31. März 1995, Nowosibirsk (Russland), Staatsbürgerschaft: deutsch, verlegt in Zimmer 010, Schädelfraktur mit akuter Subduralblutung. Die Diagnose las sich schlecht. Sehr schlecht. Also gut. Er würde mit hoher Wahrscheinlichkeit das Zeitliche segnen. Oder behindert sein. Zu behindert, um mir gefährlich zu werden. Erleichtert packte ich meine Sachen, wollte nach Hause …

Vielleicht war es Neugier, vielleicht hatte ich auch gehofft, mit meinen Erlebnissen leichter abschließen zu können, jedenfalls besann ich mich an der Pforte anders und machte kehrt. Ich wollte ihn mir noch einmal anschauen, den Dreckskerl, ihn hilflos daliegen sehen. Ich genehmigte mir einen doppelten Espresso in der Kantine und beschäftigte mich mit dem Überprüfen der Batterien in allen Fieberthermometern des Hauses, bis es Abend wurde.

Nach dem Schichtwechsel schlich ich mich zur Intensivstation, Zimmer 010. Da lag er. Allein. Lang ausgestreckt, ganz in Weiß, nur die Nase mit den Schläuchen und das Kinn mit dem Grübchen ragten aus den Kissen. Friedlich sah er aus.

Mein Herz schlug noch lauter als sein Beatmungsgerät pumpte. Geh jetzt, Isabell, dachte ich, trat stattdessen näher an ihn heran.

Seine Lider waren geschlossen, die Haut blass, leichenblass. Kein Wunder, der Monitor zeigte eine Herzfrequenz von 45 an, viel zu niedrig. Da konnte was nicht stimmen. Fetzen einer Erinnerung schossen mir ins Bewusstsein: Bildhaft tauchten zwei junge Ärzte vor mir auf, wie sie just an diesem Nachmittag im Flur gestanden, ihre Köpfe zusammengesteckt und über eine Mappe mit Röntgenaufnahmen gebeugt hatten. Einer verschwand für einen Moment in der 010 … Keine drei Minuten später verließen sie zusammen die Station, so eilig, dass die Schöße ihrer weißen Kittel flatterten. Dass ich sie nicht kannte, war ungewöhnlich, auch wenn ich mit der Röntgenabteilung bis dahin wenig Kontakt hatte. Und jetzt, im Nachhinein, fiel mir dieses unnatürliche Leuchten ihrer Kleidung auf. Es deutete auf ein Waschmittel mit optischen Aufhellern hin, wie sie hier, in der Eberstädter Magdalenen-Klinik, verpönt sind. – Waren das gar keine Ärzte? Wie sind die dann hier reingekommen? Ich betrachtete die Apparate, beobachtete die Zahlen am Monitor ... eine Herzfrequenz von 43! Ich fröstelte vor Verwirrung. Und war kein bisschen erstaunt, hier und jetzt wieder diese aufwühlende Radiostimme zu hören, Billies Stimme. »Er wird sterben, wenn du nichts unternimmst.«

»Unsinn, sobald er zu kollabieren beginnt, geht die Alarmanlage los«, versicherte ich.

»Kann sein, zu spät.«

»Er hat ohnehin kaum Chancen.«

»Aber so hat er null Chancen, und du weißt es.«

»Was mischst du dich ein? Ist keine sieben Wochen her, da hast du ihn fast umgebracht.«

»Das war Notwehr.«

»Und jetzt?«

»Ist er in Not und braucht Hilfe.«

Am Monitor erschien die 42.

»Wenn er überlebt und mich erkennt, bin ich geliefert.«

»Hach, Isahäschen, da findet sich doch garantiert ein Ausweg.«

Wir setzten uns auf die Bettkante, betrachteten seine flachen Wangen, sein kindliches Kinn, das kaum Bartwuchs aufwies. Die blassrosa Lippen waren leicht geöffnet, es sah aus, als ob er lächelte. Nicht so schief, nicht so zynisch wie ich es in Erinnerung hatte, sondern entspannt. Wie ein sattes Baby.

»Im Koma sind alle Menschen gleich«, sagte Billie. Es klang wie ein Zitat aus dem Johannes-Evangelium.

Ich nickte mechanisch, stand auf, holte tief Luft und drückte den Alarmknopf. – Stille. Niemand kam. Ich riss die Tür auf, rannte hinaus, den Flur entlang, fiel hin, Oberarzt Dr. Weber, schon in Zivil, vor die Füße. Er half mir auf.

»Der junge Mann in der 010 stirbt gleich«, sagte ich. Ich horchte meiner Stimme nach. Sie klang kleinlaut, ganz so, als sei ich daran schuld.

Er lächelte gütig. »Das kann nicht sein, die Apparate werden alle paar Stunden überprüft. Sie irren sich.«

»Wie Sie meinen«, sagte ich und richtete meinen Kittel, überlegte dabei, ob ich ihm von meiner Beobachtung am Nachmittag erzählen sollte und entschied mich dagegen. Er würde mir garantiert nicht glauben. Und durch unglaubwürdige Schilderungen würde ich mich selbst verdächtig machen.

Er ging zügig davon, dem Ausgang zu.

Bis Billie hinter ihm herrief: »Ist aber Ihre Verantwortung, Herr Doktor Weber.«

Er drehte sich um, zog die Brauen zusammen. »Was hatten Sie eigentlich in der 010 zu suchen?«

»Hab Thermometer verteilt«, log Billie. »Bei vielen sind nämlich die Batterien schon schwach und geben unzuverlässige Werte.« Sie zückte ein anstaltseigenes Exemplar aus der Schürzentasche und streckte es ihm entgegen. – Wie ich Billie inzwischen kenne, hatte sie in Wahrheit vor, das Ding mitgehen zu lassen.

Er brummte etwas Unverständliches und fasste sich ans Ohr. So viel Pfusch auf seinem Hoheitsgelände musste ihm peinlich sein.

»Also, was ist, sehen Sie sich jetzt die Schädelfraktur auf 010 an? Ja oder nein?«

Dr. Weber folgte Billie wortlos. Ich schlich hinterher. Im Krankenzimmer angekommen, überflog er den Monitor, räusperte sich, befühlte Pehwes Gesichtshaut, prüfte seinen Puls, zückte sein Funkgerät und rief einen vielarmigen Stab zusammen, der binnen einer Viertelstunde das Problem erkannte und bereinigte: Pehwe hatte deutlich zu viel Sedativum abbekommen.

Dr. Weber fasste mich am Arm. »Gratuliere. Wenn er durchkommt, hat er das wohl Ihnen zu verdanken.«

»Tja«, sagte Billie, »dabei bin ich nur Hilfskraft.« Es klang derart dreist, dass mir vor Scham die Ohren heiß wurden.

Er schien beeindruckt. »Lassen Sie uns morgen weiterreden. Wer so aufmerksam ist, sollte nicht Hilfskraft bleiben. Ich werde mich dafür einsetzen, dass Sie eine ordentliche Anstellung bekommen.«

»Gute Idee«, sagte Billie, »ich erinnere Sie bei Gelegenheit daran.«

Ich verdrückte mich unverzüglich in die Teeküche ein Stockwerk höher und sortierte den Besteckkasten neu. Als sich meine Erregung halbwegs gelegt hatte, zog ich mich um und fuhr nach Hause, endlich.

Billie empfing mich im Spiegel der Flurgarderobe. Sie strahlte und schwenkte eine Flasche in der Hand. Eine Flasche Moët & Chandon. Ich ging sofort in Deckung. Doch tatsächlich war Champagner drin. Sie hatte ihn unterwegs im Supermarkt geklaut.

»Das müssen wir feiern.« Sie ließ den Korken gegen die Decke knallen (die Delle ist bis heute sichtbar) und goss uns zwei Limogläser voll ein.

»Ist zu früh zum Feiern, noch hab ich den Job nicht ...«

»Quatsch, den Job. Dass ich zurück bin, müssen wir begießen. Prost.«

»Du bist ... zurück?«

Ich wusste nicht so recht, was das heißen sollte, war aber zu guter Laune, um die Frage anzusprechen. Im Nu waren wir beschwipst und feierten, bis wir vor Müdigkeit umfielen und – dank Spätschicht – bis mittags schliefen. Leider verstehen wir uns selten so gut.

Das Zusammenleben mit einem posttraumatischen Alter Ego erfordert ein hohes Maß an Partnerschaftsgeist. Außerdem Disziplin und klare Regeln. So viel weiß ich inzwischen. Es gilt, Differenzen zu überwinden, Kompromisse zu finden, Richtlinien nicht nur zu vereinbaren, sondern auch danach zu leben. Jeder normale Mensch wird das einsehen. Billie nicht. Billie macht, was ihr gerade einfällt. Ohne Rücksicht auf andere. Oder gar auf mich. Wenn ich ihr vorwerfe, dass sie eine Chaotin ist, wenn ich sie auf Werte wie Besonnenheit, Verlässlichkeit und Pflichtgefühl einschwören will, beschimpft sie mich als autoritäre alte Arschgeige.

Was mich besonders ärgert: Dauernd kürzt sie mir den Vornamen ab, nennt mich Isa statt Isabell. »Weil du bloß eine halbe Portion bist«, erklärt sie mir. Reine Bosheit ist das. Meine Meinung.

Ich will nicht verschweigen, dass es auch Dinge gibt, die recht gut funktionieren. Zum Beispiel die Verteilung unserer Garderobe im gemeinsamen Kleiderschrank: Rechts hängen meine einfachen, distinguierten Ladyjeans, Hemdblusen und Polo-Shirts (die ich vorzugsweise von Land's End und Esprit bezogen habe) ordentlich an den Bügeln, links türmen sich Billies Lotterlook-Kleidchen, Miniröcke, Glitzershirts und Ripped-Jeans am Schrankboden. Ähnlich klar ist die Grenze im Schuhregal gezogen: rechts meine gepflegten und mit Schuhspannern versehenen Ballerinas, Mokassins und Klettverschlusssandalen, links daneben Billies wilder Haufen an High Heels, Sneakers und Westernstiefeln. Noch problemloser ist die Nutzung unseres Kühlschranks und der Vorratsregale in der Küche. Wir haben glücklicherweise einen ähnlich großen Appetit und absolut gleiche Vorlieben, mögen beide Nürnberger Würstchen und Spreewaldgurken, Elstars, Basmatireis und Zimtkekse. Es kommt vor, dass Billie eine zweite Tube Mayonnaise öffnet, obwohl die erste noch nicht leer ist. Oder dass sie sich den letzten Erdbeerjoghurt nimmt, ohne eine Notiz an der Pinnwand zu hinterlassen oder gar eigenständig Nachschub zu besorgen. Solche Dinge passieren in den besten Wohngemeinschaften, und ich breche deswegen keinen Streit vom Zaun.

Apropos »besorgen«, genau da fangen die großen Probleme an. Billie klaut. Lebensmittel, Kleidung, CDs ... alles. Ihrer sozialen Überzeugung entsprechend ausschließlich bei den »Konzernen«, wie sie jedwedes Unternehmen mit mehr als fünfzig Mitarbeitern nennt. Besonders beklauenswert erscheinen ihr Ladenketten. Immerhin, in inhabergeführten Einzelhandelsgeschäften, beim Bäcker, im Bioladen oder auf dem Markt bezahlt Billie aus freien Stücken. Greift mit wichtiger Miene in mein Portemonnaie, überreicht dem Händler unser letztes Bargeld – und rundet dabei kräftig auf. »Kleine Spende für die Kaffeekasse«, erklärt sie und zwinkert mit dem linken Auge. Nicht immer stößt sie auf Dankbarkeit.

In diesem Zusammenhang fällt mir auf, dass es eine weitere wichtige Voraussetzung für das harmonische Zusammenleben mit einem Alter Ego gibt. Das ist die Toleranz. Wer nicht in einen Dauerstreit mit sich selbst geraten will, muss die Launen und Charakterschwächen des anderen gleichmütig ertragen. Meine Meinung. Ich gebe mir Mühe, jeden Tag aufs Neue.

Eine gewisse Toleranz und Freigeistigkeit ist ohnehin von Vorteil, wenn man an einer verkehrsreichen und deshalb mietgünstigen Straße wie der Heidelberger wohnt. Das Haus, nahe der Ecke zur Sandbergstraße, ist ein gepflegter Klinkerbau aus den 60er Jahren. Er hat vier Etagen, keinen Aufzug, nur ein schmales, halbhoch ockerbeige gefliestes Treppenhaus. Der Hof wird von Mülltonnen und einem abbruchreifen Gartenhäuschen des Vermieters weitgehend ausgefüllt. Bewohnt wird das Haus von Menschen mit verschiedenstem Migrationshintergrund, was zu Misstrauen und gegenseitigen Vorurteilen führt. Die Kontakte unter den Nachbarn sind spärlich, manche grüßen nicht mal, sondern drücken sich im Treppenhaus wortlos aneinander vorbei, um rasch ihrer Wege zu gehen. Verglichen damit war das nachbarschaftliche Verhältnis in den Wohnsilos von Kranichstein beinahe herzlich zu nennen.

Zu Billies Enttäuschung werden ihre kosmopolitischen Ambitionen und ihr Traum von einer *bunten Gesellschaft*, wie sie es schwärmerisch ausdrückt, von unserem neuen Umfeld nicht bedient. Andererseits, das sollte sie einsehen, hat die Atmosphäre gegenseitiger Nichtbeachtung Vorteile für Menschen, die wie wir eine Doppelexistenz führen. Niemand beargwöhnt Billie, wenn sie in ihrem derzeitigen Lieblings-Outfit, einer modernen Gothic-Variante mit schwarzem Tüllrock und Springerstiefeln, das Haus verlässt. Niemand fragt, was Billie mit der adretten unprätentiösen Erscheinung vom ersten Stock links, nämlich mir, zu tun hat. Gut so.

Niemand ist übertrieben. Die alte Frau Huesmann vom Parterre rechts passte mich gestern im Flur bei den Briefkästen ab. Sie ist, wie sie mich schon beim Einzug wissen ließ, ehemalige Besitzerin des Hauses und hat es ihrem Enkel aus Altersgründen vermacht. Allerdings hat sie sich ein lebenslanges Wohnrecht vorbehalten. Und fühlt sich berufen, öfter mal »nach'm Reschte zu gugge«.

»Sie hawwe ja e Unnermiederin«, sagte sie in ihrem kaum gebremsten Dialekt, beäugte mich durch ihre grünbraun getönten Brillengläser und blähte die Flügel ihrer kleinen, mitesserbewohnten Nase. »Des muss isch awwer meim Enkel sache.«

»Äh … nein …«, stotterte ich. »Das bin ich nicht.«

»Da falle extra Strom- und Wasserkoste an. Mein Enkel muss des wisse.«

»Äh … ich meine … das bin ich selbst.«

»Die Dame is awwer jünger als wie Sie. Und sie träscht immer Trauer.«

»Jünger?« Ich kämpfte gegen das Gefühl von Kränkung an. »Es ist so, dass ich mich manchmal verkleide.«

»Ach, Sie sin Schauschpielerin?« Die Alte lächelte, dass ihre ohnehin faltigen Äuglein von einem Strahlenkranz umgeben waren.

»Nur als Hobby. Bei einem Amateurtheater, der *Frankensteinbühne*, kennen Sie sicher. Dort trete ich als jugendliche Witwe auf.« Mit einem Mal klang meine Stimme so radiomäßig nonchalant und überzeugend, als hätte Billie gesprochen. Wahrscheinlich war es Billie.

»Isch war friher emal Requissideurin beim Staadstheader«, erzählte die Huesmann und lud mich zum Kaffee ein. Ihr Mann sei seit Jahren tot, vor ein paar Monaten sei auch ihr Wellensittich gestorben, sagte sie und kämpfte tapfer gegen die Tränen an. Sie genoss es sichtlich, eine Gesprächspartnerin zu haben, und schenkte mir eine abgelegte grau-braun melierte Perücke. »Fer die Premiäre. Wann findt die statt? Die *lustische Witwe* hab isch schon ewisch net mehr gesehe.«

Oh, Hölle! Bin gespannt, wie Billie aus der Nummer rauskommt.

*

Wie befürchtet, zieht sich meine Festanstellung hin. Doch immerhin habe ich (korrekterweise sollte ich sagen: wir) keine zwei Wochen nach unserer Heldentat eine Prämie von zweihundert Euro aus der Gratifikationskasse und eine schöne Urkunde mit Stempel der Klinik und Unterschrift von Direktor Dr. Dr. Schatz bekommen. *Für außergewöhnliche Verdienste am Patienten* steht drauf in geprägten Lettern. Nun gut, der Sermon liest sich recht abstrakt. Die zweihundert Euro sind real. Für den Betrag müsste ich normalerweise mehr als zwanzig Stunden zusätzlich schuften.

Andererseits – es wäre vielleicht sinnvoller gewesen, zwanzig Stunden länger zu arbeiten, denn Heldentaten sind nur empfehlenswert, wenn man tatsächlich ein Held ist. Beziehungsweise eine Heldin. Nicht bloß edel gesonnen, mutig und geschickt. Sondern auch stark und finsteren Mächten himmelhoch überlegen. Bin ich nicht. Ist nicht mal Billie. »Dein Dschinn aus der Champagnerflasche«, so hat sie sich mir bei ihrem ersten Auftritt vorgestellt. Das war gelogen. Sie kann nicht zaubern. Sie kann sich unsichtbar machen, das ist alles. Dann bleibe ich als einzig auffindbares Wesen übrig - und büße für sie mit. Billie ist ein Fake! Bislang habe ich nur nicht den Mut gefunden, ihr das ins Gesicht zu sagen.

Ich habe lange gegrübelt, wie ich einem womöglich genesenden und schließlich erwachenden Jegor Plewe begegne. Beziehungsweise lieber nicht begegne. Dass so ein Rambo mir für seine Lebensrettung dankbar ist, kann ich wohl kaum erwarten. Zumal wenn er mich als die Frau identifiziert, die einen Molotowcocktail nach ihm geworfen hat.

Billie posiert in ihrem aktuellen Gothic-Outfit und vergleicht uns miteinander im Spiegel. »Hast du gemerkt, dass die meisten Nachbarn uns für verschiedene Personen halten?«, fragt sie.

»Du glaubst nicht im Ernst, dass ich so rumlaufe wie du.«

»Nee, noch anders.« Sie sinniert eine Weile vor sich hin, schaltet den Laptop ein und klickt eine Website an, auf der man Musterfrisuren am eigenen Foto ausprobieren kann. *Wie steht dir der neue Look? Teste es hier. Kostenlos und ohne Anmeldung*. Billie hat die Werbung dafür bei Twitter entdeckt.

»Los, wir scannen dein Passbild ein und suchen uns was Hübsches aus. Meinetwegen was Gediegenes. Aber nicht zu bieder, wenn ich denn mitmachen soll.«

Nach anderthalbstündigem Probieren und zweistündigem Diskutieren einigen wir uns auf eine Frisur, die uns beiden gefällt: ein glattfrisierter Pagenkopf in Kinnlänge. Der üppige Pony hat den Vorteil, unser Muttermal auf der Stirn zu bedecken. Mit ein bisschen Camouflage übertupft, wird es nicht mal zu ahnen sein.

Die Farbe – ich favorisiere eine Tönung in Nussbraun – fällt nach unserem Besuch beim »Goldenen Schnitt« in der Karlstraße auf Billies Betreiben hin tizianrot aus, was eine farbliche Anpassung der Augenbrauen empfehlenswert macht. Billie gerät vor lauter Elan in einen Kaufrausch, sucht uns eine wimpernverdichtende Mascara in kaffeebraun aus, einen lachsroten Glanzlippenstift und als Krönung unseres neuen Erscheinungsbilds eine Brille. Eine völlig überflüssige, ungeschliffene Brille mit trapezförmigem Rahmen im Horn-Look. Der Rest der zweihundert Euro geht für ein knieumspielendes Etuikleid in Aubergine und eine Skinni-Levi's aus dem Secondhandshop Pompadour drauf.

Billie schnalzt mit der Zunge, als wir uns im Spiegel begutachten. Ich bin skeptisch, schieße ein paar Selfies und erkenne mich nicht, erkenne nicht mal Billie. Doch die Chance, von Jegor Plewe unentdeckt zu bleiben, ist enorm gestiegen, und ich mache meinen Frieden mit der aufwändigen Maskerade.

Keinen Tag zu früh. Am nächsten Morgen sickert die Nachricht durch, dass sich *der Koma,* wie Plewe in Station 1 genannt wird, auf dem Weg der Genesung befindet.

Mein neues Erscheinungsbild löst unterschiedliche Reaktionen im Kollegenkreis aus. Männer beachten mich neuerdings. Ja, wirklich. Assistenzarzt Dr. Schaffner hielt mir gestern milde lächelnd die Tür zu Station 3 auf, als ich sie, Pakete von Mullbinden balancierend, nicht selbst aufbekam. Oberarzt Dr. Broth fragte, ob ich neu sei, als mir in der Kantine der Eiersalat vom Tablett auf seinen Teller mit Schinkenbraten und Rosenkohl rutschte. Und wenn mich die Fensterspiegelung neulich nicht getäuscht hat, riskierte einer der Sanitäter, treppaufwärts hinter mir, einen Blick auf meine Kniekehlen.

Die Krankenschwestern und Pflegerinnen reagieren eher verhalten, sagen: »Oh, neue Frisur.« Oder: »Sie hatten bislang

Kontaktlinsen? Die haben Ihnen aber auch gut gestanden.« Damit gehen sie eilig zur Tagesordnung über. Zu meiner Verblüffung finden sie nun weniger für mich zu tun als früher, und ich schiebe mein Tablettwägelchen manchmal überflüssigerweise durch die Flure.

Mein Arbeitsalltag könnte sich somit ruhig und angenehm gestalten. Wenn, ja wenn Billie sich heraushielte. Statt mit anzupacken, strapaziert sie meine Nerven und die der Kollegen mit ihrem Gezeter über mein Gehalt und meine Arbeitsbedingungen. Schlimmer noch, sie kritisiert lauthals die Gehälter *aller* Pflegekräfte in unserer Klinik, ach was, im ganzen Land. Weit unter dem Einkommensdurchschnitt würden wir bezahlt, was schon für sich genommen ungerecht und diskriminierend sei, von der Geringschätzung karitativer Arbeit durch eine technokratisch dominierte Gesellschaft einmal abgesehen. Fortwährend entdeckt sie Missstände, die meist der Überlastung, manchmal der Nachlässigkeit von Assistenzärzten und Krankenschwestern geschuldet sind, wie mangelhafte Hygiene, unlogische Anamnesen, unvollständige Krankenakten, geschönte Entlassungspapiere …

Mit ihren Aufdeckungen sinkt, wen wundert es, allmählich mein Beliebtheitsgrad. Auch das Ansehen, das wir durch Jegor Plewes Rettung gewonnen haben, schwindet. Hinter vorgehaltener Hand kursiert die These, ich sei eine Querulantin. Oberschwester Claudia, die Gute, nimmt mich beiseite. »Bleib bei deiner Wachsamkeit, Kindchen, aber häng nicht alles an die große Glocke. Besonders nicht, wenn die Ärzte was verbocken.«

Umsonst. Billie hat herausgefunden, dass – speziell Privatpatienten – überflüssige Medikamente und unnötige Operationen aufgeschwatzt bekommen. Ohne Namen zu nennen (als Querulantin zu gelten, macht ihr nichts aus, als Denunziantin betrachtet zu werden, schon) schreibt sie einen sogenannten *internen Vermerk* und überreicht ihn Dr. Dr. Schatz' Sekretärin mit der Bemerkung: »Hier zeigt sich in Reinkultur, was ungehemmte Gewinnorientierung sogar in humanitär intendierten Systemen anrichtet.«

Sie erhält ein höfliches Antwortschreiben. Und ich werde wenige Tage später in die Wäscheabteilung des Hauses im Souterrain versetzt: blutige OP-Hemdchen, verschmutzte Laken und Kissenbezüge in Empfang nehmen, sortieren, zum Abtransport in die ausgelagerte Wäscherei fertigmachen, alles unter sterilen Bedingungen, mit Einweghandschuhen und einem Mundschutz. Der hat den Vorteil, Billie am Sprechen zu hindern. Allerdings verstehen meine zwei neuen Kolleginnen, beide frisch eingewanderte Bulgarinnen, ohnehin nur wenige Worte Deutsch.

Wäscheabteilungen sind Oasen der Ruhe und der Kontemplation im Klinikbetrieb. Kaum ein Laut dringt aus den oberen Stockwerken zu mir herab, Patienten bekomme ich nie zu Gesicht, Ärzte und Krankenschwestern selten. Wenn ich die von der externen Wäscherei zurückgebrachten Teile in Empfang nehme, prüfe und Kante auf Kante in die bereitgestellten Container schichte, bin ich oft allein im Raum. Dann nimmt Billie den Mundschutz ab und diskutiert mit mir.

»Du bist übrigens gar nicht schizophren, Isa. Weißt du das?«

»Doch. Ich höre verdammt nochmal deine Stimme.«

»Ist ja deine.«

»Das sagst du nur so.«

»Du hast halt verschiedene Identitäten, Isa, dich und mich, und die befinden sich im Dialog miteinander. Ist eigentlich ganz normal. Hat jetzt ein Schweizer Professor herausgefunden, Lippmann heißt der. Und ein niederländischer Professor namens Hermans behauptet das schon länger. Demnach denken zum Beispiel die meisten Leute am Morgen was anderes als am Abend, tun und sagen Dinge, die sie sofort wieder bereuen, stehen manchmal regelrecht neben sich. Sie haben sich nur damit arrangiert, sich als eine einzige Persönlichkeit wahrzunehmen und entsprechend aufzutreten, weil unsere Kultur das so verlangt. Auf die Weise fallen ihre verschiedenen Identitäten nicht so doll auf.«

»Eben. Wenn du dich unauffälliger verhalten könntest, wäre mein Problem gelöst.«

»Du hast gar nichts kapiert, Isa, gar nichts.«

Ein gewisser Trost in all meiner Abgeschiedenheit ist, dass ich Jegor Plewe nicht zu sehen bekomme. Und er mich nicht. All die schlechten Träume, in denen er mich trotz meiner Maskerade erkennt, mir sein Klappmesser zwischen die Rippen oder – fast noch schrecklicher – seinen Schwanz in die Scheide rammt, haben sich verflüchtigt. Ob er wach ist oder selig weiterschläft, im echten oder künstlichen Koma ... all das scheint nicht mehr von Belang.

Schien. Denn plötzlich stehen Oberschwester Claudia und MTA Christine in der Tür. »ER ist aufgewacht.«

»Wie schön«, sage ich, streiche die Knitterfältchen eines nicht optimal gebügelten OP-Hemds glatt und packe es schwungvoll zu den anderen.

Schwester Christine interpretiert meine Zurückhaltung als falsche Bescheidenheit, und Oberschwester Claudia insistiert darauf, dass ich den spannenden Moment, in dem ein Mensch nach wochenlangem Koma zu sich kommt, unbedingt miterleben soll. »Sie sind doch seine Retterin, Kindchen.«

»Ein andermal gerne«, sage ich. »Hab so viel zu tun ...«

Sie lassen keine Ausreden gelten, nötigen mich mit vereinter Wortgewalt zur Station 1, wo sich bereits ein kleiner Pulk vor der Tür des Krankenzimmers versammelt hat. Polizei und Presse sind ebenfalls da, müssen aber im Foyer warten.

Zum Trupp der Erstbesucher gehören auch die beiden Männer, die kurz nach seiner Einlieferung in der Hoffnung auf gute Nachrichten im Flur saßen: der Graublonde mit der Stirnglatze und den Merkelgrübchen, der allenfalls Dreißigjährige mit dem südländischen Teint und den hellen Augen. Enge Verwandte können es nicht sein. So viel ist auf den zweiten Blick klar. Doch beide scheinen sich aufrichtig zu freuen, dass der Patient aufgewacht ist.

»Frank Hölzel«, stellt sich mir der Ältere vor. Er steht stramm, wippt federnd aus den Fußgelenken wie ein Vorturner klassischer Schule, seine hängenden Mundwinkel erheben sich auf Halbmast. »Ich war mehrere Jahre Jegor Plewes Vormund. – Und Sie sind?«

»Isabell, sagen Sie einfach Isabell.«

»Sie sind die Krankenschwester, die …«

»Hilfskraft«, unterbricht ihn Billie in so hochmütigem Tonfall, als handele es sich um einen akademischen Titel. Sie schüttelt ihm die Hand. »Angenehm.«

Der Jüngere mustert sie amüsiert. »Mein Name ist Nikos Tamouridis, ich bin Streetworker und kümmere mich um Herrn Plewe während seiner Bewährungszeit.«

»Ach ja?« Ich mühe mich, interessiert zu erscheinen.

»Er ist auf einem guten Weg, wissen Sie«, sagt Frank Hölzel, »einem sehr guten Weg.«

Billie äfft mich nach: »Ach ja?« Es klingt spöttisch. Ich richte meine Augen auf meine blütenweißen Klinikclogs.

Als Stationsarzt Dr. Weber mit zehnminütiger Verspätung ebenfalls eintrifft, ergreift Oberschwester Claudia endlich die Klinke zur Tür von Jegor Plewes Krankenzimmer und öffnet sie mit der Miene einer Mutter, die ihren Kindern den geschmückten Weihnachtsbaum präsentieren will.

Ich bleibe am Ende der Traube, suche hinter den breiten Schultern von Nikos Tamouridis Deckung, rücke meine Fensterglasbrille zurecht und kontrolliere die Dichte meiner Ponyfransen.

Oberschwester Claudia tritt mit betontem Elan an Plewes Bett. Sie nimmt seine Hand und spricht ein paar freundliche

Worte, winkt dann seinen Vormund und seinen Bewährungshelfer heran.

Plewes Teint ist rosig durchblutet, an Kinn und Schädel sind dunkelblonde Stoppeln regelmäßig nachgewachsen, nur sein Ohr ist noch weiß verbunden. Mit aufgerissenen Augen sieht er von einem zum anderen, runzelt die Stirn, krächzt etwas wie »Kto-äto«, um im nächsten Moment umzusinken und die Hände vors Gesicht zu schlagen.

»Er hat … gefragt, wer wir sind«, übersetzt Frank Hölzel und wirft Dr. Weber einen fragenden Blick zu.

Es hat eine Weile gedauert, ehe ich es begriffen habe, ehe wir alle es begriffen haben: Es ist nicht nur die allererste Verwirrung, mit der viele Komapatienten beim Aufwachen zu kämpfen haben. Jegor Plewe leidet unter einer schweren Amnesie. Wenn man ihn dazu anleitet, kann er zwar gehen und stehen, beherrscht die Grundrechenarten und ist in der Lage, einfache Logikaufgaben zu lösen. Er versteht Russisch wie Deutsch gut, spricht beides akzentfrei. Doch er erinnert sich weder an seinen Namen noch an seine Herkunft, er weiß nichts von seiner polizeibekannten »Verhaltensauffälligkeit«, nichts von seiner Vorstrafe. Er erkennt nicht einmal seinen Vormund.

Wie es zu seinen Schädelverletzungen kam, stand im *Darmstädter Echo*. Demnach ist er von mehreren Männern in einem Hinterhof überfallen, geschlagen und gegen den Kopf getreten worden. Er hatte Glück, dass ein schlafloser Anwohner die Szene am Fenster mitbekam und Alarm schlug.

Die Täter flohen unerkannt. Und Jegor kann keinen der stadtbekannten Schläger auf den Fotos der Polizei wiedererkennen. Noch schlimmer für ihn: Sein Gedächtnis scheint allgemein geschädigt. Am Morgen, aus dem Schlaf erwacht, erinnert er sich nicht mehr an den Vortag, weiß nicht, dass er mit Ärzten und Schwestern gesprochen, gehen und stehen geübt hat. Erst recht vergisst er die Zuwendung seiner Betreuer wie die in aller

Behutsamkeit vorgebrachten Fragen der Polizisten. Bei jedem ihrer Besuche erschrickt er aufs Neue. Mit anderen Worten: Er ist hilflos wie ein Alzheimerpatient im fortgeschrittenen Stadium. Alle sind tief betroffen, bedauern ihn, bejammern seine und die eigene Ohnmacht. Alle außer mir.

Das traditionsreiche städtische Kinderheim Martinushof in Darmstadt, in dem Jegor Plewe zusammen mit rund fünfzig weiteren Kindern untergebracht war, wurde aufgrund von Sparmaßnahmen einem privaten Träger übergeben: dem in Mannheim ansässigen Reiseveranstalter Seasons GmbH, der unter anderem Schüler-Sprachferien in ganz Europa organisiert. Seasons gründete eine gemeinnützige Stiftung, um dieses und andere Kinderheime in Deutschland auf medial überzeugende Weise zu finanzieren. Als neuer Leiter wurde Dr. Karolus Kaiser bestellt, der zuvor fünf Jahre als Berater bei Seasons beschäftigt war.

Wenige Wochen darauf lud Karolus Kaiser zwei alte Schulfreunde zu sich ein. Nach Abitur und Militärdienst hatte sich das Trio mit geringem Erfolg als Popband »Charly, Woody & Ben« versucht. Während der späten 90er Jahre, noch als Studenten, gründeten sie eines jener New-Economy-Startups, die dem Börsencrash zum Opfer fielen. Nach dem Studium hatten sie sich aus den Augen verloren. In einem Golfclub im Odenwald trafen sie sich wieder häufiger – und entwickelten eine neue Geschäftsidee, die sie sorgsam geheim hielten.

Im Herbst desselben Jahres entschied Karolus Kaiser, dass der Martinushof mit fünfzig Kindern überbelegt sei, worauf das Fürsorgeamt der Stadt Darmstadt fünf Jungen im Alter zwischen zwölf und vierzehn der neu gegründeten Juventis Jugendhilfe GmbH übergab, zu deren stillen Teilhabern Kaiser zählte.

Den transferierten Jungen, unter ihnen der damals dreizehnjährige Jegor Plewe, hatte ein psychologisches Gutachten wenige Wochen zuvor teils dissoziale, teils schizoide Entwicklungsdefi-

zite attestiert. Die Diagnosen erforderten nach Auffassung des Fürsorgeamts »einen hohen Betreuungsaufwand und individualtherapeutische Maßnahmen«. Für die Inobhutnahme eines als »entwicklungsgestört« registrierten Jugendlichen berechnete die Juventis GmbH rund 8.000 Euro im Monat.

Jegor Plewe wurde im Haus C der Fuchswald Jugendheime untergebracht, einer Anstalt im dünn besiedelten Werra-Meißner-Kreis in Nordhessen.

*

Meine Verbannung in die Wäscheabteilung ist aufgehoben. Ob ich es Oberschwester Claudia zu verdanken habe oder der Tatsache, dass zwei Pflegekräfte wegen einer Grippe fehlen – ich weiß es nicht. Ich frage auch nicht. Zurzeit bin ich zum Einsammeln des Geschirrs nach den Mahlzeiten eingeteilt, habe also wieder Kontakt zu Patienten. Unter anderem zu Jegor Plewe, der mir mehrmals täglich mit dem Gesichtsausdruck eines Hundebabys zuschaut, wie ich sein Tablett samt Tellern, Besteck und Essensresten davontrage. Und der mir freundlich zuwinkt, wenn ich mich zu ihm umdrehe und Tschüss sage.

Auch Nikos Tamouridis und Frank Hölzel treffe ich manchmal. Sie kommen abwechselnd vorbei, um nach ihrem Schützling zu sehen und sind mit Recht besorgt um ihn. Amnesien sollen für die meisten Menschen eine Qual sein, können auf Dauer zu Depressionen, Angstattacken, Psychosen führen.

Billie habe ich angemahnt, sich zurückhaltend zu bewegen. Und vor allem ihren Mund zu halten. Beides gelingt ihr gegenüber Nikos Tamouridis nur bedingt. Sie hechtet hinter ihm her, befragt ihn zwischen Tür und Angel, Teekännchen und Abfalltüten nach seinem Beruf: »Sie sind Streetworker? Was machen Sie da konkret? Was für eine Ausbildung braucht man dafür?«

Er freut sich an ihrem Interesse, erzählt ihr, was er jeweils vorhat: Streife fahren und Schulschwänzer von der Straße auflesen, Gruppengespräch mit Nachwuchskriminellen, Behördengang mit Asylbewerbern ... Sie klebt an seinen Lippen. Unerfahren mit Männern wie sie ist, hat sie sich womöglich verliebt. Ich hoffe, nicht allzu sehr. Er ist jünger als wir, mindestens fünf Jahre, schätze ich. Und er sieht gut aus.

»Gut? Phantastisch sieht er aus!«, befindet Billie.

Aber er könnte sich besser rasieren. Meine Meinung.

Immerhin hat Billies Engagement bewirkt, dass wir nun einen Einblick in Jegor Plewes Lebenslauf bekommen haben, was womöglich irgendwann nützlich ist. In einer Nachmittagspause bei Milchkaffee und Streuselkuchen erfuhren wir – stichwortartig von Streetworker Nikos Tamouridis dargelegt – Jegors Geschichte: Die Mutter starb bei der Geburt der Schwester, der in Deutschland eingebürgerte Vater kurz nach Jegors fünftem Geburtstag bei einem Autounfall. Eine Tante aus Minsk kam angereist, nahm die Schwester mit sich nach Russland, setzte ihn an einem Autobahnrastplatz aus. – Anschließend klassische Heimkarriere.

»Armer Kerl«, sage ich. Und meine es auch so.

»Als er dreizehn war, entschied man sich, ihn in einem Heim für schwer Erziehbare unterzubringen, Frank übernahm die Vormundschaft.«

»Frank Hölzel?«

»Genau. Frank ist Jugendbeauftragter bei der Evangelischen Kirche. Er kümmerte sich zudem persönlich um mehrere elternlose Kinder. Doch Jegor driftete unbemerkt ab, randalierte, riss aus, geriet in kriminelle Milieus ...«

Billie kneift die Lippen zusammen. Ich auch. Und der Hauch Mitleid, der eben noch in mir aufgestiegen war, verwandelt sich in eine Wolke aus Abscheu, als Nikos Tamouridis weiterspricht. »Jegor verhielt sich Frauen gegenüber ruppig, oft ausgesprochen brutal. Ganz besonders, wenn er sie attraktiv fand. Er fiel über eine deutsche Prostituierte her, wohl weil er glaubte, dass das rechtens sei. Sein Vorhaben misslang, die Frau zeigte ihn an, und er bekam eine Bewährungsstrafe. Seither gehört er zu meinen Klienten.«

»Versuchte Vergewaltigung also«, sage ich. Sehe den Kerl wieder auf mich zukommen wie damals, mit seiner Kippe im Mundwinkel und seinem gezückten Messer. – Aber ich fasse mich, gebe mich gleichmütig. »Inzwischen ist er *auf einem guten Weg*, wie Sie sagen?«

»Letzten März«, erzählt Nikos Tamouridis weiter, »hatte Jegor einen Unfall. Er fand einen Feuerwerkskörper, mit dem er sich schwer verletzte: Verbrennungen dritten Grades an Haut von Beinen und Bauch, auch seine Geschlechtsteile waren betroffen.«

Ich zucke zusammen, wie immer, wenn ein gut aussehender Mann von *Geschlechtsteilen* spricht. Bei Billie dagegen gewinnt die Verblüffung die Oberhand. »Ein Unfall? Wie – ein Unfall?«, fragt sie.

»Seine Freunde und er haben einen noch funktionstüchtigen Feuerwerkskörper hinter einer Mülltonne gefunden und damit herumgespielt.«

»Und die Freunde?«

»Wurden nicht verletzt. Jegor musste zweimal operiert werden.«

»Tja«, sagt Billie. Ich sage nichts.

»Das Erlebnis hatte auch seelische Auswirkungen. Er begann, viel über sich nachzudenken. Und er ist seither nicht mehr kriminell aktiv. Aber er muss auf der Hut vor alten Freuden sein. Seine Kopfverletzungen deuten auf einen Mordversuch hin, die Manipulation der Versorgungsgeräte in der Intensivstation wohl ebenfalls. Die Kripo ist dran an dem Fall, doch auf Jegors Angaben kann man ja nicht zählen.«

»Manche Amnesiepatienten erholen sich und finden ihre Erinnerung nach und nach wieder«, sage ich. Es klingt aufmunternder, als es gemeint ist.

Er strahlt mich an. Billie strahlt zurück.

*

Alles aus. Job verloren, Leben verwirkt. Und ich kann nicht mal Billie die Schuld zuschieben. Jedenfalls nicht die alleinige. Das Ganze war zwar auch Billies Neugier zu verdanken, vor allem aber meinem pochenden Gewissen. Ich wollte unbedingt herausfinden, was genau wir Jegor Plewe mit unserem Molotowcocktail angetan haben. Noch lag er in meinem Revier, noch bekam er starke Schlafmittel. Dr. Weber hatte angekündigt, dass er kommende Woche in die Reha verlegt werden sollte.

»Wir müssen es anpacken, Billie«, mahnte ich. Sie war einverstanden. Also schlichen wir uns vorgestern Nacht in sein Krankenzimmer. Er schnarchte. Vorsichtig zogen wir ihm die Decke weg, lupften den Bund seiner Pyjamahose hoch und betrachteten im Schein einer Taschenlampe seine Genitalien. Die Vorhaut sah aus wie muslimisch korrekt beschnitten, die linke Seite war von Brandnarben überzogen, rechts schillerte ein Teil der Haut unnatürlich hell, vermutlich eine Transplantation. An den Hoden konnten wir nichts erkennen, sie waren zu dicht von Schamhaaren bewachsen. Also schob ich den krisseligen Flaum mit zwei Fingern vorsichtig auseinander …

Da ging die Tür auf und die Deckenlampe an. Nachtschwester Natalie starrte mir ins Gesicht. Ich wusste nichts zu sagen. Billie ausnahmsweise auch nicht. Jegor schnarchte weiter, doch das entschärfte die Situation kein bisschen. Schwester Natalie komplimentierte mich hinaus und forderte mich auf, nach Hause zu gehen.

Niemand hat mich ermahnt, niemand hat mich befragt. Gestern Morgen bekam ich in einem offenen Couvert meine schriftliche Kündigung mit sofortiger Wirkung – ohne Angabe von Gründen. Das können sie machen, ich bin ja nur Aushilfe.

Das Schlimmste daran ist die Scham. Die nagt an meinen Magenwänden. Und lässt mich so frösteln, dass ich es nur noch auf dem Sofa und in Decken eingemummt mit mir selbst aushalte. Alle denken, ich hätte ihn sexuell belästigen wollen, hätte seine Wehrlosigkeit ausnutzen wollen. Was sollen sie auch sonst glauben? Und ich habe keine Chance, mich zu erklären, ohne mich gleichzeitig ans Messer zu liefern. An Jegor Plewes Messer. Oder an einen Untersuchungsrichter. Also schweige ich und frage lieber nicht nach einem Arbeitszeugnis.

Wieder einmal phantasiere ich von einem Urlaub in den finnischen Wäldern. Mir wäre sehnlichst danach. Und bevor ich erneut Hartz IV beantragen kann, muss ich sowieso einen Teil meiner Ersparnisse ausgeben. Für einen Billigflug nach Helsinki hin und zurück und eine Hütte der billigsten Kategorie könnten 500 Euro reichen. Auch dieser Traum ist aus. Billie ist mir zuvorgekommen. Sie hat das Geld in einen Tätowierschuppen getragen und sich eine faustgroße bunte Kaktusblüte auf die linke Pobacke stechen lassen. Es sei genauso ihr Po, hat sie mir erklärt. Und auf Einsamkeit habe sie keine Lust. Wir müssten unter Leute, müssten Spaß haben. Und dieses ganze blöde, verklemmte, spießige Establishment könne sie mal lecken. An ihrer Kaktusblüte.

Sie hat eine Großpackung Schlaftabletten aus dem Depot des Magdalenen-Krankenhauses mitgehen lassen. Heute Nacht nehme ich eine. Und morgen früh mach ich einen Termin beim Psychiater. Ich schwör's.

2. BILLIE

Das mit dem Tattoo war nur der Auftakt. Inzwischen habe ich einen Strass-Stein im linken Nasenflügel, Stahlringe in jedem Ohrläppchen und einen fransig gestuften hennaroten Bob, aus dem sich mit Gel und Spray eine perfekte Out-of-bed-Frisur stylen lässt. Es ist an der Zeit, aus Isas Schatten zu treten. Hab ich jahrzehntelang als vergessener Molotowcocktail in einem Wandschrank ausgeharrt, mich endlich dank eines glücklichen Umstands zurück ins Leben gebeamt, um nun als Zweitexistenz einer aggressionsgehemmten Kleinbürgerin mein Dasein zu fristen? Wer sagt überhaupt, dass ich ihr Double bin? Und nicht sie meins?

»Der erste Schritt zu meiner Reinkarnation ist somit gemacht, liebe Isa. Der zweite steht an. Er betrifft unser Arbeitsleben. Das muss sich ändern. Gründlich ändern«, sage ich streng.

Isa schreckt von der Couch hoch. »Wieso Arbeitsleben? Wir haben doch keins.«

»Eben. Du gammelst rum.«

»Ich gehe regelmäßig zur Arbeitsagentur.«

»Um dich an Sub- oder Sub-Subunternehmer vermitteln zu lassen, für die du im Akkord Kotze und Scheiße wischen sollst?«

»Was anderes kommt kaum infrage.«

»Wer dich nicht kennt, Isa, der könnte meinen, du wärst tatsächlich bereit, so eine Fronarbeit zu übernehmen, ohne zu lamentieren und für einen Hungerlohn. Aber mich täuschst du nicht. Du pilgerst zwar beflissen zum Job-Center und harrst auf einem der Hartplastikstühlchen aus, bis du an der Reihe bist. Wirst du aber zu Vorstellungsgesprächen eingeladen, ziehst du Mutters altes Tweedkostüm über, kombinierst es womöglich mit deinen abgetragenen Klettverschlusstretern. Zu allem

Überfluss schmierst du dir Vaseline in Gesicht und Haare. Klar, so kommst du für die Personalleiter dieser Ausbeuterklitschen nicht infrage.«

»Glaubst du, sie winken mich durch, wenn ich in deinen Heavy-metal-Leibchen erscheine?«

»Ich glaube was anderes, Isa. Du willst so einen Job nicht. Nicht wirklich. Hast lange genug Mutter gepflegt, ohne Lohn, ohne Hilfe durch irgendwen. Du hast keinen Bock mehr auf unentgeltliches Arschabputzen. So ist das.«

Sie fühlt sich ertappt, starrt die Decke an und weint.

Das hab ich nicht gewollt. Ich drücke ihr ein Tempotaschentuch auf die Augen und nehme sie in den Arm. »Sieh mal, Isa, es wäre doch in Ordnung, mal eine Weile mit Hartz IV auszukommen, wenn wir in unserer freien Zeit etwas Zukunftsweisendes unternehmen. Die Welt ein wenig verbessern. Sich für die Erniedrigten und Zukurzgekommenen in einer repressiv spätkapitalistischen Gesellschaft einsetzen zum Beispiel.«

»Du redest wie Vater.«

»Ich bin wie Vater. Und deshalb werde ich Nikos als ehrenamtliche Helferin ins Streetworkerleben folgen.«

»Waaas?«

»Du hast es doch auch gehört. Sie kümmern sich um Drogenabhängige, reuige Kriminelle, Flüchtlinge … ich brenne darauf.«

Isa fasst sich an den Kopf. »Du spinnst, viel zu gefährlich dieser Job. Stell dir vor, an jeder Ecke so Typen wie Jegor Plewe. Und lauter Dealer, Schläger, Salafisten …« Isa redet sich in Rage, bis ihre Knie zittern, bis ihre Stimme kippt und ihre Zähne klappern.

Doch ich bleibe hart und behalte die Oberhand. Ich bin stärker als sie, und sie weiß es. Ich müsste nur mit dem Finger schnippen, um sie verschwinden zu lassen. Dann würde sie nicht als Brandsatz in einer Champagnerflasche enden, sondern als destilliertes Wasser im Reservoir ihres Dampfbügeleisens allmählich verzischen. »Achtundzwanzig Jahre lang hast du unser Leben dominiert. Jetzt bin ich an der Reihe«, sage ich.

Isa weint nicht mehr, sie zittert nicht mehr, sie tobt. Reißt meine Klamotten aus dem Schrank, schmeißt sie auf den Fußboden, tritt auf Vaters Schreibtisch ein, zerreißt und zerfleddert Rosa Luxemburgs »Schriften zur Theorie der Spontaneität«.

Mir reicht's. Ich erkläre die Diskussion für beendet und fahre zu einer Disco in der Innenstadt, wo mittwochnachts Wunschkonzert und der Eintritt frei ist. Ich bestelle einen Heavy-Metal-Titel nach dem anderen, tanze und tanze. Bei Sonnenaufgang kehre ich heim. Da hat Isa klein beigegeben.

Das Streetworkerbüro »KeinZoff« ist ursprünglich eine vom Fürsorgeamt der Stadt unterhaltene Integrationsstelle für vorbestrafte Jugendliche, heute eine überwiegend kirchlich finanzierte Beratungsstelle für alle, die irgendwie irgendwelche Hilfe brauchen. Das Haus befindet sich in der Frankfurter Straße, die aus der Innenstadt schnurstracks zur Firma Merck führt und besonders wochentags entsprechend lebhaft frequentiert ist. Es duckt sich mit seinen zweieinhalb Stockwerken zwischen die anderen, blitzt dafür frisch und cremeweiß verputzt wie eine perfekte Jacketkrone aus einem ansonsten angegilbten Gebiss. Für seine Klientel liegt es günstig, ist von zwei problembeladenen Ecken der Stadt, dem Pallaswiesenviertel und dem Mornewegviertel zu Fuß erreichbar.

Es gibt eine Sicherheitstür, die sowohl vom Flur aus als auch vom Träger, dem Elisabethenhaus, videoüberwacht wird. Den Grund kann ich mir denken. Streetworker helfen Menschen. Damit machen sie sich gelegentlich unbeliebt. Bislang arbeitet dort außer Nikos noch Gerald, ein Student mit Obelix-Statur und Drei-Tage-Bart. Er ist als Springkraft bei diversen Sozialeinrichtungen der Stadt begehrt, vor allem bei der AG Kobra, ein paar Straßen weiter, wenn sie ihre gewaltpräventiven Einsätze haben: Heiner- und Schlossgrabenfest, Heimfußballspiele des SV 98 …

»Das Wichtigste ist, dass wir versuchen, emotional neutral zu bleiben. Und unparteiisch. Wir urteilen nicht, wir helfen und schlichten bei Konflikten, bauen Menschen, die aus dem sozialen Gefüge herausgefallen sind, eine Brücke zurück. Wir geben jedem eine Chance und wollen dafür sorgen, dass die Gesellschaft es ebenfalls tut.« Nikos erklärt mir seine Welt mit der Beflissenheit eines Kindes, das von seiner Märklin-Eisenbahnanlage spricht. Ich bin ganz Ohr. Und auch Auge, wenn er dabei seine dichten schwarzen Brauen hebt und seine rosigen Lippen zu einem verlegenen Schmunzeln verzieht. Aber ich bemühe mich um eine sachliche Miene und nicke ernst, denn ich will unbedingt mitspielen.

Nachteilig für meine Pläne ist, dass ich keine streetworkertaugliche Ausbildung vorzuweisen habe. Formal wäre ein Soziologiestudium nicht schlecht, wie mein Vater eines abgebrochen hat. Noch besser wäre ein Abschluss in Sozialpädagogik, wie Nikos ihn hat. Mit Mitte dreißig lässt sich so ein Studium schwer nachholen. Also gehe ich autodidaktisch vor und ziehe mir sämtliche Rudi-Dutschke-Videos auf youtube rein.

Natürlich müssen Streetworker auch trainieren, sich in problematischer Lage Respekt zu verschaffen, wofür ein paar Muckis unerlässlich sind. Zu dem Zweck nehme ich drei Mal wöchentlich am Krafttraining beim örtlichen Sportverein teil (was Isas Krankenkasse gern mit Bonuspunkten belohnt) und arbeite mich obendrein an den Punching-Bällen im Kraftraum vom KeinZoff ab. Für Isa habe ich Pfefferspray, eine Trillerpfeife und eine abwehrtaugliche große LED-Taschenlampe besorgt, auch die Anwendungen mit ihr geübt. So lässt sie sich einigermaßen ruhigstellen.

Bislang will Nikos mich trotzdem nicht mitnehmen, wenn er mit Gerald *auf Streife* geht, wie sie es nennen. Sie suchen all die Plätze auf, wo das Elend zusammenfindet: den Bahnhof, die Straßenbahnendpunkte, die Unterführungen, die unwirtlichen Gewerbeviertel …

»Du hast keine Ahnung, mit was für Typen wir es da manchmal zu tun haben. Und wie die mit Frauen umgehen«, erklärt er mir.

»Na und? Ich kann mich wehren«, sage ich und baue mich mit vor der Brust verschränkten Armen vor ihm auf. Prahle damit, mir im letzten Frühjahr nur mit Hilfe einer zerbrochenen Flasche drei schwere Jungs vom Leib gehalten zu haben.

Er glaubt mir nicht. »Wie willst du das genau gemacht haben?«, fragt er und sieht mich mit schief gelegtem Kopf so verzückend an, dass ich ihn am liebsten anfallen und wie wild küssen würde, ginge Isa nicht dazwischen: »Vergiss nicht, Billie, er ist sieben Jahre jünger als du.«

Ich stutze. Nicht wegen des Altersunterschieds, der irritiert mich kein bisschen. Warum auch? Aber mir fällt glühend heiß ein, dass es zu spät ist, Nikos zu erzählen, unter welchen Umständen ich Jegor getroffen und was ich mit seinen Verbrennungen zu tun habe. Sicher würde Nikos es als Vertrauensbruch empfinden, dass ich damit so lange hinterm Berg gehalten habe. Zu Recht. Am allerwenigsten darf er wissen, dass ich einem vergessenen Molotowcocktail entstamme – und eine Zweitexistenz als bourgeoise Angsthäsin führe. Also habe ich eine wahre Kasperlenummer hingelegt, um anzuzeigen, dass ich natürlich bloß einen Scherz habe machen wollen, trotzdem aber fit genug sei für die Kampfzone.

Nikos lächelt sein wunderbares Lächeln. Ich solle vernünftig sein. Für den Einsatz in der Szene sei ich zu zart gebaut. Er macht eine bedauernde Geste. Obwohl er es ansonsten mag, wie ich gebaut bin, glaube ich. Er guckt immer verstohlen in meinen Ausschnitt, wenn ich mich bücke. Ich bücke mich, so oft es geht.

Mein Billie-sei-vernünftig-Job besteht vorläufig vor allem in Sanitäterdiensten an verletzten Junkies. Nikos schleppt sie an, weil sie die Notaufnahme im Krankenhaus scheuen. Sie fürchten, nach ihrer Genesung von der Polizei wegen Drogenbesitzes festgehalten zu werden. Was Unsinn ist, aber wie erklärt man jemandem Recht und Gesetz, der schon tagelang gesessen hat, weil er mit ein paar Gramm Haschisch erwischt worden ist?

Manchmal findet Nikos auch Obdachlose, die zu besoffen sind, um klar zu denken, geschweige denn zu reden. Ich richte ihnen ein Matratzenlager ein, lasse sie zwei, drei Stunden schlafen und wecke sie mit einem Kaffee. Dann drücke ich ihnen die Adresse vom »Horizont« in der Bismarckstraße in die Hand, der die Männer in ordentliche Obdachlosen-Unterkünfte vermittelt. Die meisten sehe ich zum Glück so bald nicht wieder.

Mehr Spaß machen mir die jungen Mädels, die nicht wissen, wohin mit sich. Sie sind dreizehn, vierzehn, manchmal schon sechzehn. In die Schule wollen sie nicht, nach Hause können sie nicht, also streunen sie herum. Manche sind der Polizei bekannt, weil sie schwarzfahren, schnorren, klauen. Nikos und Gerald konnten bislang nicht mehr tun, als sie auf offener Straße anzusprechen und zu ermahnen, zur Schule zu gehen. Nicht mal im Auto hinbringen ist eine Lösung. Sie könnten, wenn es ihnen in den Sinn kommt, hinterher behaupten, sexuell belästigt worden zu sein.

Ab sofort schickt Nikos die Mädchen zu mir ins KeinZoff, damit sie nicht in die Fänge der Drogenhändler oder Zuhälter geraten. Ich bringe ihnen das Maultrommelspielen bei, veranstalte kleine Schmink- und Frisierkurse, lasse sie mit Wimperntusche, Haargel und Nagellack experimentieren, Isa unterrichtet sie in Stricken und Häkeln. Alles mit der Folge, dass einige Mädchen inzwischen regelmäßig und aus eigenem Antrieb kommen.

Sie seien wie aus dem Nest gefallene Küken, die eine »mütterliche Fürsorge« bräuchten, um ihnen die verlorene »Nestwärme« zu ersetzen, schreibt Nikos in seinen Monatsbericht ans Dekanat. Er wählt öfter diese bildhafte Ausdrucksweise, die einem die Tränen in die Augen treiben könnte. In diesem Fall geht es ihm darum, bei Frank Hölzel eine gewisse Aufwandsentschädigung für mich locker zu machen. Auf die hoffe ich auch.

Zwei der Mädchen kommen besonders oft: Laura Clausen, fünfzehn, und Sophie Clausen, dreizehn. Es sind Schwestern. Dass sie partout nicht zur Schule gehen wollen, leuchtet mir ein. Sie lesen stockend wie Erstklässler. Und ihre Kleider wirken nicht nur billig, sie stinken. Beides sichere Voraussetzungen, um Mobbing-Opfer zu werden.

Ich möchte mehr über Laura und Sophie erfahren und beschließe, sie überraschend zu Hause zu besuchen, in einer der schmuddeligen Mietskasernen im Mornewegviertel. Sie wollen mich an der Tür abwimmeln. »Mama ist krank.« Mir schlägt ein unglaublicher Mief entgegen.

»Will nicht stören, wäre aber dankbar für einen Kaffee«, sage ich.

»Wir haben nur Pulverkaffee.«

»Auch gut.«

»Milch gar nicht.«

»Egal.«

Sie lotsen mich schließlich – »Pssst, Mama schläft!« – durch einen dunklen Flur, an dessen Rändern sich Kleidungsstücke, Flaschen, Kartons und Plastiktüten türmen. Staubflusen stieben auf, als Sophie mir eine Tür nach rechts öffnet. Offenbar das »Kinderzimmer«. Auf dem Boden liegt eine verblichene Matratze von maximal anderthalb Metern Breite, darauf ausgebreitet zwei zerschlissene Schlafsäcke. In der Ecke stapeln sich Schulsachen, Bücher, Hefte, Stifte, Schnellhefter. Die Gardine, ebenso wie das Fenster dahinter, erscheint grau vor

Schmutz. Möbel gibt es keine, aber Laura schleppt mir von irgendwoher einen Stuhl herbei.

»Setz dich, ich bring dir einen Kaffee«, sagt sie und flüchtet hinaus.

Sophie ist clever genug, um zu kapieren, worum es ihrer großen Schwester geht: mich bloß nicht zu viel von der Wohnung sehen lassen. Sie lässt sich aufatmend auf die Matratze fallen, verschränkt die Arme hinter dem Kopf, als sei es das bequemste Lager der Welt. »Was machst du so … in der Gegend hier?«

In meinem Hirn schrillen die Alarmglocken. Statt mich in einen Smalltalk verwickeln zu lassen, folge ich Laura in den Flur. »Muss mal gucken, was mein Kaffee macht«, sage ich und spähe durch den Spalt der nur angelehnten Küchentür. Der Anblick ist unglaublich. Der Gestank auch. Was ich an der Haustür erschnüffelt hatte, scheint dieser Küche zu entströmen: Schimmel, Moder, ranziges Fett. Als Quelle erweist sich eine entlang der Anrichte gestapelte Ansammlung schmutzigen Geschirrs – Teller, Tassen, Pfannen, Töpfe – dazwischen halbleere Lebensmittelverpackungen. Mittendrin in diesem dreckverkrusteten Stillleben steht Laura, lässt heißes Wasser aus dem Boiler in einen blauen Keramikbecher rinnen.

Sie sieht sich nicht zu mir um. »Ist gleich fertig«, murmelt sie.

Hätte ich wirklich Appetit auf einen Kaffee, er würde mir spätestens jetzt vergehen, als sie mir den vollen Becher mit der Aufschrift »Alles wird gut!« entgegenstreckt. Die braune Brühe riecht nach vergammelter Tütensuppe.

»Unser Geschirrspüler ist nämlich kaputt«, sagt Sophie, die unvermittelt hinter mir auftaucht.

Ich nicke, bringe noch im Stehen vorsichtig meine Lippen an den Becherrand, tue als ob ich nippe, trinke aber nicht.

Laura schlägt die Hände vors Gesicht und weint. »Bitte sag keinem was. Keinem.«

Ich nehme sie in die Arme.

»Wir wollen nicht in ein Heim.«

»Ein Heim? Wer redet denn davon?«

»Eine vom Fürsorgeamt war hier.« Jetzt schluchzt auch Sophie.

»Was'n da los?« Eine Tür am Ende des Flurs ist aufgegangen. Ein klapperdürrer Zombie in schmuddelig rosafarbenem Hausanzug erscheint, graue Fisselmähne, fleckige und furchige Haut, schwimmender Blick aus rot geränderten Augen.

»Was'n da los?«, wiederholt der Zombie, starrt mich an und schreit, ganz so, als sei ich das Monster in dieser Szene, rast auf mich zu. »Raus hier, raus, du Hexe. Fahr zur Hölle!« Sie torkelt, hält sich mit einer Hand am nächsten Türrahmen fest und bekreuzigt sich mit der anderen.

»Okay, okay«, sage ich und hebe abwehrend beide Hände. »Was nimmt eure Mutter?«, frage ich die Mädchen leise.

»Bislang LSD, jetzt Crystal, glaub' ich«, sagt Laura. »Bewahrt das Zeug in einem Safe auf.« Sie nähert sich vorsichtig ihrer Mutter, als fürchte sie Prügel, schnieft ein paar Mal, stützt sie schließlich und bugsiert sie zurück in das Zimmer an der Stirnseite des Flurs. Sophie bringt mich zur Wohnungstür und winkt mir traurig hinterher.

Jetzt ist es Isa, die in Tränen ausbricht. »Was für tapfere Mädchen.« Beinahe heule ich mit.

Nach diesem Ereignis fürchte ich, Laura und Sophie nie wieder zu sehen. Doch schon am nächsten Vormittag stehen sie in der Tür zum KeinZoff mit einer Schachtel Schokokonfekt im Gepäck.

»Hier, für dich«, sagt Laura.

»Oh, nein, nicht sowas Teures.«

»Ist beim Discounter geklaut.«

»Hmmm, na dann – vielen Dank!«

Bei Pralinen und Cola versuche ich, ihnen klarzumachen, dass sie Hilfe brauchen.

Laura kratzt sich schon wieder die Handflächen wund. »Aber wir wollen nicht in ein Heim!«

»So Heime wie früher, in denen Kinder gequält werden, gibt's doch gar nicht mehr. Bestimmt kommt ihr in eine nette Pflegefamilie. Nur für ein paar Wochen, höchstens Monate. Bis eure Mutter okay ist.«

»In unserer Schule gab's einen, der wurde von der Fürsorge abgeholt und war weg. Ganz weg. Nicht mal der Klassenlehrer durfte ihn besuchen.«

»Na, vielleicht wollte er keinen Besuch von dem«, sage ich und denke an meinen Klassenlehrer damals in der Achten und Neunten. Doch erst das Argument, dass ihre Mutter Hilfe brauche, zündet bei ihnen. »Es wäre egoistisch, vor lauter Angst, vorübergehend woanders wohnen zu müssen, eurer Mama eine Kur zu verweigern«, sage ich. »Und wenn es euch bei der Pflegefamilie nicht gefällt, hole ich euch persönlich wieder raus. Großes Ehrenwort.«

Sie willigen ein, dass ich mich mit Nikos berate. Ein knapper Bericht, gemeinsam formuliert, ist zwei Tage später auf dem Amtsweg. »Es kann trotzdem dauern«, meint Nikos. »Ein paar Wochen vielleicht.«

Während die Bürokratie ihren Gang geht, sorgen Isa und ich dafür, dass die Mädchen wieder zur Schule können, ohne anzuecken. Isa wäscht ihre Klamotten in unserer Waschmaschine mit, bügelt sogar ihre T-Shirts. Die beiden duften jetzt nach Lenor und Appretur-Spray. Im KeinZoff-Büro machen sie ihre Hausaufgaben, anschließend übe ich mit ihnen lesen. »Die Tribute von Panem« stehen auf dem Programm. Das schmökern sie tatsächlich freiwillig, und die anderen Schulschwänzerinnen machen mit. Ich veranstaltete kleine Wettbewerbe und lasse jede mal gewinnen. Hinterher gibt es Gummibärchen für alle.

Nach vier Wochen lesen Laura und Sophie immerhin wie Zweitklässler, langsam aber ohne zu holpern, und wir gehen zur Feier des Tages zu »Da Toni« im Luisencenter Eis essen. Auf dem Rückweg (ein Drogeriemarkt in der Innenstadt ist wegen einer Rabattaktion voller Leute und wir sind in Hochstimmung) klauen wir ein paar Kosmetika, schaffen es sogar, für Nikos und Gerald je ein Aftershave zu ergattern.

Leider steckt Sophie ihnen unseren Diebeszug. Nikos ist außer sich. Vor Zorn. Auf mich. »Du sollst ein Vorbild sein. Ein positives Beispiel dafür, dass man sich auch in schwierigen Lebensumständen im Rahmen der Gesetze bewähren kann«, schimpft er. Ich schätze, er würde mich normalerweise feuern. Sofern man ehrenamtliche Mitarbeiter überhaupt feuern kann. Mir kommt der Umstand zugute, dass er in mich verliebt ist. Bis vorgestern wusste er es nur noch nicht. Aber dieser Blick in meine Augen manchmal, als mühe er sich, aus mir schlau zu werden, ist eindeutig. Ich blicke zurück in seine Augen und küsse ihn auf den Mund. Er schmeckt herrlich nach Ingwertee mit Honig.

Am Abend nehme ich ihn mit zu mir nach Hause. Isa hat alles schön hergerichtet: Kerzen, Wein, Blätterteigröllchen und Musik von Bon Jovi. Dabei hat sie keine Ahnung davon, was für eine Wahnsinnsnacht mich erwartet. Ihr erstes und einziges Mal mit Flori Sommer aus der Parallelklasse (der sie schon am nächsten Schultag wie Luft behandelte) kann man nicht gelten lassen. Genauso wenig ihre kleinen Abenteuer mit Möhren, Zucchini oder dem zwischen Mutters Nachtwäsche entdeckten Dildo. Tschüss, Isa, kommandiere ich, und sie taucht ins Nirwana ab, als Nikos die Kerzen, den Wein, die Blätterteigröllchen und die Musik nicht erst abwarten mag.

Leise schnaufend umfasst er mit seiner Hand meinen Nacken, zieht mich zu sich und schiebt meinen Rock hoch, streift mir langsam, ganz langsam, den Slip vom Leib ... Ich sinke wie benommen auf den Boden, den Teppich im Wohnzimmer, der unter mir nachzugeben scheint, zu schwanken beginnt wie ein Boot auf stürmischer See ... Nikos ... Nikooos ... beschwöre ich stumm seinen herrlichen Vornamen, als er sich zu mir legt, den Mund, den Hals, die Brüste küsst, mit seinen warmen weichen Lippen ... Ich kralle meine Hände in seine Oberarme, die so fest sind, so braune Haut haben, die einen Duft wie Milch und Meerwasser zugleich aussenden. Mein Herz rast los, als er meine Beine auseinanderpresst, meine Scheide streichelt, sanft, ganz sanft ... Und ich muss ins Kissen beißen, als er sein kräftiges Glied in mich schiebt, damit ich nicht aufschreie vor Lust ... die stärker wird, immer heißer wird im Rhythmus seiner Stöße ... ein aufsteigender Feuerball, ein niederregnendes Glitzern ... Dann liege ich wie mit Nikos verwoben in seinen Armen, verschnaufe, werde still, werde ruhig. Aber nicht für lange ...

Beim Frühstück am nächsten Morgen kommen Bon Jovi und die Blätterteigröllchen zum Einsatz. Und, was mein Glück perfekt macht: Ich kann im KeinZoff bleiben. »Auf Bewährung«, sagt Nikos.

Ich küsse ihn wie wild und ziehe ihn wieder ins Bett.

3. ISABELL

Manchmal kommt es mir vor, als lebe sie mein Leben und ich gucke zu. Das heißt, ich gucke eher nicht zu. Ich schließe die Augen und bete. Lieber Gott, gib ihr mehr Vernunft. Oder mir mehr Gelassenheit. Bewahre uns vor mafiosem Kugelhagel, vor Schlägerbanden und Kaufhausdetektiven. Wobei ich befürchte, dass Gott mich nur mit halbem Ohr anhört. Billie ist Atheistin.

Auch deshalb schickt sie mich in den Ring, um mit Frank Hölzel zu verhandeln. Sie braucht für ihr sogenanntes Ehrenamt einen Vertrag, der sie bei Unfall (oder einem Überfall) absichert und ihr erlaubt, Fahrgeld und ein paar arbeitsbezogene Ausgaben von derzeit insgesamt 72,40 Euro abzurechnen. Bislang hat sie einen bloßen Gaststatus im KeinZoff, was Nikos und Gerald auf Dauer unannehmbar finden, ich angesichts der bereits angesammelten und sicher weiter steigenden Auslagen natürlich auch.

»Mach du das«, sagt Billie. »Du kommst bei den Gottesdienern besser an als ich.« Bei meiner Garderobe will sie aber mitreden. »Nicht, dass ich mich wieder mit dir schämen muss.«

Wir wählen eine enge Jeans mit Ballerinas und hellbunter Tunika aus, dazu ein dezentes Make-up mit rosa Lipgloss und einen winzigen Strass-Stein im linken Nasenflügel. Ich packe ein paar Bewerbungsunterlagen ein, die ich schon für die Arbeitsagentur zusammengestellt habe, und mache mich mit mäßigem Engagement auf den Weg. Vorstellungsgespräche sind die Pest. Meine Meinung. Sie regen mich auf, selbst wenn mich die Aussicht auf den Job gar nicht lockt. Diesmal bin ich noch konfuser als sonst, denn Billie sitzt mir im Nacken. »Ich mach dir die Hölle heiß«, sagt sie, »solltest du bei dieser heiligen Mission versagen.«

Das dreistöckige Elisabethenhaus, eine Einrichtung des Dekanats, steht am südöstlichen Stadtrand in der Klappacherstraße. Von dort aus werden soziale Projekte in Stadt wie Umland betreut: Kindergärten, Altenheime, Jugendhilfeeinrichtungen. Das KeinZoff gehört dazu.

Die Holz-Glas-Architektur erinnert von außen an eine moderne Kirche, auch wenn der Glockenturm fehlt. Die terrassenartige Anordnung der Stockwerke, auf jeder Ebene mit Photovoltaikplatten bedacht, lässt ahnen, dass es sich um ein Nullenergiehaus handelt, das regelmäßig Scharen von Architekturstudenten anlockt. Wer das Foyer betritt, wähnt sich allerdings weniger in einer Kirche, als in einer lichtdurchfluteten Wellness-Oase. Ich nehme nicht den Glasaufzug, sondern die cremebeige geflieste Wendeltreppe nach oben, Frank Hölzels Büro liegt im ersten Stock.

Die Tür mit der Zimmernummer 114, Abteilung Jugendfürsorge, steht offen. Ein liebevoll mit Waldlandschaftsfotos dekoriertes, aber unbesetztes Vorzimmer empfängt mich. Im Spalt einer zweiten offenen Tür erspähe ich Frank Hölzels kahle Stirn und seine ziegelsteinrote Krawatte vor einem Gemäldekunstdruck in dramatisch changierenden Gelb- und Blautönen. Er thront hinter einem Schreibtisch aus Massivholz und scheint in einen Packen zusammengehefteter Blätter vertieft, springt aber auf, als er mich erkennt und kommt mir entgegen.

So viel Beflissenheit bin ich nicht gewohnt. Ich fühle, wie mir die Ohren heiß werden. »Ich bin ein paar Minuten zu früh, fürchte ich?«

»Macht nichts, macht nichts. Nur herein mit Ihnen.«

Ich reiche ihm die Hand. Er ergreift sie mit seiner Rechten und umschließt sie, wie zur Demonstration besonderer Herzlichkeit, zusätzlich mit der Fläche seiner Linken. Sein Aftershave riecht beißend fruchtig.

Ich bemühe mich um ein entspanntes Lächeln.

»Bitte setzen Sie sich doch.« Er weist auf einen kunstledernen Polsterstuhl mit schmaler, dafür ausgesprochen hoher Rückenlehne, zweifellos ein Designerstück. »Mögen Sie eine Tasse Kaffee?« Auf einem Tablett steht ein Porzellanservice bereit, samt Milchkännchen, Zuckerschale und einer konsequent zylindrisch geformten Thermoskanne mit zierlichem Henkel und kaum sichtbarem Ausgießer. Sicher ebenfalls ein Designerstück. »Meine Sekretärin kann hervorragend Kaffee kochen, aber sie ist krank. Deshalb hab ich mich selbst bemüht. Ich hoffe, die Brühe ist genießbar.«

Ich bin sprachlos. Er hat eine eigene Sekretärin, denke ich, also auch einen gehobenen Posten. Was muss das für ein Glück sein, in so einem Haus, so einem Büro zu arbeiten. Vielleicht könnte ich hier …? Kaffee kochen, Telefonanrufe entgegennehmen, Termine vereinbaren und notieren, ein bisschen tippen, all das tue ich ja ständig – allerdings im KeinZoff mit seinem Sperrmüllinventar, seiner alternativen Plakat-, Handzettel- und Pinnwand-Optik. Dank Billies Lerneifer kann ich neuerdings passabel mit einem Computer umgehen, kann Mails abholen und beantworten, kann googeln und Wikipedia aufrufen, Dateien auf einem Stick abspeichern ... Vielleicht sollte ich es mit einer Bewerbung versuchen?

Frank Hölzel ergreift die Designerkanne, gießt mir eine volle Tasse ein, kleckert eine halbe daneben. »Ach, Entschuldigung.« – Zwinkert er mir zu? Nein, es ist dieser Tick, den ich schon kenne, das zuckende linke Augenlid.

»Macht nichts, macht nichts«, sage ich und beseitige den Schaden mit einem Tempotaschentuch. Mutig ergreife ich selbst die Kanne und gieße ihm ein. Sie entlässt ein dünnes aber zielgenaues Rinnsal in seine Tasse. Na also, meine erste Prüfungsaufgabe, Kaffee eingießen, ist bestanden.

»Sie haben das Elisabethenhaus hoffentlich gleich gefunden«, sagt Frank Hölzel. »Die Lage ist nicht gerade zentral, aber wegen des Polizeipräsidiums in der Nähe gut angebunden. Und man ist mitten im Grünen.«

»Oh, es liegt ideal.« Ich beschließe im Stillen, so bald wie möglich mit Billie zu reden. Sie wird einsehen müssen, dass man auch als Sekretärin, Büroassistentin, Vorzimmerdame oder egal was bei einer kirchlichen Einrichtung viel bewegen kann. Zum Beispiel bei den Eine-Welt-Projekten, bei der Flüchtlingshilfe, bei der Bahnhofsmission. Und doch würden wir einem ruhigen, angenehmen und vor allem ungefährlichen Job nachgehen. Nun gut, vielleicht wären wir näher dran an all den sakralen Gepflogenheiten, die Billie heftig ablehnt. Kann sein, es gibt hausinterne Andachten, an denen man teilnehmen und *Lobet den Herrn* singen muss. Kein Problem, diesen Part könnte ich übernehmen. Und für Leute wie Billie haben sie ja die Bergpredigt: *Selig sind, die da dürsten nach Gerechtigkeit, denn das Himmelreich ist ihr,* heißt es da. Und vor allem: *Eher geht ein Kamel durch ein Nadelöhr, als dass ein Reicher in den Himmel kommt.* Das müsste Billie gefallen.

»Mir gefallen? Gerechtigkeit erst im Jenseits? Ich glaub, es hackt«, zischt sie mir ins Ohr. Ich habe vergessen, dass sie mir im Nacken sitzt.

»Milch? Zucker?«, unterbricht Frank Hölzel den Disput.

»Gern Zucker«, sage ich und entnehme dem mir gereichten Schälchen zwei Würfel. Während ich in meiner Tasse rühre, wage ich einen zweiten Blick ins Vorzimmer, zum Arbeitsplatz der erkrankten Sekretärin. Beim Anblick des großen Flachbildschirms und der ergometrisch geformten Tastatur sinkt meine Euphorie. Sicher werden auch so komplizierte Disziplinen wie Tabellenkalkulation und Pflege von Datenbanken verlangt, womöglich Tabstopps setzen und eliminieren, Serienbriefe erstellen und personalisieren, alles Dinge, an denen ich vor vielen Jahren beim Praktikum in einer Radiologiestation kläglich gescheitert bin. Aber vielleicht ist heute manches einfacher? Ich habe jedenfalls die Chance, es mir am KeinZoff-Computer selbst nach und nach beizubringen. Wozu gibt es diese ganzen Gratisanleitungen auf YouTube!

Ich besinne mich. Mit Billies ehrenamtlichem Posten bei den Streetworkern habe ich immerhin einen Fuß in der Tür zum Dekanat. Also sollte ich mich wirklich anstrengen, auf Frank Hölzel einen guten Eindruck zu machen. Es geht nicht so sehr um die 72 und noch was Euro. Es geht um mehr. Um viel mehr.

Zum Glück habe ich alles Nötige dabei: meinen handschriftlichen Lebenslauf, eine Kopie meiner hervorragenden Schulzeugnisse bis zum Abi, die ersten zwei Leistungsscheine von der Fachhochschule, beide mit »sehr gut« bewertet ... Während Frank Hölzel weiter von den Vorzügen einer Lage am Waldrand spricht, krame ich die Unterlagen, die ich in einen Schnellhefter mit Klarsichtdeckel gepackt habe, aus meiner Umhängetasche und lege sie, mit meinem 1,2-Abiturzeugnis nach oben, auf Frank Hölzels Schreibtischplatte ab, direkt neben die Untertasse, die ich sorgfältig abgeputzt habe.

Er reagiert nicht, erzählt, fortwährend lidzuckend und die beigekarierten Aufschläge seines ansonsten blütenweißen Burberry-Hemds betrachtend, von seiner eigenen Schulzeit im Internat, den konservativen Lehrern dort, dem Leistungsdruck, dem er sich verweigert habe. »Das erklärt vielleicht, weshalb ich mir bei meinem Soziologiestudium Zeit gelassen habe.«

»Oh ja«, sage ich.

»Nebenbei habe ich auch Philosophie und Evangelische Religion als Fächer belegt und einige Zertifikate erhalten. So ist es mir gelungen, als Volontär die Stelle beim Dekanat zu bekleiden. Ein Glücksgriff.«

»Das glaube ich gern …«

Er redet schon weiter, erzählt von seinen Lehr- und Wanderjahren durch die verschiedenen Institutionen, seiner Teilnahme an Fortbildungen, der unentwegten Arbeit am Menschen, oft mehr als acht Stunden am Tag, mehr als die üblichen vierzig Stunden in der Woche …

Ich überlege fieberhaft, wie ich den Abbruch meines Studiums begründen soll und die Zeit, in der ich nicht berufstätig war. Ein heikles Thema, auf das ich unvorbereitet bin. Die Krankheit meiner Mutter erschien mir bislang Erklärung genug, wenn mich jemand fragte. Einmal hatte Mutter mich darauf angesprochen, welche Nachteile ich in Kauf nahm: keinen richtigen Beruf, keinen Mann, keine Familie. Und doch wussten wir beide, dass ich zufrieden war. Ich liebte es, für Mutter und mich einzukaufen, für uns zu kochen, uns ein Zuhause einzurichten und es in Ordnung zu halten. Selbst als sie kränker und kränker wurde, unsere Außenkontakte ganz abbrachen, war ich mit meinem Leben versöhnt. Die Welt da draußen lockte mich nicht, ich schien kein bisschen für sie gemacht.

Ob einem Arbeitgeber wie dem Dekanat, speziell einem so unermüdlichen und engagierten Chef wie Frank Hölzel, häusliche Pflege als Hinderungsgrund einleuchten wird? Ich habe Zweifel, die Billie immer wieder gern nährt. »Du hast dich freiwillig in einen Dornröschenschlaf begeben«, mosert sie dauernd, »du hast vor lauter Lebensangst versäumt zu leben, Isahäschen. Und Mutter war so egoistisch, es zuzulassen.«

In diesem angespannten Moment allerdings rutscht Billie mir aus den Nackenwirbeln, tätschelt mir die Schulter und klopft mir den Rücken gerade: »Sitz aufrecht, zeig dich selbstbewusst.«

Ich gehorche.

»Sind Sie auch Mitglied einer Partei?« Frank Hölzels Frage lässt mich wieder ein Stück zusammensacken. Ich habe nur mit halbem Ohr zugehört, als er das Loblied auf seinen Arbeitgeber abgebrochen hat und nun davon erzählt, was er in seiner Freizeit alles für die Sozialdemokratie tut.

»Ich ... äh ... nein ...«

Er redet zum Glück gleich weiter. Seit 1983 sei er Mitglied, damals bei den Jusos im Landkreis, dann Kreisausschuss, dann stellvertretender Kreisvorsitzender, heute Stadtverordneter und, tja, enger Vertrauter der Ministerin für Jugend und Fürsorge in Hessen, man telefoniere wöchentlich, sie schätze seinen Rat.

Ich bin erschüttert. »Wirklich? Die Obenauer?«

Er wedelt verschwörerisch mit beiden Händen. Ich soll es bitte nicht weitersagen. Er wolle es nicht an die große Glocke hängen, es könne nämlich seine Position in der Kirche erschweren. »Da gibt's Kollegen, die eine Parteimitgliedschaft ohnehin nicht gerne sehen. Nach dem Motto: Du sollst keine anderen Götter haben neben mir.« Er schmunzelt gegen seine hängenden Mundwinkel an.

Ich bin dankbar dafür, lachen zu dürfen, und tue es ausgiebig. Frage mich gleichzeitig, wieso er mir solche Dinge erzählt. Er kennt mich kaum. Wenn man jemanden kaum kennt, kann man nicht davon ausgehen, dass er diskret ist. Meine Meinung.

Und warum bestreitet er die Unterhaltung allein, will nichts über mich erfahren, will meine Zeugnisse nicht sehen? Ich seufze inwendig, vermute, dass ich ihm langweilig erscheine, eine Null, deren Gerede nicht zählt, deren Anwesenheit im KeinZoff überflüssig ist ... Gleich wird er mir erklären, dass die Arbeit bei den Streetworkern nichts für sensible Frauen sei, für Frauen in meinem Alter erst recht nicht. Dass Engagement natürlich wichtig sei, aber nicht genüge, dass emotionale Stärke gefragt sei, kühle Ratio, präsentes Auftreten.

Er schaut auf die Uhr. Eine Breitling. Und ich fürchte, ich weiß, was die Stunde geschlagen hat. »Ich habe noch einen Außentermin. Leider«, sagt er. »Ich fand es ausgesprochen anregend, mich mit Ihnen zu unterhalten.«

Ich fasse mit schweißnassen Händen den Ordner mit meinen Unterlagen, stecke ihn wieder in meine Umhängetasche und erhebe mich. »Ja, natürlich. Ich möchte Sie nicht aufhalten.«

»Sie haben die Arbeit im KeinZoff ja kennengelernt und wissen, dass Streetwork ein hartes Pflaster ist, der Job also nichts für Weicheier.«

»Weicheier?« Billie meldet sich in meinem Ohr zurück. »Was bildet der Kerl sich ein?«

Ich kneife die Lippen zusammen und starre auf den grün gemaserten Teppichboden.

»Engagement allein genügt nämlich nicht. Da ist auch emotionale Stärke gefragt«, fährt er fort.

»Ein kühler Kopf, ein präsentes Auftreten«, sage ich leise.

»Genau. Wenn Sie also glauben, dass Sie dort richtig sind, dann freue ich mich, Sie in der Crew willkommen zu heißen.« Er erhebt sich ebenfalls und streicht seine Hosenbeine glatt. »Sie können künftig Ihre Auslagen direkt mit mir abrechnen, ohne Herrn Tamouridis um Erlaubnis zu fragen. Da gibt's natürlich ein paar Dinge zu beachten. Ich lasse Ihnen einen entsprechenden Vertrag zuschicken.«

Mir wird ganz komisch.

Er ergreift meine Hand.

Billie pariert. »Tja, dann«, sagt sie mit kessem Augenaufschlag und patscht, wie zur Demonstration besonderer Herzlichkeit, mit ihrer Linken auf seinen Handrücken.

»Auf Wiedersehen«, seine Lippen lächeln, sein linkes Augenlid flattert.

Wir huschen durch die Tür, laufen wortlos zum gläsernen Aufzug und absolvieren die Fahrt nach unten und den Marsch an dem Pulk quasselnder Architekturstudenten vorbei mit der Souveränität alter Dekanats-Drosseln. Erst auf dem Heimweg im Bus prusten wir los vor Erleichterung und Freude, gratulieren uns zu unserem gemeinsamen Erfolg. Bis wir feststellen müssen, ganz verschiedene Pläne zu haben. Ich nehme mir vor, einen VHS-Kurs in Datenkalkulation zu machen, Billie will sich als Gasthörerin an der Uni einschreiben und ein Seminar zum Thema »Systemkorrigierende Jugendarbeit in sozialen Brennpunkten vor dem Hintergrund des modernen Turbokapitalismus« belegen. Aber das eine schließt das andere nicht aus.

Ich werde den Termin beim Psychiater wieder absagen.

Zwei zeitnah aufeinanderfolgende Suizide in den nordhessischen Fuchswald Jugendheimen erregten die Aufmerksamkeit der Medien. Ehemalige Insassen berichteten von einer Atmosphäre fortwährender Demütigung, ebenso von körperlichen Misshandlungen wie stundenlangem Fixieren von Armen und Beinen und Isolation in unterkühlten Räumen. Der vierzehnjährige Jegor Plewe, der sich wegen einer Knochenfraktur des Oberarms in einem Krankenhaus aufhielt, gab an, dass eine Betreuerin ihn zur Strafe für eine unflätige Bemerkung bei gefesselten Händen eine Treppe hinuntergestoßen habe. Weiter gab er an, schon zweimal aus dem Heim geflohen zu sein, weil er dort misshandelt werde. Die Polizei habe ihn jedes Mal, ohne ihn anzuhören, zurückgebracht. Auf die Frage von Journalisten, weshalb er seinen Vormund nicht um Hilfe gebeten habe, antwortete der Junge, dass er diesen nicht kenne.

Die Geschäftsleitung des Unternehmens verklagte die Medien wegen Verleumdung, das Ministerium für Jugend und Bildung ließ verlauten, dass die Überprüfung der Heime keine Anhaltspunkte für eine Kindeswohlgefährdung ergeben habe. Jegor Plewe wurde aus unbekannten Gründen in das geschlossene Haus D verlegt.

Die Fuchswald Jugendheime blieben in den Schlagzeilen, nachdem ehemalige Insassen Anzeige wegen körperlicher und seelischer Misshandlung sowie sexueller Nötigung erstattet hatten. Das Ministerium setzte eine Untersuchungskommission ein, die acht Monate später einen 120-seitigen Untersuchungsbericht vorlegte. Demnach war eine hohe Marge pädagogisch ungeschulter Mitarbeiter auf Minijob-Basis Ursache für den Missstand. Auf Druck der Öffentlichkeit ließ das Ministerium die Anstalten schließen.

Eine Rückführung Jegor Plewes in seine Heimatstadt Darmstadt lehnte das dortige Fürsorgeamt, vertreten durch den Leiter Benjamin Baumann, mit der Begründung ab, dass für notorische Ausreißer eine »Intensivbetreuung in reizarmer und abgeschiedener Umgebung geeigneter« sei.

Für die Inobhutnahme wurde erneut die Juventis GmbH bestimmt, die auch geschlossene Heime im osteuropäischen Ausland betreut. Zusammen mit elf weiteren als entwicklungsgestört begutachteten Jugendlichen aus ganz Deutschland wurde Jegor Plewe in ein Dorf in Ungarn verbracht, etwa hundert Kilometer östlich der Grenze zu Österreich. Die Juventis GmbH erhielt vom Fürsorgeamt der Stadt monatlich 9.000 Euro für die Unterbringung.

*

Jegor Plewe. Ich habe ihn fast vergessen. Zumal Nikos seine Besuche nach und nach bei ihm eingestellt hat und nichts mehr erzählt. Nur Frank Hölzel hält den Kontakt aufrecht und erwähnt ihn in seinen Monatsberichten ans Dekanat. Demnach gilt Plewe inzwischen als medizinisch gesund. Die sogenannte anterograde Amnesie, die sein Kurzzeitgedächtnis anfangs eingeschränkt hat, sei überwunden, heißt es, die retrograde Amnesie, die zu seinen fehlenden Lebenserinnerungen führt, bestehe weiterhin. Die Besserungschancen werden als gering eingestuft. Er habe die stationäre Reha verlassen, wohne in einer betreuten Behinderten-WG und erhalte eine Therapie, bis er ein selbstständiges Leben führen könne. Daran arbeite er tapfer.

Gute Nachrichten, jedenfalls für Billie und mich. Ich habe mir keine Gedanken mehr um den Kerl gemacht. Ein Fehler.

Es ist Montag, Nikos und Gerald machen Kassensturz, besprechen die in der kommenden Woche anfallenden Kosten. Ich übernehme die Ablage, ein Job, den Billie lieber an mich abtritt, denn ich erledige ihn gern und gewissenhaft. Sie lauscht in der Zwischenzeit hingebungsvoll der Diskussion zwischen Nikos und Gerald über Sinn und Unsinn von Arbeitslosenberatungen angesichts der sturen Haltung der Jobcenter-Administration. Ich schätze mal, Billie hegt die Hoffnung, irgendwann mitreden zu können.

Es klingelt an der Tür. Nikos wirft mir einen auffordernden Blick zu, also gehe ich nachsehen. Die Überwachungskamera zeigt ein dunkelblaues Clubsakko mit Goldknöpfen, aus dem ein blendend weißer Poloshirtkragen herausblitzt. Jemand von der Heilsarmee, denke ich, denn wir haben guten Kontakt zu den freikirchlichen Samaritern. Sie bringen gelegentlich junge Junkies, die auf öffentlichen Plätzen herumirren, ins KeinZoff.

Ich mache also die Tür auf – und sofort zwei Schritte rückwärts vor Schreck.

Jegor trägt seine dunkelblonden Locken rechts schnurgerade gescheitelt und vorn zu einer Tolle gekämmt, seine ehemals flächigen Wangen haben Kontur bekommen, sein Grübchen im Kinn erscheint noch markanter, seine Augen blicken groß und bernsteinfarben an mir vorbei durch den Türspalt. Er erkennt mich nicht, gut so! Auf Billies ausdrücklichen Wunsch hin trage ich weiterhin meinen roten Bob, die Fensterglasbrille lasse ich zuhause, weil sie nervt. Ich deute eine abweisende Miene an.

»Guten Tag, mein Name ist Jegor Plewe. Ich möchte zu Herrn Nikos Tamouridis, *bitte*.«

Mir sirren die Ohren. Hat er wirklich guten Tag gesagt? Und bitte?

»Darf ich hereinkommen?«

»Eh … ja, klar.« Ich halte ihm die Tür auf, erfasse mit einem Blick seine nahezu schlanke Gestalt, die in korrekt gebügeltem Kammgarn steckt. Fast demütig senkt er die Augen, als er eintritt. »Wenn Herr Tamouridis heute keine Zeit hat, komme ich gern morgen noch einmal.«

Billie taucht kopfschüttelnd neben mir auf. »Mein Gott, was haben die in der Reha mit ihm gemacht?«

»Ich sehe mal nach Nikos«, sage ich, wende mich zur Treppe. Die Frage, die ich fürchte, erwischt mich, bevor ich auch nur die erste Stufe erreiche: »Warten Sie bitte. Kennen wir uns nicht?« Ich fahre herum.

Billie ist zur Stelle. Sie verschränkt die Arme und lächelt scheißfreundlich. »Nein, ich denke nicht.«

Da glühen seine Augen auf, glühen so grell wie seine Zigarette damals in der Molotowpfütze.

Billie begibt sich in eine Aikido-inspirierte Kampfhaltung.

»Ja, Sie sind es … Sie sind die Krankenschwester, die mich gerettet hat.« Er scheint begeistert, mich wiederzusehen.

»Ich? Ich rette pausenlos Leute. Unmöglich, mich an alle zu erinnern«, behauptet Billie und macht eine wegwerfende Handbewegung.

Er legt den Kopf schief und lächelt artig.

Ich stampfe scheinbar ungerührt, die abwehrbereite Billie im Rücken, die Treppe hinauf ins Büro und halte mich am Türrahmen fest. »Jegor Plewe wartet am Eingang. Hab ihn nicht gleich erkannt.«

»Ach, echt?« Nikos sieht auf und lässt das Bündel Quittungen sinken, das er prüfen wollte.

»Die haben ihn rausgeputzt wie einen Hotelpagen. Und dressiert wie einen Trigema-Schimpansen«, warnt Billie.

»Jegor? Das muss ich sehen!« Nikos drückt sich an mir vorbei durch die Tür und hüpft die Treppe runter. Gerald folgt ihm neugierig, er hat von Nikos' amnesiekrankem Klienten viel gehört, ihn aber noch nie zu Gesicht bekommen. Billie und ich lehnen uns an den piekenden Rauputz im Treppenhaus und lauschen. Wer in unserer Lage hätte nicht gelauscht?

Nikos legt ein freundliches Willkommenspalaver hin, das den steifen Jegor zu berühren scheint.

Dessen Stimme kippt vor Ergriffenheit. »Mir wurde erzählt, dass ich gern in diesem Haus ein und aus gegangen bin.«

»Stimmt«, sagt Nikos und lacht. »Allerdings mehr aus als ein. – Wir haben uns geduzt. Wenn du magst, tun wir das weiterhin.«

»Ja, sehr freundlich, besten Dank.«

Nach minutenlangem Austausch von Höflichkeiten kommt Jegor zur Sache: ein Praktikum. Im KeinZoff. Herr Hölzel habe es ihm vorgeschlagen, und falls Herr Tamouridis … also Herr Nikos einverstanden sei … Finanziell gebe es keine Hindernisse, habe Herr Hölzel versichert.

Ich halte den Atem an, spanne die Ohren noch weiter auf. Jetzt geht es darum, jedes Wort zu verstehen.

»Die Menschen waren so gut zu mir während meiner Reha«, erklärt Jegor mit samtener Stimme. »Ich will ein wenig dieser Güte weitergeben. Für ein Medizinstudium fehlen mir die Voraussetzungen, aber Sozialarbeiter oder Sanitäter zu werden, wäre vielleicht möglich.«

»Mir kommen gleich die Tränen«, flüstert Billie.

Ich spüre tatsächlich, wie mir welche in die Augenwinkel treten. Und in die Nasenlöcher. Ich schniefe leise, offenbar nicht leise genug.

»Billie ... komm runter«, ruft Nikos. »Dein Schützling will bei uns anfangen. Was sagst du dazu?«

Tja, dieses Einstellungsgespräch war gelaufen. Am Monatsersten steht Jegor pünktlich um zehn in der Tür zum KeinZoff. Er überreicht mir eine perfekte weiße Rose und stellt einen Kirschkuchen mit Streuseln auf den Küchentisch. »Meine neue Freundin macht nämlich eine Bäckerlehre. Gestattet mir, dass ich euch ein Bild von ihr zeige.« Er zieht ein Foto in Folie aus der Innentasche seiner Klubjacke und präsentiert uns eine dralle Brunette mit einem Klecks Nase mitten in einem gutmütigen Gesicht. »Sie heißt Kirsten.«

Es dauert zwei Wochen, ehe wir Jegor zu einer arbeitstauglichen Garderobe überredet haben. Ihm die Höflichkeitsfloskeln abzugewöhnen, zieht sich hin. Besonders bei der Betreuung von Junkies und Obdachlosen ist Jegor engagiert bei der Sache. Er hat vom Krankenhauspfarrer ein Trostbuch geschenkt bekommen, aus dem er ihnen vorliest. Die meisten schlafen dabei ein, manche lauschen andächtig und bekennen, dass sie ein neues Leben beginnen wollen. »Es ist schwer, aber es kann gelingen, wenn du dein bisheriges Leben hinter dir lässt«, erklärt Jegor dann und erzählt ihnen von seinem eigenen schlimmen Schicksal, das er nur aus seiner dünnen Akte beim Fürsorgeamt kennt. Und schließlich weinen alle ein bisschen zusammen.

Latente Schwierigkeiten hat Jegor mit den »guten Jungs« im KeinZoff. So nennen wir die sehr jungen Männer, die auf richterliche Anordnung hin zu uns kommen, meist weil sie ihre Mitmenschen aus nichtigem Anlass krankenhausreif bis halbtot geprügelt haben. Derzeit sind es elf. Jegor ist einigen von ihnen bei einem AAT, einem sogenannten Anti-Aggressivitäts-Training begegnet. Nein, begegnet ist der falsche Ausdruck, er ist mit ihnen zusammengeprallt, als er sie davon überzeugen wollte, dass Rauchen uncool sei, zu Krebs und vorzeitiger Hautalterung führe. Drei lauerten ihm auf, wollten ihn zwingen, eine Gauloises aufzuessen. Nikos ging rechtzeitig dazwischen.

Kernstück unseres Anti-Aggressivitäts-Trainings ist die Gruppentherapie. Die Kurse werden aus Steuermitteln gefördert, und viele soziale Einrichtungen reißen sich darum. Frank Hölzel hat für das KeinZoff vor zirka zwei Jahren ein Stück vom Kuchen ergattert. »Die Delinquenten sollen durch Konfrontation mit ihren Taten zur Einsicht gelangen, durch Zuwendung und Respekt in der Gruppe eine Reintegration in die Gesellschaft erfahren, durch körperliche Ertüchtigung zu Selbstsicherheit und innerer Zufriedenheit finden«, heißt es unter anderem in einem dreißigseitigen Skript, den das Ministerium formuliert hat. Seither finden zweimal die Woche bei uns AATs in Anwesenheit von Nikos und Gerald statt.

Jegor, der vor seiner Kopfverletzung selbst einmal ein solcher »guter Junge« war, bringt die aktuelle Crew schon allein mit seinen Höflichkeitsfloskeln in Rage. Deshalb hat Billie ihn unter ihre Fittiche genommen und mit einer vergleichsweise duldsamen Gruppe italienisch-stämmiger Jungs zusammengebracht, die bislang »nur« wegen Landfriedensbruchs vorbestraft sind. Sie wurden im Zusammenhang mit Blockupy-Demos beim Steine-, Eier- und Farbbeutelwerfen erwischt. Marco, Mateo, Luca und Emilio, intern »die Italos« genannt, haben Jegor eingedenk seiner Vorgeschichte als »ganz armes Schwein« adoptiert und füttern ihn mit linken Parolen. Die vier Cousins sind stolz auf einen antikapitalistischen Hintergrund, wie sie es nennen: Ihr gemeinsamer Großvater war Vorsitzender der KPI in der norditalienischen Provinz. Es erübrigt sich zu sagen, dass Billie die Truppe in ihr Herz geschlossen hat.

Mich beschäftigt, dass Jegor – ich komme nicht umhin, ihn neuerdings ein bisschen zu mögen – in Gefahr sein könnte. Die Strafverfolgung seiner beinahe tödlichen Schädelverletzung hat die Staatsanwaltschaft ad acta gelegt, weil es keine Zeugen gibt und Jegor sich nicht erinnern kann. Die Überdosierung des Sedativums im Magdalenen-Krankenhaus, die ihn das Leben hätte kosten können, hat die Geschäftsleitung als »betriebstechnische Irregularität« heruntergespielt, die auch ohne mein Zutun rechtzeitig bemerkt worden wäre. Ich werde mich hüten, an dieser Interpretation zu rühren und von verdächtigen Männern in chemisch aufgehellten Kitteln zu erzählen, die damals Jegors Krankenzimmer betraten. Keiner wird mir glauben. Womöglich denken manche meiner früheren Kollegen ohnehin, ich hätte die Apparate selbst manipuliert, um mich anschließend als Retterin feiern zu lassen. Solche Geschichten gehen ja gelegentlich durch die Medien.

Wie dem auch sei, es muss jemanden geben, der Jegor ans Leben wollte. Womöglich immer noch will. Und nur ich weiß es. Ich und Billie. Kaum hängen wir abends alleine zu Hause rum, geht die Diskussion los.

»Hast du den schwarzen Audi gegenüber vom KeinZoff gesehen?«

»Klar.«

»Das waren vielleicht welche.«

»Vielleicht.«

»Vielleicht auch nicht.«

»Vielleicht auch nicht.«

»Das Kennzeichen war ...«

»Scheiße, vergessen!«

»Du, die erkennen den nicht mehr, fünfzehn Kilo schlanker. Mit einer Haartolle wie Ed Westwick.«

»Und mit einer Körperhaltung wie ein Jungbanker.«

»Wir sollten Jegor nix sagen. Er muss sich weiterhin arglos bewegen. Das verunsichert sie. Meine Meinung.«

»Wenn es sie gibt.«

»Ja, wenn es sie überhaupt gibt.«

Kein Zweifel, es gibt sie. Seit unserem gestrigen Ausflug in den Kletterwald am Böllenfalltor wissen wir's. Sie haben sich vorerst wieder zurückgezogen. Aber wir sind alarmiert. Alle.

Der Kletterwald, in einem lichten Buchenforst zwischen dem Uni-Areal Lichtwiese und dem Fußballstadion der 98er gelegen, ist eine Attraktion für junge Leute aus der ganzen Region. Auch für betreute Jugendgruppen, weil sie »neben Geschicklichkeit und Leistungswillen gegenseitige Rücksichtnahme, Vertrauen und Solidarität fördert«, wie Nikos in seinem Antrag ans Dekanat formuliert hat, damit seine guten Jungs ab und an mal ein bis zwei Stunden dort verbringen dürfen. Bei großzügig bemessener Betreuerdichte, versteht sich. Der Ehrlichkeit halber hätte Nikos angeben müssen, dass zur Resozialisierung auch ein bisschen Spaß für alle Beteiligten gehört, die Betreuer eingeschlossen, doch dann würde man uns vielleicht weder den Eintritt von 18 Euro noch die Anfahrt mit der Straßenbahn erstatten.

Die meisten waren schon mal da, für mich war es der erste Besuch. Beim bloßen Anblick des Gewirrs aus Strickleitern, Netzen, Tauen, Drahtseilen, Bohlen, Hangeln und Schaukeln, an und zwischen Bäumen und Baumgruppen installiert, rotierte mein Gleichgewichtssinn. »Lässt sich alles trainieren«, versprach Nikos.

Wir hatten uns kaum bei der Servicestation versammelt, ließen uns mit der vorgeschriebenen Sicherungsausrüstung bestücken, da schälten sich zwei Typen aus den Büschen … Ich erkannte sie auf Anhieb: der eine ein südländisch aussehender Pykniker mit Mondgesicht, der andere ein pickelnarbiges Mittelgewicht mit schwarzem Flaum auf der Oberlippe. Als Passanten in der Fußgängerzone oder als Fahrgäste in der vollgestopften Straßenbahn wären sie mir nie aufgefallen. Aber wie sich die beiden in einmütiger Lauerhaltung bei der Infotafel postierten, stieg mir so ein Geruchsmix aus Bier und Schweiß ins Gedächtnis, und in meinem Kopf schrillte eine Sirene los. Das waren die Typen, die mich am Abend des 31. März angefallen haben, die mich – gemeinsam mit Jegor Plewe, ja, meinem lammfrommen neuen Freund Jegor Plewe – vergewaltigen wollten.

Ich zitterte vor Schreck, wollte mich hinter Nikos' breite Schultern ducken. Billie zog es vor, ihre Atzenbrille zu zücken, sich einen Bazooka-Kaugummi reinzuschieben und wie eine Prolotussi mit offenem Mund darauf herumzukauen. Zu allem Überfluss zog sie meine Sweatjacke aus und präsentierte aller Welt ihr schulterfreies knallgelbes T-Shirt. Es klappte, die Kerle schielten zu ihr rüber – und erkannten mich nicht.

Aber sie erkannten Jegor. Als hätten sie ihn erwartet. Wie beiläufig umkreisten sie unsere Truppe. Ich beschloss, in Jegors Nähe zu bleiben.

Und das wurde dringend notwendig, denn Jegor hatte irgendwie seine Tage, er mochte nicht zusammen mit allen anderen zum Team-Parcours T1, der laut Beschreibung viel Kooperation und Teamgeist erfordert. Stattdessen favorisierte er eine weiter gelegene waghalsige Einzelstrecke namens »Grauer Parcours G1«, die in zwölf Metern Höhe gipfelte. Ich blinzelte hinauf zu den Drahtseilen zwischen den obersten Baumwipfeln, hockte mich ins Gras, legte die Kletter-Utensilien neben mir ab und tat, als müsste ich dringend telefonieren. Dabei beobachtete ich unauffällig Jegor, wie er durch eine Lage Rindenmulch stapfte, den die verständnisvollen Betreiber rings um den Aufstieg an einer senkrechten Strickleiter geschaufelt hatten. Jegor studierte das System aus Wackelbrücken, Seilbahnen und Landeplateaus gründlich wie ein angehender Physiker, als sich seine Ex-Freunde von links näherten und keinen Meter hinter ihm vorbeiflanierten. Der mit dem Mondgesicht ließ einen Gegenstand fallen, etwas Kleines, Blinkendes, trat es beim Weitergehen mit seinen Joggingschuhen in den Mulch und verschwand in Richtung Klo. Flaumbärtchen folgte ihm.

Keine Minute später waren die zwei zurück, sprachen Jegor an, deuteten auf den Boden. Jegor machte eine bedauernde Geste, höflich, wie es inzwischen seine Art ist, dann half er ihnen beim Suchen von was auch immer. Sie scharrten mit den Schuhspitzen und -hacken die Mulchdecke ab, bis Jegor mit spitzen Fingern etwas herauszog: ein Feuerzeug. Mondgesicht nahm es entgegen, wischte es mit dem Saum seines T-Shirts ab, ließ es aufflammen und schlug Jegor wie zum Dank auf die Schulter.

Halbwegs beruhigt sah ich zu, wie die Kerle sich verzogen, während Jegor die beiden Karabinerhaken seines Sicherungsgurts an einem Drahtseil festmachte und aufstieg.

Ob sie von seiner Amnesie gehört hatten und nur prüfen wollten, ob er sie erkennt? Die Erklärung lag nahe, also schien mir die Gefahr vorbei. Ich atmete auf – und ließ mich von Billie überreden, das Kreisen in meinem Kopf zu missachten und wenigstens mal das Aufstiegsnetz des benachbarten blauen Parcours (für Anfänger, mit lächerlichen sechs Metern Höhe) auszuprobieren.

Ich krabbelte so gut es ging ein Stück hinauf, Jegor flog zwei Mannslängen schräg über mir an einem armdünnen Bolzen durch die Luft und plumpste mit einem gedämpften »Huahh« auf ein gummigepolstertes Holzplateau. Ich zog es vor, mich auf Augenhöhe umzusehen, und verfolgte, wie sich am Start des Grauen Parcours ein etwa vierzigjähriger Mensch mit der Statur eines Arnold Schwarzeneggers schnurstracks die Strickleiter hinaufhangelte. Sehenswert. Ich hakte meine Karabiner an einem Drahtseil über mir fest und machte eine Pause. Der Schwarzeneggertyp bewegte sich mit affenartiger Selbstverständlichkeit über Wackelbrücken und Pendelschaukeln himmelwärts. Warum hatte der sich nicht einen anspruchsvolleren schwarzen Parcours am anderen Ende der Anlage ausgesucht? Die Frage drängte sich zunehmend auf, als der Typ Jegor an Höhe einholte, nach einem tarzanmäßigen Pendelschwung dicht neben ihm landete und ihn ansprach. Ich konnte durchs Geäst der ausladenden Buche zwischen uns kaum was sehen, konnte nicht hören, was sie redeten, aber Jegors ungewohnt fiepende Stimme verriet mir, dass der arme Junge nervös geworden war.

Ich zückte instinktiv mein Smartphone, wollte Nikos' Nummer wählen. Und ließ es sein. Der hing anderswo mit seinen guten Jungs in einer Seilschaft fest. Wenn jetzt der Schwarzenegger seine Gurte abmachte und Jegor damit an den Hals ging? Meine Phantasie schlug Kapriolen, ich ermahnte mich, ruhig zu bleiben. Ich hätte laut um Hilfe rufen können, vom Betreiberteam waren immer welche in Alarmbereitschaft, aber die würden erst mal zu mir herrennen, und Schwarzenegger könnte in aller Ruhe ... Den besseren Einfall hatte, wie ich zugeben muss, wieder einmal Billie. Sie hielt mir das Smartphone vors Gesicht. »He, Jegor, sag mal *cheese*«, rief sie in die Baumkronen.

Jegors vom Eifer gerötetes Grübchenkinn schimmerte durchs Laub. »Wie bitte?«

»Lächeeeeeln! – Ja! Noch mal! Neiiin, das war nix, noch mal.«

Ich drückte mit schweißnassen, glitschigen Fingern den Auslöser, knipste und knipste, wusste, dass auf all den Bildern kaum was zu sehen war außer Wolken und Baumwipfeln. Aber Schwarzenegger wusste es nicht und erwies sich als erwartet kamerascheu. Er tourte über eine Wackelbrücke mit schwebenden kleinen Trittbrettern aus meiner Schusslinie, glitt wie im freien Fall über eine Seilbahn eine Etage abwärts, hangelte sich durch ein Gemenge baumelnder Holzstecken zu einem Plateau mit galgenartigem Vorbau und seilte sich über die dafür vorgesehene Winde die restlichen vier Meter nach unten ab. Mondgesicht und Flaumbärtchen nahmen ihn in Empfang. Und weg waren sie.

Kennen wir uns nicht? So habe der Mann am G1 ihn angesprochen, erzählt uns Jegor später. Und skeptisch dreingesehen habe er, als Jegor von seiner Amnesie sprach. Auf die Frage, wie er heiße und woher er ihn denn kenne, habe der Mann abgewunken und böse gelacht.

»In dem Moment hast du nach mir gerufen«, sagt Jegor und schickt mir einen dankbaren Blick. »Der Mann war mir unheimlich. Etwas.«

Etwas unheimlich findet Jegor im Nachhinein auch die Szene mit dem Feuerzeug. Wir hocken abends mit Nikos, Gerald und Frank bei Bier und Chips und besprechen die Sache. Ich gebe Jegor Recht und erzähle, was ich beobachtet habe, froh, nicht erwähnen zu müssen, dass ich die beiden Kerle von früher kenne. »Die haben es absichtlich in den Mulch getreten, und zwar genau hinter deinen Füßen.«

»Sieht so aus, als würden dir alte Veteranen hinterherschnüffeln«, sagt Nikos.

»Das müssen wir unterbinden«, entscheidet Frank. Er will, dass Jegor für ein paar Wochen mehr im »Innendienst«, also in seinem Büro im Elisabethenhaus arbeiten soll. »So können wir dich besser abschotten. Ich hole und bringe dich mit dem Auto. Vielleicht geben sie dann bald auf.«

Klar, ich bin selbst dafür. Aus Sorge um Jegor. Und doch kann sich jeder meinen Frust vorstellen. Billie und ich schuften die ganze Zeit weit mehr als Jegor und liegen dabei auf dem Präsentierteller seines womöglich langsam erwachenden Erinnerungsvermögens. Ohne Gage. Zu allem Überfluss darf er nun sogar meinen Traumjob machen und den Platz von Frank Hölzels kranker Sekretärin im Elisabethenhaus einnehmen. Er soll das Telefon bedienen und nebenbei das Archiv auf den neusten Stand bringen, Dinge also, die ich genauso gut erledigen könnte. Unsinn, die ich weit besser erledigen könnte. Während Billie mit geballten Fäusten im Wohnzimmer kreist, drücke ich mich zwischen die Couchkissen und gebe mich der Traurigkeit hin. Und so ein bisschen auch dem Neid.

Was hat Jegor, was ich nicht habe? Ich würde am liebsten Frank Hölzel fragen, traue mich aber nicht. Also frage ich Billie.

Billie spricht Klartext. »Du bist zu alt für ein Praktikum.«

»Du etwa nicht?«

»Ich will ja kein Praktikum«, sagte Billie.

»Sondern?«

»Einen richtigen Job. Als Streetworkerhelferin.«

»Ich glaube, diese Berufsbezeichnung gibt es nicht.«

»Dann eben als Sozialarbeitsassistentin.«

»Dafür müssen wir uns erst qualifizieren, meine Liebe.«

»Quatsch, Isahäschen, wir sind qualifiziert. Ich werde tun, was du neulich schon hättest tun können: Ich frage Frank Hölzel nach einer festen Stelle. Zumindest für dich. Also Teilzeit.«

»*Du* fragst ihn?«

»Weil du's selbst nicht bringst, Isahäschen.«

Ich zucke die Achseln, sie hat recht.

»Andererseits gefällst du ihm, schüchtern wie du bist. Merkst du, wie er den Kopf nach vorne neigt und lächelt, wenn er auf dich trifft? Ganz so, als hätte er ein hungriges Kind aus der Unicef-Werbung vor sich. Sobald dagegen ich aufkreuze, zieht er seine Augenbrauen zusammen und bekommt eine Blinzelattacke. Bevor er mitkriegt, dass ich dein rechtmäßiges Double bin, werde ich so tun, als sei ich du. Und wickle ihn dabei um den Finger.«

Ich bin verwirrt. »Du tust doch sowieso, als wärst du ich.«

»Das ja, aber bislang habe ich es vermieden, dich nachzuäffen.«

»Du willst mich – was?« Ich bekomme einen Schreikrampf.

Billie kocht Baldriantee, und ich bemühe mich redlich, ihren Vorschlag ruhig und sachlich mit ihr auszudiskutieren. Wir brauchen zwei Stunden. Mit dem Ergebnis, dass ich einwillige. »Aber nur diesmal«, sage ich.

»Klar. Einmal und nie wieder. Glaubst du, mir macht es Spaß, die kleinkarierte Tucke zu markieren?«

Am nächsten Vormittag ruft sie Frank Hölzel an, entschlossen, sich nicht am Telefon abfertigen zu lassen. »Wenn er behauptet, für so eine Stelle sei kein Geld da, soll er mir zumindest dabei in die Augen sehen.« Sie wählt die Nummer, ich horche mit.

Jegor ist am Apparat. »Hi, Billie, wie geht's?«

Sie smalltalkt mit ihm eine Runde über die Großwetterlage und fragt schließlich mit einem verschwörerischem Timbre, das kein bisschen zu mir passen würde: »Sag mal, ist Frank Hölzel da?«

Jegor wird förmlich wie eine einschlägig gebriefte Vorzimmerdame: »Worum geht es, bitte?«

»Sei mir nicht böse, ich möchte ihn selbst sprechen. Es ist was Persönliches.«

Ich nicke inwendig. So ähnlich würde ich es auch formulieren.

»Moment, ich frage mal.« Keine fünf Sekunden später stellt er mich durch.

»Guten Morgen, Frau Liebmann. Hier Frank Hölzel. Sie haben ein persönliches Anliegen, höre ich. Gibt es etwa Zoff im KeinZoff – haha?«

Billie stottert gekonnt: »Nein, nein … alles okay, aber ich … aber ich habe eine Frage … ein Problem … und würde gerne zeitnah mit Ihnen darüber sprechen. Persönlich sprechen.« Sie holt tief Luft und hängt ein piepsiges »Wäre das möglich?« an.

Er wird hörbar fröhlich. »Tja ... dann lassen Sie mich mal sehen.« Er raschelt mit ein paar Papierbögen, tippt auf seiner Tastatur, lässt seine Maus klicken ... »Was halten Sie davon, wenn wir uns morgen Nachmittag treffen? Im Venezia. Ich könnte gegen siebzehn Uhr hier weg.«

Ich bin unsicher, habe eher an ein Gespräch in seinem Büro gedacht, aber Billie erklärt sich einverstanden. Und ich weiß, warum. Der Eissalon Venezia in der Fußgängerzone hat einen überdachten Innengarten mit lauschig viel Grün und italienischem Flair.

»Wunderbar«, sagt Hölzel. »Dann bis morgen. Ich freue mich.«

Mir wird mulmig. »Er freut sich? Wieso freut er sich?« Billie lacht laut auf. »Wusste ich's doch. Er mag dich.«

Es ist fünf vor fünf, aber Billie sitzt schon mit artig geschlossenen Knien an einem der Kaffeehaustische und wippt mit dem Fuß. »Überpünktlichkeit ist bei solchen Verabredungen ideal«, erklärt sie mir. »Nicht nur, weil man Verlässlichkeit und Engagement demonstriert, sondern auch weil man den anderen automatisch ein bisschen ins Unrecht setzt.« Sie hat am Vorabend in einem Karriereratgeber aus der Stadtbücherei geblättert.

Der Tipp scheint probat. Obwohl Frank Hölzel um exakt fünf Uhr eintrifft, entschuldigt er sich wortreich: *in letzter Minute leider, ein wichtiger Anruf, ja, von der Ministerin ...*

Billie demonstriert Nachsicht. Und mit einer kleinen Verzögerung auch die erheischte Hochachtung.

Er muss beim Friseur gewesen sein, seine schütteren graublonden Haare sind mit Gel geglättet. Vielleicht kommt er direkt von einem Stylisten? Jedenfalls riecht er dezent nach Sandelholz, und seine Haut schimmert wie frisch gecremt. Anstelle eines Anzugs mit weißem Hemd und bunter Krawatte trägt er heute eine gut sitzende Jeans mit Leinensakko, darunter ein rostrotes Shirt – von Bogner, wie das umrandete große B verrät. Würden seine teigigen Wangen inklusive der Mundwinkel nicht so hängen, könnte man ihn als gut aussehend bezeichnen.

Nachdem er seine mir schon bekannte beidhändige Willkommensgeste durchexerziert hat, setzt er sich auf den Stuhl mir gegenüber, lehnt sich weltmännisch zurück und schlägt ein Bein übers andere. »Herrlicher Tag heute, was?« Er fordert Billie auf, sich »was Leckeres« auszusuchen, sie sei selbstverständlich eingeladen. Für sich selbst bestellt er einen Cappuccino für 2,60 Euro.

Billie nimmt sich Zeit mit dem Studium der Karte, wählt den San-Marco-Becher für 8,60 Euro, richtet ihren Stoffbeutel mit dem Aldi-Logo gut sichtbar auf dem Stuhl neben sich zurecht und holt zum ersten Schlag aus. »Danke für die Einladung. So einen Eisbecher kann ich mir von meinen Hartz-IV-Zuwendungen leider nie leisten.« Sie mimt ein hungerndes Kind aus der Unicef-Werbung.

Tatsächlich neigt er den Kopf und lächelt gerührt. »Sie haben kein leichtes Leben, nicht wahr?«

Der Kellner serviert. Billie weicht einer Antwort aus, gräbt den Löffel in die mit Schokoraspeln bestreute Sahnehaube, kostet scheinbar konzentriert und sagt wahrheitsgemäß: »Köstlich!«

Hölzel nippt an seinem Milchkaffee und findet zu seiner gewohnten Redseligkeit. Er erzählt von seinem letzten Urlaub, einer Bildungsreise nach Moskau …

»Wie lange warst du … äh, Sie … waren Sie …«, unterbricht ihn Billie.

Er lacht so herzlich, dass seine Merkelgrübchen verschwinden. »Wollen wir uns nicht duzen?«

»Liebend gern«, sagt Bille, stößt die Kante ihres Eisbechers klirrend gegen seine Keramiktasse.

Er lacht noch immer, Billie widmet sich wieder ihrem Eis, taucht ihren Löffel in eine schmelzende Masse aus Stracciatella-

und Schokoeis, durchzogen von Kirschlikör. Einem erneut drohenden Wortschwall Hölzels begegnet sie mit einigen unpassenden Zwischenfragen und lenkt das Gespräch allmählich auf Jegor. Hölzel referiert umständlich, was wir alle im KeinZoff bereits wissen: *Die Retrograde Amnesie besteht weiterhin, dennoch Therapie, Zimmer in Behinderten-WG, Praktikum ...* Billie scheint an seinen Lippen zu hängen. »Dass deine Sekretärin nun schon so lange ausfällt!«, sagt sie mit schlecht gespieltem Bedauern. »Sicher ist sie schwer zu ersetzen.«

Er hebt theatralisch die Hände. »Sie ist eine Seele von Mensch, doch mit dreiundsechzig oft krank und wenig flexibel.«

»Oh«, sagt Billie. Es klingt mitleidig, als habe er von unheilbarem Krebs gesprochen.

»Sie nimmt seit Jahren nicht mehr an Schulungen teil, weißt du. Excel und Powerpoint beherrscht sie gar nicht.«

»Tsss, das ist ja schlecht. Jegor kann es sicher.«

»Er ist auch nicht gerade bewandert am Computer. Die Jump-and-Run-Spiele ausgenommen, haha.«

Billie nickt ernst. »Trotzdem, eine Seele von Mensch ist er«, sagt sie.

Mir wird übel vor lauter Peinlichkeit.

Franks linkes Augenlid kommt prompt in Gang. »Jegor räumt meine Ablage auf, nimmt Anrufe entgegen und macht meine Termine. Mehr kann ich nicht erwarten.«

»Schade«, sagt Billie. »Ich selbst bin ja fit in den Office-Programmen.«

»Tatsächlich?«

Sie bestätigt strahlend: »Habe ich mir allein beigebracht.«

Er beugt sich vor, schmunzelt. »Mir war von Anfang an klar, dass du eine kluge und geschickte Frau bist.«

Billie nimmt eine bereitliegende Papierserviette, tupft ihre zu einem Kussmund gespitzten Lippen ab und neigt sich ebenfalls nach vorn. »Aber glaubst du, dass ich eine Stelle finde, in der ich meine Fähigkeiten einsetzen könnte? Wenigstens halbtags?« Sie seufzt.

»Tja«, Frank lehnt sich wieder zurück, schlägt die Beine andersherum übereinander. »Überall wird gespart. Auch bei uns – es gibt kaum Planstellen.«

Billie ergreift ihren Eislöffel, zwirbelt ihn zwischen den Fingern und tut, als sei sie in das Gleißen und Blinken vertieft.

»Und wenn obendrein die Büropraxis fehlt …«, er macht eine Kunstpause und wiegt den Kopf.

Billie lehnt sich ebenfalls zurück und schlägt die Beine ebenfalls andersherum übereinander.

Ich erinnere mich. In ihrem Karriereratgeber ist davon die Rede, wie erfolgversprechend es sei, die Gestik des Gesprächspartners unauffällig zu kopieren. »Spiegeln« nennen die Fachleute das. In diesem Gespräch also will sie erstens mich imitieren und zweitens Frank Hölzel spiegeln? Wie soll das klappen? Manipulative Arten von Gesprächsführung hat er garantiert besser drauf als sie. Oder versagt er jetzt und hier, weil er eine Frau vor sich hat, die ihm – warum auch immer – gefällt?

Sein Lächeln erscheint mir wie das einer Sphinx. »Du, ehemm, wolltest mich etwas Persönliches fragen?«

»Ja, genau, ich wollte wissen, wie du Jegors Fortschritte beurteilst, nur so aus Neugier. Das konnte ich ihm gestern ja nicht auf die Nase binden. Aber nun hast du mir schon ausführlich genug von ihm erzählt.«

»Du hast mich wegen Jegor treffen wollen?« Er sieht sie fragend an.

Billie ordnet ihren Eislöffel und die zerknüllte Serviette auf dem Serviertellerchen an, lässt den Blick zur Armbanduhr wandern.

Frank lächelt verbindlich. »Es ist so, dass ich, tja, Jegor ein bisschen bewachen muss. Die Polizei hält es jedenfalls für möglich, dass die Fehlversorgung in der Klinik damals, an der er fast gestorben wäre, keine Panne war, sondern eine bewusste Manipulation. Und das würde bedeuten … verstehst du?«

»Klar«, sagt Billie und tätschelt seinen Handrücken. »Ich verstehe vollkommen, dass du dir Sorgen machst. Ich tue es ja auch. Aber nun muss ich gehen. Nochmals besten Dank für die Einladung.«

»Schon?« Seine Mundwinkel sinken in die übliche Tiefposition.

»Hab einer betagten Nachbarin versprochen, für sie einzukaufen.« Billie steht zögerlich auf.

»Ach? Schade.« Er zieht einen Zehn- und einen Fünfeuroschein aus seinem Portemonnaie, klemmt sie unter den Eisbecher und erhebt sich ebenfalls. Lidzuckend sieht er zu, wie Billie ihren Minirock glatt streicht, holt tief Luft und sagt mit belegter Stimme: »Meine Sekretärin, sie geht in absehbarer Zeit in Rente.«

Billie hebt den Kopf. »Ach, und dann?«

»Na, ich werde sehen, was ich für dich tun kann.« Er zwinkert wieder, diesmal absichtlich. »Ich kann mir dich sehr gut in meinem Vorzimmer vorstellen.«

Billie strahlt ihn an.

Seine Hängewangen röten sich. »Es war ein wunderschöner Nachmittag, Isabell. Vielleicht magst du am Wochenende mit mir essen gehen?«

»Vielleicht«, sagt Billie.

Er will sie nach Hause bringen, doch unser Hollandrad erweist sich glücklicherweise als zu sperrig für den Kofferraum seines Mercedes SL. Also geleitet er sie zu den Fahrradständern am Weißen Turm, zielt mit einem Kuss auf ihre Wange und erwischt, weil sie spontan den Kopf dreht, ihre Oberlippe. Sie lacht kokett, als sei es seine Absicht gewesen, schwingt sich aufs Rad, dass ihr Rock hochfliegt und fährt – mit mir auf dem Gepäckträger – davon.

»Er will sehen, was er tun kann«, flüstere ich, lasse meine Haare im Fahrwind flattern und träume von seinem Vorzimmer, von dem großen Bildschirm, dem Fensterblick ins die Grüne. Wir radeln durch die Heidelberger Straße nach Hause, die Heidelberger, mit ihren vom Feinstaub grauen Fassaden, ihren Bretterwänden vor den Baulücken, ihren Graffiti-Schmierereien. Fickt euch! steht neuerdings an einer der Hauswände.

Meine gute Laune schwindet, und Zweifel machen sich in meiner Magengrube breit. Den Job habe ich vielleicht. Franks – nennen wir es mal vorsichtig – libidinöses Interesse habe ich garantiert. Okay, ich fühle mich geschmeichelt, aber wie soll das mit Billie und Nikos weitergehen? Wie sollen wir mit zwei Männern klarkommen? Bis dato hatte ich nicht mal einen!

»Ganz einfach«, sagt Billie, »du bekommst Frank, und ich behalte Nikos.« Zu Hause angekommen, lässt sie Elly Lapps Version eines alten Chansons von Friedrich Holländer abspielen: *Ich weiß nicht, zu wem ich gehöre, ich bin doch zu schade für einen allein …*

So laut trällert Billie, dass der Nachbar unter uns gegen die Decke bollert.

Ja, soll so was Schönes nur einem gefallen? Die Sonne, die Sterne gehör'n doch auch allen …

Ich bin noch genervter als der Nachbar. Ich flüchte in die Badewanne, schließe die Tür von innen ab und pfriemele mir Ohropax in die Ohren.

*

Frank ist ein wunderbarer Mann. Seit zwei Wochen kennen wir uns näher, und schon hat er mich in ein piekfeines Restaurant eingeladen, mir einen großen Strauß duftender Blumen geschenkt und gestern ein teures Parfum. Es ist von Givenchi, heißt *Dahlia divin* und riecht ebenfalls recht blumig, ich verwende es sparsam. Für übernächsten Samstag hat Frank Musicalkarten fürs Opernhaus in Frankfurt besorgt, erster Rang. Sie geben »The King and I«.

Überflüssig zu sagen, dass Billie Frank langweilig findet. Und unattraktiv. Dabei führt sie Kleinigkeiten ins Feld wie seine – zugegebenermaßen – allzu stramme Körperhaltung, die sie als »militärisch« beschreibt, seine wirklich nur geringfügig hängenden Mundwinkel, die ihrer Ansicht nach einen Hang zur Übellaunigkeit verraten, und natürlich diesen Tick mit dem zuckenden Lid. Er solle mal einen Nervenarzt aufsuchen, befindet sie. Sie vergisst, dass wir selbst einen brauchen könnten.

Ich hätte Billie für reifer gehalten. Es kommt doch in erster Linie auf die inneren Werte an. Meine Meinung. Auf Seriosität, Verlässlichkeit, Strebsamkeit. Und heißt es nicht auch »Erfolg macht sexy«?

Frank steht an der Schwelle zu einer großen Karriere. Ganz zweifellos. Dabei ist er erst Mitte vierzig, für einen Politiker kein Alter. Vermögend ist er schon jetzt, wohnt in einer Penthousewohnung im Komponistenviertel, fährt einen Mercedes Sportwagen, spielt Golf und er regt an, dass ich es auch lerne. Ich? Golf?

Er hat nicht allzu viel Zeit für mich, weil er häufig zu Parteisitzungen und -versammlungen muss. Aber zwischendurch schreibt er mir Mails und SMS-Botschaften, nennt mich bei meinem richtigen Vornamen, Isabell, manchmal sagt er sogar »Süße«. Zum allerersten Mal in meinem Leben umwirbt mich ein Mann. Wohlgemerkt mich. Nicht Billie. Im Gegenteil, es verwirrt ihn, sobald sie mit ihrem punkigen Kleidungsstil, ihren Piercings in Ohren und Nase auftaucht. Und wenn sie vom unausweichlichen Zusammenbruch des Spätkapitalismus spricht, muss er so heftig schlucken, dass man seinen Adamsapfel hüpfen sieht.

Zugegeben, es war Billie, die ihn bezirzt hat, wie ich es nie gekonnt hätte. Außerdem ist ihr die Idee mit der Bobfrisur zu verdanken, die mir tatsächlich gut steht. Na ja, und auch die Mascara, der Lippenstift, das kniefreie Etuikleidchen, die Röhrenjeans, das Stretch-T-Shirt … Egal, das sind Äußerlichkeiten. Davon lässt sich ein kluger Mann wie Frank auf Dauer nicht beeindrucken. Frank sieht tiefer, er schätzt mein wahres Wesen. Also mich. Oder?

Mila Nazarenkos Adoptionsurkunde weist sie als Findelkind aus. Einem Akteneintrag der Oblastverwaltung Kurks zufolge wurde sie im Alter von etwa drei Jahren im Seegebiet von Kurchatov von der Russin Tatjana Sergejewna Nazarenko, geborene Flerowa, in hungrigem und verwahrlostem Zustand aufgefunden. Frau Nazarenko und ihr damaliger Ehemann, der gebürtige Ukrainer Gerassim Nazarenko, wohnhaft in Kursk und bis dahin kinderlos, nahmen das Mädchen noch am selben Tag bei sich auf und beantragten die dauerhafte Pflegschaft. Diesem Wunsch wurde nach wenigen Wochen stattgegeben. Tatjana Nazarenko gab später an, eine Gebühr von 60.000 Rubel (umgerechnet rund 810 Euro) für die Adoptionsbewilligung gezahlt, aber nicht quittiert bekommen zu haben.

Das Ehepaar Nazarenko ließ sich scheiden, als Mila sechs Jahre alt und einschulungsreif war. Da die jeweils neuen Lebenspartner Milas Adoption nicht mit übernehmen mochten, erklärten sich die ukrainischen Großeltern bereit, das Kind in Obhut zu nehmen. Mila übersiedelte nach Kruschynka, ein rund dreihundert Einwohner zählendes Dorf in der Oblast Kiew, unweit der Rajonshauptstadt Wassylkiw. Mila besuchte die Grundschule in einem Nachbardorf, anschließend die Mittelschule in Wassylkiw.

Nach dem Tod ihrer Großeltern wurde die zwölfjährige Mila von einem staatlichen Kinder- und Jugendheim mit integrierter Schule in einem Kiewer Außenbezirk aufgenommen. Ihre Zeugnisse dokumentieren tadelloses Betragen und gute Leistungen, insbesondere in Religion, Erdkunde und Hauswirtschaft.

4. BILLIE

In einem zeitgeistkritischen Webportal namens Underdogs wird derzeit das Thema »Geld oder Liebe?« wissenschaftlich erörtert. Der Moderator hat die These aufgestellt, dass »die bürgerliche Vorstellung erstrebenswerter empathischer Beziehungen fortwährend an der sozio-ökonomischen Realität des Spätkapitalismus zerbricht«. Seit Isa sich auf Frank eingelassen hat, verstehe ich, was gemeint ist. Und habe geantwortet: »Romantische Ideale werden an der Marge der Kommerzialisierung gemessen (etwa im pekuniären Wert von Restaurantbesuchen, Blumensträußen, Parfums, Musicalkarten etc.) und somit unterhöhlt und korrumpiert.« Seither habe ich viel Zuspruch in dieser Gruppe und konnte innerhalb einer Woche von der Zwei- zur Vier-Sterne-Userin aufsteigen.

Isa interessiert das Thema nicht. Sie und Frank kommen angeblich gut klar. Ihr einziges Problem sei, dass ich als Störfaktor dazwischenfunke, sagt sie. Ich kann's nun mal nicht ab, wenn Isa sich vor lauter Harmoniebedürfnis selbst verleugnet. Wenn sie zu Franks Wortschwall über seine Verdienste in der evangelischen Sozialarbeit nickt und schweigt, obwohl wir – unbezahlt – direkter und effektiver zu den Erfolgen beitragen. Oder wenn sie ehrfürchtig lauscht, sobald Frank mit seinen guten Beziehungen prahlt. Dann bewirke ich mit Auszügen aus Nikos' aktuellen Monatsbericht zu den Anti-Aggressions-Trainings im KeinZoff immerhin eine Gesprächspause, weil Frank einfällt, dass er ein wichtiges Telefonat führen muss.

Weniger effektiv ist meine Rolle im Bett, in Franks einsachtzig Meter breitem, teakgerahmtem Bett. Wenn Frank auf Isa herumhampelt, um rasch zur Sache zu kommen, kann ich mir laszive Bemerkungen über seine primären Sexualmerkmale selten verkneifen. Das verschafft ihm einen vorzeitigen

Samenerguss, den Isa mit einem stets präsenten Tempotaschentuch gnädig verdeckt.

Was für ein Glück ist es dagegen, einen Mann wie Nikos zu lieben. Sich erst feuereifrig über die gemeinsame Arbeit auszutauschen, dann glückselig und ungeniert übereinander herzufallen und Körperflüssigkeiten auszutauschen. Isa, diese Voyeurin, steht manchmal daneben und staunt.

*

Sternenvoll die Nacht, sternhagelvoll ... nein, bin ich nicht, aber angenehm angesäuselt von zwei Gläsern Sekt, zwei Gläsern Rotwein und einem Sex on the Beach, den ich mir schon wegen des Namens genehmigen wollte. Bester Laune bin ich auch, denn mein Schönling und ich brausen in seinem alten Volvo, einem echten Schweden, Baujahr 1976, über die Landstraße. Wir kommen aus Mömbris, einer Kleinstadt im Spessart, wo wir die Hochzeit von Nikos' Schulfreund Cemal gefeiert haben. Es ist gegen halb drei in der Nacht, ein fast runder Mond strahlt uns an, ein Flugzeug blinkert uns zu, und in den Dörfern, die wir passieren, leuchten die Straßenlaternen nur für uns beide. Ja, für Nikos und mich ganz allein. Denn Isa hat sich aus Ärger über mein »hemmungsloses Besäufnis«, wie sie es nennt, verdünnisiert.

Ich kraule Nikos den Nacken, während er die ausgestorbene Landstraße entlangkurvt, küsse ihm die Stoppelwange, beiße in sein Ohrläppchen, mache mich an der Knopfleiste seiner Jeans zu schaffen ... Da erscheint, kurz hinter einem kleinen Ort mit Namen Johannesberg, eine Frauengestalt am Seitenstreifen, glatzköpfig, barfuß, in ein unförmiges, blaues Minikleid gehüllt. Sie hat den Mund wie zum Schreien aufgerissen und winkt uns mit beiden Armen.

Mein erster Gedanke: Ich spinne. Mein zweiter: Nikos und der Volvo sind ein Traum, in Wahrheit sitze ich mit Isa vor der Glotze bei einer dieser Krimiserien, die sie so liebt und bei denen ich meistens einnicke. Aufwachen Billie, sage ich mir, gleich kommt der Kommissar und stellt das Schwein, das die Frau in Blau gefleddert und rasiert hat.

Während der Volvo mit quietschenden Reifen bremst (was keineswegs ein Krimiklischee ist, sondern banale Realität, weil Nikos' alter Volvo kein ABS hat), überfällt mich ein dritter Gedanke: Diese Frau ist eine Falle. Wie in *Aktenzeichen XY ungelöst* neulich, dieser Reality-TV-Sendung, die Isa noch lieber als ihre Krimiserien guckt. In einer der letzten Folgen stellten Laienschauspieler in hektisch arrangierten Filmschnitten nach, wie vier Schurken eine scheinbar verwundete und hilflose junge Lady an den Straßenrand schickten, damit Autofahrer anhielten, die helfen wollten. Doch dann – anschwellende Orchestermusik – folgte der Überfall aus dem Hinterhalt: ein Messer an der Kehle des Fahrers, Raub von Handy, Uhr, Bargeld, Kreditkarte ... Die Schurken entkamen, wie immer in dieser Sendung. Für Hinweise, die zur Festnahme der Täter führen, ist eine Belohnung ausgesetzt ...

Fahr weiter, Nikos, fahr weiter, will ich rufen. Die Belohnung interessiert mich unter solchen Umständen nicht. Zu spät, der Volvo hält mit einem derart heftigen Ruck, dass ich erst nach vorn, dann nach hinten kippe und nolens volens von Nikos' Hosenschlitz ablasse.

Die Frau (ich sehe sie im Rückspiegel) steht keine zehn Meter hinter uns. Sie hat aufgehört zu winken, starrt uns nach. Mir wird mulmig.

Nikos lässt das Seitenfenster herunter, schreit »Steigen Sie ein.«

Sie kommt angerannt, das dünne blaue Kleid wabert um ihren Leib, sie hat nicht mal eine Handtasche bei sich.

Ich spähe in die Büsche. Niemand. Keine Falle.

»Steigen Sie ein«, wiederholt Nikos, und kaum dass sie auf den Sitz geklettert ist und die Tür zugezogen hat, prescht er los, die Landstraße weiter geradeaus.

»Schnallen Sie sich an, bitte. – Sind Sie dazu in der Lage? Brauchen Sie Hilfe?«, fragt er.

»Dankä, dankä schänn … « Ihre Stimme zittert. Sie stinkt nach Erbrochenem.

Ich drehe mich zu ihr um. Und aus Gründen distinguierter Höflichkeit sehe ich sofort wieder weg. Die linke Augenpartie der jungen Frau ist rot verfärbt und zugeschwollen, die blasse Iris schimmert kaum durch. Ein Mundwinkel ist eingerissen und blutet. Eine undefinierbare Masse klebt an ihrem Dekolletee. Ihr blaues Kleid erweist sich als Abfallsack, in den Öffnungen für Kopf und Arme geschnitten sind. Sie schluchzt leise.

»Wenn uns niemand folgt«, sagt Nikos und beobachtet die Straße im Rückspiegel, »fahre ich über Aschaffenburg und bringe Sie ins Krankenhaus. Falls doch, gebe ich mehr Gas, biege in Nilkheim ab, da ist das Polizeipräsidium.«

»Nicht Polizei, bittä. Alles schlimmer, nicht Polizei, nicht Krankenhaus. Bittä.« Es klingt so jämmerlich, dass mir die Kehle eng wird vor Mitleid. Sie hat einen unverkennbar slawischen Akzent und ist vermutlich illegal im Land. Ich finde, nie darf ein derart geschundener Mensch irgendwo »illegal« sein. Ich balle stumm beide Fäuste beim Gedanken an die feudalistisch überkommene Behördenwillkür in postliberalen Gesellschaften, nehme mir vor, meine zirka zweitausendvierhundert Facebook-Freunde zusammenzutrommeln, um die Frau vor einer Abschiebehaft zu schützen, überlege still, wie ich ihr und Nikos meinen Plan erklären könnte.

Da stupst sie mich sachte von hinten an: »Ein gut Freund anrufen bittä?«

»Ah ja, klar.« Ich reiche ihr mein Handy.

Sie tippt, wartet … ich lausche, höre schwach das Tuten, dann die Ansage vom Band: *Der Teilnehmer ist zurzeit nicht er-*

reichbar. Sie versucht es erneut. Offenbar schläft ihr »gut Freund« tief und fest, hat sogar seinen Anrufbeantworter ausgeschaltet. Sie reicht mir das Handy zurück und schluchzt leise, bis sich eine Gutmenschenstimme einmischt, mit einem in grausamem Russisch hingeholperten Vorschlag: *Beruhigen Sie sich. Wir bringen Sie nach Darmstadt in unser Büro, dort ist heute niemand. Wir kümmern uns um ihre Verletzungen, dann schlafen Sie erst mal.* – Habe ich das gesagt? Nein, das war Isa, die sich wie selbstverständlich zwischen mich und die Autotür gequetscht hat und unseren Minirock in die Länge zupft, damit er ihre Oberschenkel wenigstens zur Hälfte bedeckt. Isa hat mühsam ihre Russisch-Kenntnisse aus der Schulzeit (dritte Fremdsprache) zusammengeklaubt. Sogar ich erinnere mich. Und ihre Idee ist nicht schlecht. Ich bin müde und betrunken und gebe ausnahmsweise klein bei.

»Spasiba, spasiba! Menja sawut Mila.«

Isa untersucht Mila gewissenhaft, wie es ihre Art ist. Das Mädchen weist Schürfwunden, Prellungen und blaue Flecke am ganzen Leib auf, besonders an der Brust, am Po, an den Oberschenkelinnenseiten. Und natürlich aufgeschürfte, zerstochene Fußsohlen vom Barfußlaufen durch den Wald. Einen Hinweis auf Drogen erkennt Isa nicht. Die offenen Wunden betupft sie vorsichtig mit einer desinfizierenden Tinktur. Hinter dem Ohr, dort wo das Haar ansetzen würde, wäre es nicht geschoren worden, erkennen wir eine schlampige Tätowierung aus zwei miteinander verschlungenen kyrillischen Buchstaben. »Das die machän«, sagt Mila. »Wie bei Kuh.«

Weil sich manche Frauen erst mit ein paar Stunden Abstand zu ihren Erlebnissen dazu entschließen, zur Polizei zu gehen und DNA-Spuren sichern zu lassen, überreden wir Mila, sich nicht zu duschen, und uns zu erlauben, ein paar Fotos von ihren Verletzungen zu machen. Wir einigen uns darauf, Mila nur das Erbrochene an Hals und Brust gründlich abzuwaschen. Es ist von ihr selbst, wie sie versichert. Im Kraftraum finden wir ein ausgedientes Badelaken, in das sie sich – statt in die Abfalltüte – einwickeln kann. Dann bieten wir ihr eine große Tasse Milch mit Honig an, geben ihr ein Schlafmittel und bereiten ihr ein Bett im Pritschenzimmer. Nikos, Isa und ich fallen morgens gegen fünf wie tot auf ein paar Isomatten, nachdem Nikos, »man weiß ja nie«, die Tür verrammelt hat.

Mila schläft eine Ewigkeit. Isa und ich warten in der Küche, Nikos holt Brötchen und Croissants. Am Mittag erscheint unser malträtierter Gast in der Tür. Und hat nur einen einzigen Wunsch: telefonieren. Doch nun ist die Leitung zu ihrem »gut Freund« – er heißt Ralf – mausetot. »Ich fahrän mit Bus«, sagt sie entschlossen und will gleich aufbrechen.

Nach gutem Zureden und meinem auf halb-russisch gegebenen Versprechen, sie mit dem Auto hinzubringen, frühstückt sie ein Croissant mit Butter, kaut ohne Appetit und würgt, während sie von sich erzählt, die Bröckchen unter heftigem Schluchzen wieder hervor. Wir verstehen sie trotzdem.

Männer hatten Mila schon mit sechzehn verschleppt und zur Prostitution gezwungen, erst in der Ukraine, später in Deutschland, Berlin, Potsdam, zuletzt Frankfurt. Sie hatte keine Hoffnung mehr auf ein anderes Leben, bis sie Ralf kennenlernte. Ralf war immer gut zu ihr, wollte sie freikaufen und heiraten. Die Zuhälter haben das Geld genommen – und Mila behalten. Dann (wir halten den Atem an, glauben anfangs, ihr Gestotter falsch zu verstehen, denn was wir hören, ist unglaublich) hat man Mila in ein einsam gelegenes Haus außerhalb der Stadt verschleppt, rasiert, tätowiert und mit weiteren drei Mädchen in eine Art Stall eingesperrt, jede in eine eigene Box, und am Fuß mit einem Eisenring samt Kette gefesselt. Zum Anziehen gab es diese grellblauen Plastiksäcke, zum Essen Brot, Wasser und Vitamintabletten. Als Klo einen Eimer mit Deckel und einer chemisch stinkenden blauen Flüssigkeit darin.

Am Wochenende, meistens an Freitagen, manchmal an Samstagen, kamen Männer in Gruppen, um sogenannte Partys zu feiern. Dann mussten die vier sich waschen, reizvoll kleiden, Perücken aufsetzen und bekamen Drogen gespritzt, die sie für Stunden willenlos machten. An das, was sie Mila und den anderen Mädchen angetan haben, erinnert sie sich nur bruchstückhaft. Dafür waren die Schmerzen am ganzen Leib, der Ekel über den Spermageschmack in ihrem Mund und die Scham über die Schwellungen in ihrem Intimbereich umso unerträglicher. Wie es zu ihrer Verletzung am Kinn kam und wieso sie sich erbrochen hat, kann Mila nicht sagen.

Vorgestern Nacht hatte sie Glück. Das angerostete Eisenscharnier um ihren Fuß löste sich, nachdem sie es mit Teilen der Kette bearbeitet hatte. Es gelang ihr, aus der Box zu klettern, die Stalltür aufzuhebeln und zu fliehen. Das war spätabends, die Uhrzeit weiß sie nicht. Niemand hat was mitbekommen, glaubt sie. Die anderen Frauen haben geschlafen.

»Und dieses Haus – es liegt in der Nähe von Johannesberg?«, fragt Isa.

Mila macht eine unbestimmte Kopfbewegung. »Viel laufen ich.«

Ich bemühe unser Navi, suche die Stelle, an der wir Mila aufgelesen haben, finde weit und breit nur Wald. Spessartwald. Die nächsten bebauten Zonen sind kleine Dörfer, sie liegen verstreut und mehrere Kilometer voneinander entfernt.

Ich biete an, Mila mit dem KeinZoff-Dienstwagen, einem alten Ducato, zu ihrem »gut Freund« zu fahren, damit der sich weiter um sie kümmert. Und ich noch ein bisschen Schlaf bekomme. Er wohnt etwas außerhalb, in Roßdorf, und müsste zu Hause sein. Schließlich ist Sonntag. Auf dem Weg machen wir bei meiner Wohnung Halt, und ich schenke Mila – als Ersatz für das Badelaken – Isas Popelinemäntelchen mit Schottenkaro-Kragen und ebensolcher Kapuze. Mila ist höflich, sie zeigt sich überschwänglich dankbar.

Dann brettere ich los, zur zweispurigen B 26, was einem Abenteuer gleichkommt. Isa hat zwar vor zehn Jahren ihren Führerschein gemacht, aber mangels Auto kaum Fahrpraxis. Ich begreiflicherweise noch weniger. Mila nimmt meinen Schlingerkurs bei der gekurvten Abfahrt zur Landstraße gelassen hin, lässt meine Vollbremsung am Ortseingangsschild, bei der wir brüsk nach vorn in unsere glücklicherweise funktionstüchtigen Sicherheitsgurte geschleudert werden, unkommentiert über sich ergehen.

»Biegen Sie rechts ab … in zweihundert Metern … Sie haben Ihren Bestimmungsort erreicht«, sagt das Navi, und ich will schon aufatmen, als ich eine rot-weiße Polizeiabsperrung vor einem Reihenhaus sichte und eine kleine Traube wie erstarrt herumstehender Nachbarn. Männer in weißen Overalls tragen einen grauen Plastiksarg zu einem Transporter, hieven ihn in den Fond.

Mila schlägt beide Hände vor den Mund.

Ich parke in der Querstraße, bedeute ihr, sitzen zu bleiben und mische mich in die Traube, die sich plötzlich als lebendig und gesprächig erweist. Der Herr Feller sei tot … mit Vornamen Ralf, ja, Ralf Feller, um die fünfzig. Schon seit Tagen sei er tot. Am ungeleerten Briefkasten haben es die Nachbarn bemerkt. Erhängt! – *Offenbar Selbstmord. Son'n netter Mann, immer freundlich, zurückhaltend. Hatte zuletzt eine junge hübsche Freundin, die hat ihn wohl verlassen, so jung halt auch! Bestimmt hat er wegen ihr …*

Auf dem Rückweg fahre ich langsam und besonnen, Mila starrt die Windschutzscheibe an und knetet einen Zipfel von Isas Popelinemantel. »Ralf nicht sich tot machän … Die das warän.« Isa hält bei einer Waldschneise an, legt den Arm um Mila, reicht ihr ein Tempo und weint leise mit.

Zurück im KeinZoff telefoniere ich herum auf der Suche nach einer Unterkunft für Mila. Das Frauenhaus Darmstadt ist in erster Linie für Frauen und Kinder gedacht, die vor prügelnden

Familienvätern fliehen. Sie könnten Mila allenfalls für wenige Tage aufnehmen, zumal sie voll belegt sind. Man rät mir, mich an FIM in Frankfurt zu wenden. Die langjährige Anlaufstelle für Migrantinnen, laut Statuten insbesondere für solche »in schwierigen Lebenslagen« könnte sich nach einer Unterkunft umsehen. Doch Milas Augen weiten sich vor Entsetzen, sie schreit auf und schüttelt den Kopf, als das Stichwort »Frankfurt« fällt. Dorthin haben ukrainische Menschenhändler sie nach einem Ausbruchsversuch verschleppt und, in einer verlassenen Lagerhalle im Süden der Stadt, besonders übel malträtiert.

Also beschließe ich, dass sie vorläufig im KeinZoff bleibt. Nikos ist leicht zu überreden, Gerald auch. Isa sowieso, sie zerfließt vor Mitleid mit dem Mädchen. Frank fragen wir erst gar nicht. Wäre noch Jegor, aber um ihn machen wir uns erst mal keine Gedanken. Der arme Kerl hat einen ganzen Tag lang im Kellerarchiv des Dekanats aufräumen müssen, mit der Folge, dass er sich eine Bronchitis eingefangen hat und krankgeschrieben ist.

Damit Mila nicht die Neugier unserer übrigen Klientel erweckt (was unvermeidbar ist, solange sie so aussieht, wie sie aussieht), bringen wir sie stundenweise in der »Rumpelkammer« unter, so nennen wir den fensterlosen Raum im oberen Stock, in dem nur einige Kartons mit Büroartikeln und ein kaputter Sessel lagern.

Isa ist schnell bereit, einige ihrer Rühr-mich-nicht-an-Klamotten für Mila herauszurücken: zwei pastellfarbene Blusen mit Hemdkragen, einen wadenlangen Rock, eine Strickjacke mit Zopfmuster. Zusätzlich habe ich ein Paar Slipper, ein bisschen Unterwäsche und eine Umhängetasche aus der Kleiderkammer der Caritas besorgt. Die grau-braune Perücke, die Anneli mir »fer des Theaderschdück« überlassen hat, passt hervorragend und lässt Mila von Weitem zwanzig Jahre älter erscheinen. Trotzdem traut sie sich vorerst nicht auf die Straße.

Mittags, wenn es im Haus noch ruhig ist, kocht sie für uns auf den zwei Kochplatten unseres Miniherds. Sie kann herrliche Kartoffel-, Bohnen- und Kürbiseintöpfe, und wir besorgen klaglos nie gehörte Gewürze, weil wir die Pizzen und Döner vom Lieferservice schon lange satthaben. Nach dem Essen spült, putzt und wienert Mila aus lauter Dankbarkeit unsere Küche mit Neutralseife, Essigessenz und Stahlschwamm blitzblank.

Einmal sitzen wir spätabends zusammen am Tisch und trinken einen Absacker. Dabei erfahren wir nach und nach Milas Geschichte.

2013 ergab eine Routinekontrolle des unterdessen privatisierten Kiewer Kinderheims, dass Mila Nazarenko sowie weitere acht Mädchen im Alter von 15 und 16 Jahren seit Monaten nicht mehr dort ansässig waren. Die Heimleitung gab zu, deren Verschwinden verschwiegen zu haben, um nicht auf die monatlichen staatlichen und kirchlichen Fördersummen pro Kind verzichten zu müssen. Die Suche nach den Mädchen blieb ergebnislos. Betreuer äußerten die Vermutung, sie seien heimlich per Anhalter nach Westeuropa gereist, wo sie sich ein besseres Leben erhofften.

Zwei Jahre später erschien Mila Nazarenko ohne Papiere bei einer Polizeidienststelle in Potsdam. Die junge Frau gab an, gegen ihren Willen nach Deutschland verschleppt und zur Prostitution gezwungen worden zu sein. Sie kam in Abschiebehaft, wurde nach Kiew ausgeflogen und der Flughafenpolizei übergeben. Man entschied sich, sie zunächst bei der Familie einer Schulfreundin in Wassilkyw unterzubringen, die sich zu der Aufnahme bereit erklärt hatte. Mila kam niemals dort an und gilt seither als erneut vermisst.

*

Was folgte, wissen wir schon in groben Zügen. Und doch lauschen wir der unglaublichen Geschichte noch einmal. Für die Plastiksäcke und die Rasur ihrer Haare hat Mila eine Erklärung: Die Mädchen sollen – im Fall, dass sie fliehen – von Weitem auffallen und leicht erkennbar sein. Die Tätowierung ist das »Zeichen« des Zuhälterrings, stellt die Besitzansprüche klar. Die Perücken sollten es verbergen – aber nur für die Freier und nur während der »Partys«.

Wir fragen uns, wie wir die anderen Mädchen retten könnten. Eins ist eine Philippina, weiß Mila, die anderen zwei kommen aus Afrika, doch aus verschiedenen Ländern. Sie konnten sich alle vier nur schlecht verständigen, was die Zuhälter sicher einkalkuliert haben. Mila kann beim besten Willen nicht sagen, wo sie eingesperrt war. Bei ihrer Flucht sei sie, so schnell wie es ihr barfuß gelang, quer durch den Wald gerannt, bis sie zu einem Weg kam. Als sie merkte, dass ihr niemand folgte, hastete sie trotz ihrer schmerzenden Fußsohlen weiter, bis sie von Weitem ab und an aufblitzende Autoscheinwerfer erkannte und so zur Landstraße fand.

Nach einer Woche hat sich Mila bei uns eingewöhnt. Dass sie wie unter Hausarrest lebt, scheint ihr egal zu sein. Sie kocht, spült, putzt und summt dabei Popsongs, die sie im Radio hört, und wenn wir nicht aufpassen, füttert sie den fetten Kater aus dem Nachbarhaus mit Kaffeesahne.

Was mich angeht, hätte es eine gute Weile lang, ach was, es hätte für immer so weitergehen können. Aber nun ist passiert, womit keiner von uns gerechnet hat. Sie ist weg. Offenkundig freiwillig ist sie vergangene Nacht auf und davon, mit der Perücke, mit meinem Rucksack und nicht ganz vierzig Euro, die in der Seitentasche steckten. Nichts deutet darauf hin, dass jemand gewaltsam bei uns eingedrungen ist und sie entführt hat. Der kleine Zettel, den sie hinterlassen hat, ist eindeutig.

»Danke schön.« Mit einem Kugelschreiber hat sie es auf einen gelben Notizzettel geschrieben. Daneben hat sie mit rotem Filzstift ein unbeholfenes Herzchen gemalt.

Der Grund für ihr Verschwinden erscheint uns offensichtlich. Es muss mit Franks unangekündigtem Besuch gestern zusammenhängen. Er kam mit Jegor im Schlepptau »mal eben vorbei«. Ich schätze, er wollte Isa wiedersehen. Sie gibt gelegentlich die Unberührbare. Weil das den Jagdinstinkt der Männer wecke und so deren Gefühl von Verliebtheit verstärke, behauptet sie. Sie hat den Unsinn in einer Frauenzeitschrift gelesen. Mir kann sie nichts vormachen. Ich bin sicher, dass ihr in Wahrheit Franks unkontrollierte Wort- und Samenergüsse auf die Nerven gehen.

Um einen Vorwand für den Überfall war Frank nicht verlegen: Mit besorgter Miene erkundigte er sich nach unseren Italos. Die Polizei habe ihn davon in Kenntnis gesetzt, dass Mateo und Marco bei einer beliebten internationalen Kaffeekette in der Innenstadt eine Stinkbombe hinterlassen haben.

»Na, so was«, rief Gerald. »Warum denn ausgerechnet bei denen?«

Isa versicherte kleinlaut, die beiden lange nicht mehr gesehen zu haben.

Nikos ist ein miserabler Schauspieler und weiß das. Er wich jedem Kommentar aus und erbot sich, einen fair gehandelten Kaffee für alle zu kochen.

Jegor – von seiner Schreibtischarbeit im Elisabethenhaus physisch völlig unterfordert – schlich sich unterdessen zum Fitnessraum. Er öffnete die Tür, und da muss er Mila gesehen haben. Ich konnte ihn im Flur abpassen.

»Eine Frau war hier drin. Sie hat … Sie hat die Hanteln poliert«, erzählte er mit entgeisterter Miene. »Und sie ist erschrocken, als ich hereinkam, ist an mir vorbeigehuscht und nach oben gerannt.«

»Unsere neue Putzhilfe«, erklärte ich mit einer wegwerfenden Handbewegung. »Sie ist ein bisschen menschenscheu.«

»Ach so.« Jegor fragte nicht weiter, betrat den Fitnessraum, zog sich die Boxhandschuhe an und bearbeitete die Punchingbälle. Ich folgte ihm, schwang mich auf den Stepper und trat los. Bald kamen wir redlich außer Atem, grinsten einander zu und setzten uns wieder zu den anderen in die Küche.

Frank prahlte herum, erzählte von seinem letzten Treffen mit der Ministerin. »Bitte sagt's noch nicht weiter. Sie will sich für mich als Fraktionsvorsitzenden im Stadtparlament ins Zeug legen.«

»Und wann wirst *du* Minister?«, fragte Nikos.

Alle lachten. Frank grinste gewinnend zu Isa herüber. Ich war dankbar für die gute Stimmung, holte eine Packung Schokogebäck vom Regal und offerierte sie auf einem von Mila auf Hochglanz polierten Keramikteller.

Wir scherzten und kekst en, besonders Jegor schien sich wie daheim zu fühlen. Als ihm ein paar Krümel zu Boden rieselten, grinste er entschuldigend. »Macht nix«, sagte er, »ihr habt ja jetzt eine Putzhilfe.«

Eine Schrecksekunde später rang ich mir ein unüberhörbares »Hach!« ab und schlug ihm auf die Schulter, als habe er uns Comedy vom Feinsten geboten. Zeitgleich füßelte ich nach seinem Schienbein, um ihm einen mahnenden Stups zu verpassen.

Zu spät. Frank blinzelte aus verengten Augen. »Ihr habt … was?«

»Na, eine Putzhilfe«, erklärte Jegor, »bisschen ramponiert und ohne Haare, aber jung, gute Figur.« Er muss während der letzten Wochen unbemerkt einen Hauch seines alten Machismus zurückgewonnen haben.

Ich überlegte eilig, wie wir Milas Anwesenheit erklären konnten. Vielleicht sollte ich behaupten, dass sie eins der von uns aufgelesenen drogenabhängigen Mädchen wäre und seit dem Kontakt mit Cristal Meth von einem Putzzwang besessen sei … Oder besser, dass sie die Tochter eines Ex-Alkoholikers mit Migrationshintergrund wäre, die uns aus Dankbarkeit für die erfolgreiche Vermittlung einer Entzugstherapie einmalig beim Hausputz helfen wollte ... Ich bekam kein Wort heraus, weil Isa wieder mal von dieser Beklommenheit befallen war, die für sie so typisch ist, und mir den Mund zuhielt.

Nikos folgte, wie oft in solchen Situationen, seinem Ehrlichkeitsdrang. »Sie ist Ukrainerin und illegal hier. Ist geschlagen und misshandelt worden. Wir wollten ihr ein paar Tage Ruhe gönnen, dann hätten wir dir Bescheid gegeben.«

»Ihr lasst eine illegal Eingewanderte als Putzfrau für euch arbeiten – gegen Kost und Logis? Oder wie soll ich das verstehen?« Franks Lid zuckte stakkato. »Seid ihr euch zu gut dafür, selbst sauber zu machen?«

Frank hat gut reden. Ihm steht nicht nur das evangelisch finanzierte Gebäudereinigungspersonal zur Verfügung, er kann sich sogar – wenn auch nur vorübergehend – eine Bürohilfe namens Jegor leisten. Dass Nikos und Gerald das ganze KleinZoff eigenhändig putzen und instand halten sollen, ist in ihren Verträgen nicht enthalten, aber stillschweigende Übereinkunft.

Frank zeterte weiter. »Ihr beschäftigt eine Illegale auf Kosten der Allgemeinheit ... und verstoßt damit doppelt gegen die Regeln.«

Nikos klärte ihn auf. »Erstens arbeitet sie freiwillig für uns. Zweitens ist sie keine ... Immigrantin. Man hat sie aus ihrer Heimat verschleppt und hier zur Prostitution gezwungen.«

»Eine Prostituierte?«

»Eine *Zwangs*prostituierte,« korrigierte Nikos.

»Eine *ehemalige Zwangs*prostituierte«, korrigierte ich.

Frank wiegte den Kopf, überlegte, schnaubte. »Das geht nicht, Leute, das geht wirklich nicht.«

Ich hätte kotzen können.

»Stimmt ja, Frank. Aber wir können sie nicht auf die Straße setzen. Lass uns noch ein paar Tage, dann überreden wir sie, freiwillig in ihre Heimat zurückzukehren. Wir finden vielleicht jemanden, der sie bis zur Grenze bringt.« Es war Isa, die diesen bescheuerten, jedoch von allen abgenickten Vorschlag machte, während ich im Stillen eine andere Idee ausbrütete: Mila könnte erst mal bei uns wohnen. Wenn Isa und ich uns nicht allzu doll streiten, ist die Couch im Wohnzimmer frei. Dann würde ich in aller Ruhe über Facebook und Twitter eine Aktion starten, um Mila zu helfen.

Frank ließ sich weitere drei Tage abhandeln, die Mila noch im KeinZoff bleiben durfte. »Aber versteckt sie gut. Ich gerate in Teufels Küche, wenn das rauskommt.«

Tja, jetzt ist sie weg, einfach weg. Es gibt wieder Pizza vom Lieferservice. Und lange Gesichter. Nach dem Essen kocht Isa Kaffee, reicht die restlichen Schokokekse dazu, was zur allgemeinen Aufheiterung gedacht ist, aber kein bisschen funktioniert. Wir nippen an unseren Tassen, knuspern möglichst geräuscharm und schweigen vor uns hin. Allen ist anzusehen, dass sie sich Vorwürfe machen. Ich mache Isa Vorwürfe.

Jegor ist der Erste, der was sagt. »Bestimmt hat sie unser Gespräch belauscht.«

Nikos deutet ein unwilliges Kopfschütteln an. »Ich denke eher, sie hat es mitgehört. Zufällig.«

»Nein, eher absichtlich. Sie war im Fitnessraum. Ist die Treppe rauf abgehauen, als ich sie entdeckt habe. Vielleicht hätte ich sie aufhalten sollen, mit ihr reden sollen, hab nicht drüber nachgedacht. Aber wenn ihr da oben keine Abhöranlage installiert habt, muss sie wieder runtergekommen sein, an der Tür gestanden und gelauscht haben. An der Tür da.« Jegor weist zur weiß gestrichenen und mit bunten Aufklebern verzierten Küchentür, die jetzt weit offen steht.

»Es muss sich ausweglos für sie angehört haben. Wir haben alle vor Frank gekuscht«, sagt Gerald.

Alle? Ich seufze, nicke. Ich zwar nicht, aber Isa. Ich höre sie noch rumdrucksen: *Du hast ja recht, Frank … Lass uns ein paar*

Tage Zeit … Wir finden vielleicht jemanden, der sie bis zur Grenze bringt. Jetzt kaut Isa auf ihrer Unterlippe und schämt sich. Richtig so!

Gerald reibt sich das Kinn. »Gekuscht? Nein, haben wir nicht. Er ist halt der Chef, und wir reden ihm nach dem Mund. Was wir letzten Endes tun, steht auf einem anderen Blatt. Doch das kann Mila nicht wissen.«

»Zu spät. Wir sollten zur Tagesordnung übergehen. Ich hab einen Termin bei der Staatsanwaltschaft«, sagt Nikos, erhebt sich lustlos und löst damit die Runde auf.

Isa übernimmt freiwillig den Küchendienst.

*

Es ist viel los in Darmstadt dieser Tage. Ein mehrfach Vorbestrafter ist nach einem Schusswechsel schwer verletzt, ein besetztes Mietshaus ist zwangsgeräumt worden und zwischen verfeindeten Jugendgangs hat eine heftige Keilerei stattgefunden … Satte sechs Personen hat die Polizei aktuell festgenommen, zwei von ihnen waren mal gute Jungs. Nikos besucht sie im Knast, versucht herauszubekommen, was sie angestellt haben und ob ihnen noch zu helfen ist.

Da die großen Ferien begonnen haben, können alle Schulschwänzer jetzt ganztags im Herrngarten unangefochten chillen. Ich will wenigstens für meine Mädels eine sinnvolle Beschäftigung finden und überrede sie, bei den vierzehntägigen Ferienspielen mitzumachen, die das Jugendamt für daheim gebliebene Kinder anbietet. Speziell an Laura und Sophie denke ich dabei. Denn ihre drogenabhängige Mutter ist noch immer nicht in eine Entzugsklinik eingerückt, also sind die zwei weiterhin sich selbst überlassen.

Ich gebe mich begeistert von dem diesjährigen Angebot: »Ihr könnt Abenteuerausflüge in den Wald machen, Vögel,

Frösche und Kröten beobachten, Popsongs im Chor und mit Klavierbegleitung singen, Freundschaftsbändchen in allen Farben knoten … und das gratis!«

»Na gut«, sagt Sophie, Laura fügt sich achselzuckend in ihr Schicksal.

»Ihr braucht die Unterschrift eurer Mama«, erkläre ich. »Sonst geht's nicht. Falls sie nicht einwilligt, komme ich noch mal zu Besuch.«

»Bloß nicht«, sagt Laura.

Vier Tage sehe und höre ich nichts von den beiden. Dann stehen sie, morgens um neun und unangekündigt, in der Tür.

»Wir wollen dir nur tschüss sagen.« Laura fällt mir heulend um den Hals.

»Die warten nämlich da … da drüben in dem komischen Auto«, sagt Sophie und weist mit dem Daumen über ihre Schulter auf die Straßenseite gegenüber.

Das »komische Auto« erweist sich als altertümlicher VW-Bus mit ausländischem Kennzeichen. Soweit ich durch die Autoscheiben erkennen kann, ist er mit mehreren Mädchen besetzt. Eine Nase drückt sich neugierig ans Seitenfenster.

»Die bringen uns in ein Heim. Weit weg. Nach Ungarn«, sagt Sophie.

Laura sagt nichts, weint mir stattdessen das Shirt nass.

Ich streichle ihr Haar und versuche ein aufmunterndes Lachen. »Ungarn? Kann nicht sein. Da habt ihr euch verhört.«

»Doch Ungarn! In Deutschland ist kein Heimplatz frei.«

In ganz Deutschland soll kein Betreuungsplatz für euch sein – was für ein Blödsinn! Denke ich, spreche es nicht aus, weil ich den beiden das Herz nicht noch schwerer machen will. »Ach so«, sage ich in einem Tonfall, als habe mir jemand den Weltenzusammenhang erklärt. »Und, äh, wer sind *die*? Das Fürsorgeamt?«

Laura schnäuzt in ein Taschentuch, schüttelt den Kopf. »Mama hat eine Frau vom Fürsorgeamt gebissen. In die Gurgel. Die Frau ist jetzt im Krankenhaus. Und Mama auch.«

Gebissen? In die Gurgel? Ich erinnere mich an die schreiende Klappergestalt mit den rot geränderten Augen, die mir vor ein paar Wochen furienartig entgegengetreten ist, male mir den Tathergang lieber nicht aus und überspiele mein Entsetzen. Im Stillen muss ich anerkennen, dass das Fürsorgeamt nicht nur aktiv geworden ist, sondern sogar einen Hals riskiert hat. Mangels finanzieller Mittel für einen zweiten, begleitenden Mitarbeiter, der sich in dem Fall strategisch empfohlen hätte.

»Eure Mama ist jetzt in der Psychiatrie?«, frage ich.

Laura nickt.

»Und, noch mal, *wer* bringt euch nach Ungarn?«

»So Ähnliche wie das Fürsorgeamt.« Laura deutet wieder auf den Bus. Jetzt sehe ich es, er hat den Schriftzug »Juventis GmbH« auf dem Heck. Eine Frau in grauem Kostüm und mit einer Fünfzigerjahre-Frisur in der gleichen Farbe öffnet die Beifahrertür und steigt aus.

»Schnäll machen«, ruft sie.

Ich entscheide mich, zu ihr hinüberzugehen. »Billie Liebmann, guten Tag.« Ich strecke ihr die Hand hin.

Sie ergreift sie, schüttelt sie, ohne mich anzusehen, und nennt ihren Namen, den ich sofort wieder vergesse, weil er so fremd klingt. Sie erklärt mir hastig und in holprigem Deutsch, dass man es eilig habe, noch vor Mitternacht am Zielort sein wolle ... Ja, in einem Dorf am Plattensee ... ja, Ferien, ja Heim ...

Ich fordere die Dame allerfreundlichst auf, mir die behördliche Anordnung zu zeigen. »Wissen Sie, ich kenne die Mädchen gut und fühle mich für sie verantwortlich.«

Sie macht den dezent geröteten schmalen Mund auf, schließt ihn wieder, steigt zurück auf den Beifahrersitz, um einen Schnellhefter aus dem Handschuhfach zu holen. Sie überreicht ihn mir mit ausgestrecktem Arm. »Schnäll machen.«

Ich blättere die obersten Seiten durch ... und gebe klein bei. Behördenbriefkopf, Behördenstempel, alles scheint okay.

»Nach den Ferien kommt ihr zurück«, erkläre ich den Mädchen. »Freut euch doch. Ist bestimmt schön da. Und wenn was ist, schickt ihr mir eine SMS«. Ich reiche Laura mein altes Prepaid-Handy mit noch rund zehn Euro Guthaben. Dann greife ich in meine Westentasche, ziehe Vaters Maultrommel heraus und stecke sie ihnen zu.

Sie lächeln dünn und steigen auf die hinteren Sitze.

Ich winke ihnen nach. Und notiere mir das ungarische Nummernkennzeichen. Für alle Fälle.

Bei all den Turbulenzen während der letzten Tage habe ich Mila fast vergessen. Aber heute Nachmittag ist ein Paket von ihr angekommen, adressiert an mich, aufgegeben beim Postamt in der Innenstadt, der Absender: Mila Nazarenko. Keine Adresse. Drinnen befinden sich, frisch gewaschen, ordentlich zusammengefaltet und in Klarsichtfolie gewickelt: mein Rucksack und die Oma-Perücke. Außerdem ein Briefumschlag mit meinen vierzig Euro, einer Packung Kekse und einem Zettel: Bitte mir verzeihen!!! Danke für alle!!! Darunter hat sie wieder mit einem roten Filzstift ein schiefes Herzchen gemalt.

Auf der Suche nach einer weiteren Nachricht wühle ich zwischen den zerknüllten Seiten einer Fernsehzeitschrift, mit denen sie die Lücken im Paket ausgestopft hat. Nichts. Doch hinten drauf klebt die Adresse des Abonnenten: Hotel Rosarus, Wilhelm-Leuschner-Straße, Griesheim. Vielleicht will mir Mila ein Zeichen geben, will gefunden werden. Ein Stunden-Hotel, ein verkappter Puff in Griesheim? Gibt's das?

»Griesem«, wie die Einheimischen die bäuerlich (vor allem spargelbäuerlich) geprägte Kleinstadt im Westen Darmstadts nennen, hat sich bislang vehement und erfolgreich gegen ihre

Eingemeindung nach Darmstadt gewehrt und es dennoch früh zu einer komfortablen und gut getakteten Straßenbahnanbindung gebracht. Kein Problem also, hinzukommen. Am nächsten Morgen mache ich mich auf den Weg. Rosarus Ltd. erweist sich als Vier-Sterne-Hotel an der Ecke zur Hahlgartenstraße, mit gläserner Drehtür und businessmäßig schnieke gestaltetem Foyer. Der Mann am Empfangstresen mustert meine mehrfach gelochte Jeans abschätzig. Nein, eine Mila Nazarenko sei hier nicht gemeldet. »Nein, wirklich«, er bläht die Nasenflügel, »dies ist kein Stundenhotel. Bedaure.« Sein Tonfall verrät, dass er am meisten bedauert, sich mit mir abgeben zu müssen. Er dreht sich seinem weißgerahmten Computerbildschirm zu, scheint aber bereit, derweil jeden meiner Schritte aus den Augenwinkeln zu verfolgen. Mir bleibt nichts anderes übrig, als mich zu trollen.

Ich werfe einen Blick zurück auf die von LED-Kaskaden gefluteten Fiberglassäulen, die das Foyer beleuchten, den auf Hochglanz geschliffenen Marmorboden ... Wie kann sich Mila ein so teures Hotel leisten? Vielleicht hat sie wieder einen Freier gefunden, der sie aushält. Und obendrein gut behandelt. Wie ihren Ralf aus Roßdorf, nur reicher.

Aber warum hat sie das Paket ohne Adresse geschickt? Wieso hat sie die Sachen nicht persönlich vorbeigebracht? Aus Scham? Mehr und mehr komme ich zu der Überzeugung, dass der Adressaufkleber auf der Zeitungsrückseite ein absichtlicher Hinweis ist.

Ich beschließe, das Hotel zu beobachten, unauffällig. Eine von Bäumen und Büschen umstandene Abmauerung auf der gegenüberliegenden Straßenseite, unmittelbar vor der Bäckerei Rauen-Löffler, erscheint mir ideal. Dort hole ich mir einen Coffee to go und halte Ausschau. Früher oder später, so schätze ich, wird Mila als Luxuspuppe verkleidet aus dem Luxushotel treten und in ein Luxusauto steigen, am Steuer ein schmieriger alter Sack.

Nach einer halben Stunde ergebnislosen Wartens ist mir langweilig. Ich packe meine neue Maultrommel vom Flohmarkt aus und versuche die Songs aus Brechts Dreigroschenoper hinzubekommen, bis mir die Zähne wehtun und ein Passant ein Zwanzig-Cent-Stück in meinen leeren Kaffeebecher wirft. Ich wechsle das Programm, spiele *Junge, komm bald wieder* und erhalte einen Fünfziger.

Gegen halb zwölf passiert endlich was. Aber was anderes als erwartet. Ein VW-Transporter hält auf dem Fahrweg vor dem Hotel und entlässt sieben junge Frauen verschiedenster Hautfarben. Darunter Mila mit raspelkurzen schwarzen Haaren und einer schlabbernden Latzhose. Der Wagen fährt davon, plaudernd verschwinden die Frauen im Hofeingang. Ich lasse den Kaffeebecher mit dem Kleingeld (inzwischen sind es neunzig Cent) stehen und renne hinterher.

»Billie!« Sie umarmt mich, gibt mir eine ganze Serie osteuropäischer Bruderküsschen. Dank ihres kräftigen Haaransatzes und der pechschwarzen Tönung der mittlerweile anderthalb Zentimeter langen Stoppeln leuchtet die Tätowierung kaum durch.

»Was machst du hier, Mila?«

»Putzän.« Sie strahlt. »Ich gutä Arbeit.«

»Ah ja«, ich tue beeindruckt und verkneife mir all die Fragen, die ich habe. Warum sie abgehauen ist, wo sie wohnt, ob sie zurechtkommt. Denn just in dem Moment tritt ein spilleriger Mann im Zweireiher aus einer Hintertür in den Hof und eilt auf die Frauen-Crew zu.

»Guten Morgen«, sagt er ohne ein Lächeln. Und beginnt mit der Zuweisung von Zimmernummern, die mir willkürlich erscheint: »Du«, er weist auf eine spanisch aussehende Frau mit Haardutt, »101 bis 115. Und du«, er meint eine angegraute Blondine mit roten Lidrändern, »116 bis 130«. Mila werden mehrere Zimmer im zweiten Stock zugewiesen. »Und du, wer bist du?« Er sieht mich fragend an.

»Ei'schbin die Rosa, 'schbin nei do«, sage ich in einem mir unbekannten, aber leidlich hessisch klingenden Idiom.

Er notiert es sich und weist mir die dritte, oberste Etage zu.

Kein Problem, sage ich mir und reihe mich bei der Ausgabe von Hotelkitteln und Putzwägelchen ein, husche hinter Mila in den Personalaufzug und steige im zweiten Stock mit ihr aus. Sie klopft an die Tür von Zimmer 201. Niemand da, sie schließt auf, wir treten ein.

»Schnäll, sonst Ärger«, flüstert sie mit einem entschuldigenden Lächeln und beginnt, die Betten abzuziehen.

»Warum bist du weg?«, flüstere ich, während ich symbolisch mit einem Staubtuch die Bettkonsole bewedele.

Sie hält kurz inne, wirft mir einen traurigen Blick zu. »Mann schlächter Mänsch.«

»W-wass?« Ich traue meinen Ohren nicht. »Frank Hölzel? Der ist ein bisschen steif und unflexibel, aber ... «

»Mann beim Fitnäss.«

»Jegor?«

Sie nickt. »Ganz schlächter Mänsch. Hat mich zu Zuhälter gebracht. Kännt Tattoo.«

Jegor! Ich bin abwechselnd erleichtert und perplex. Dass er früher ein Schläger und Vergewaltiger war, ist ihm ja selbst bekannt. Aber Menschenhandel? Vielleicht verwechselt sie ihn? Immerhin hat er während seines Komas gut zehn Kilo abgenommen, und seine Haare sind jetzt länger. So oder so, ich kann Mila beruhigen: »Jegor ... erkennt keine Tattoos mehr, er erkennt dich nicht mehr. Er hat sein Gedächtnis verloren. Amnesie, verstehst du?« Ich lache und streichle ihren Stoppelkopf. »Wir sollten uns heute Abend treffen, ruf mich an, okay?«

»Amnäsie?« Sie scheint zu wissen, was das Wort bedeutet, dennoch wiegt sie skeptisch den Kopf.

»Ganz bestimmt, er hat Amnesie«, sage ich und lasse meinen Zeigefinger vor meiner Stirn kreisen, als ein ältliches Ehepaar im offenen Türrahmen erscheint, gefolgt von einem Pagen, der eine in Folie gehüllte und chemische Reinigungsdünste aussendende Hose hereinträgt.

Der Page blickt abwechselnd zu Mila und zu mir.

»Ei'schab net genuch Lappe«, kauderwelsche ich, greife mir eins der grauen Tücher aus Milas Kontingent und verlasse eilfertig das Zimmer.

Ich nehme mir fest vor, kein weiteres Aufsehen zu erregen und den mir aufgetragenen Job zu machen. Also begebe ich mich im dritten Stock an die Arbeit. Wie schön, hier oben sind die Suiten des Hotels. Alle saumäßig teuer und um die Mittagszeit verwaist. Ich betrete die 301, betrachte den veloursähnlichen Teppichboden, bücke mich, um ein paar Flusen, ein paar Krümel aufzulesen, entscheide, dass er damit hinreichend sauber ist und ich den Staubsauger nicht brauche. Im Bad wische ich Dusche und Waschbecken mit einem benutzten Handtuch trocken, fahre mit der Klobürste in der Kloschüssel herum und falte das Ende der Klopapierrolle origamiartig zusammen.

Zufrieden mit dem Ergebnis meiner Mühen lasse ich mich auf den Sessel im Schlafzimmer plumpsen und lege eine Pause ein. Da entdecke ich zartrosa Dessous mit Rosenmuster unter dem Bett. Ich angele sie heraus und verstaue sie ordentlich im Schrank, wo ich weitere hübsche Teilchen finde. Sogar saubere. Sogar in meiner Größe. Ich denke mir, dass die nachtblaue Serie Nikos gut gefallen könnte, und stopfe den BH samt zwei passenden Slips und einem Spaghettiträger-Top in meinen Hosenbund. Mein Arbeitskittel verdeckt perfekt die Beule.

Die an Trachtenlook orientierte Garderobe in Suite 302 ist nichts für mich, aber dafür finde ich im Bad eine Lift-Lotion von Dior. So etwas Edles konnte ich noch nie klauen, weil man in den Darmstädter Parfümerien, kaum dass man sich dem Sortiment nähert, von zwitschernden Verkäuferinnen – *Kann ich Ihnen helfen?* – verfolgt wird. Wobei sie sich von einem unfreundlichen *Nein, danke* keineswegs auf Abstand halten lassen, sondern frühestens verschwinden, wenn man sich den

Allerweltsmarken widmet. Feierlich öffne ich den Tiegel und probiere die Creme auf dem linken Unterlid aus. Die optische Wirkung erscheint mir deutlich, ich zähle eine halbe Falte weniger.

Es ist mühselig, die teure Emulsion in zwei entleerte und ausgewaschene Hotelshampoofläschchen umzufüllen. Immerhin gelingt es mir anschließend, den hoteleigenen Badezusatz in den Dior-Tiegel umzuschütten. Leider geht was daneben, und ich muss das Waschbecken noch einmal putzen.

Die Bewohnerin von 303 hat Kleidergröße 44, aber mehrere absolut kultige Theatertäschchen. Eins davon ist so winzig, dass es sich in die Gesäßtasche meiner Jeans stopfen lässt. Ihr Parfumflakon von Boucheron ist verplombt, ich begnüge mich damit, mir Ohrläppchen und Handgelenke zu besprühen. Dafür lasse ich einen auberginefarbenen Lippenstift von Lancôme mitgehen. Und ein hyperdezentes aprikosenhelles Rouge von Estée Lauder. Das ist für Isa, die ich aus gutem Grund bei diesem Ausflug daheimgelassen habe.

Gründlich scheitere ich beim Bettenmachen, hier wie schon in 301 und 302. Diese sperrigen Laken verrutschen bei jedem Handgriff und bekommen Falten, wo keine hingehören. Zu Hause benutzen wir Spannbettlaken und Seersuckerwäsche, und ich begnüge mich damit, Kissen und Decken vorm Schlafengehen mal kurz aufzuschütteln. Ich gebe auf, breite die Tagesdecke über mein unvollendetes Werk und ziehe mit meinem Putzwägelchen weiter.

Die Herrschaften von Suite 304 und 305 haben schon ausgecheckt. Ich nehme mir das fürstliche Trinkgeld von zusammen vierzehn Euro und fünfundsiebzig Cent und sehe auf die Uhr. Ich habe nur drei der fünf Zimmer geschafft. In einer halben Stunde ist Deadline. Ich genehmige mir eine Cola und ein Tütchen Erdnüsse aus der Minibar von 305, will fliehen … Da befällt mich die Reue. Nikos mag es nicht, wenn ich klaue. »Wenigstens nicht im Dienst«, hat er gesagt. Bin ich im Dienst?

Ich fürchte ja und packe die Dessous, das Theatertäschchen, die dior-gefüllten Shampooflaschen, den Lippenstift, das Rouge voller Bedauern zwischen die Klorollenhülsen auf meinem Putzwagen. Das Trinkgeld behalte ich (schließlich habe ich anderthalb Stunden hart dafür geschuftet) und fliehe.

Auch die Passanten der Wilhelm-Leuschner-Straße erweisen sich als ehrliche Mitbürger. Mein Kaffeebecher mit den neunzig Cent steht unbeachtet auf dem Mäuerchen.

»Ächt Amnäsie? Ächt?« Mila hat inzwischen ein wichtiges neudeutsches Wort gelernt, selbst wenn sie es nur mit einem typisch slawischen Krächzlaut aus der Kehle bekommt. Wir sitzen unter Kastanienbäumen im »Bayerischen Biergarten« im Bürgerpark, einen Fußmarsch von Milas Unterkunft am Rhönring entfernt, und trinken jede einen großen Radler. In dem riesigen, sommersüber hoch frequentierten Freiluftlokal mit dem bajuwarischen Flair treffen wir garantiert auf keinen Frank und auf keinen Mafioso, zumal nicht, wenn wir uns unter die Mütter mit Kindern mischen, die die Tische zwischen Spielplatz und Kleintiergehege bevorzugen. Ich gebe mich großzügig und lade Mila ein. Schließlich habe ich die fast fünfzehn Euro Trinkgeld von heute Mittag indirekt ihr zu verdanken.

In möglichst einfachen Worten erzähle ich, was Jegor – vermutlich durch Mitglieder seiner alten Gang – widerfahren ist. »Sein Kopf funktioniert so weit«, sage ich und tippe mit meinem Finger an die Schläfe, »aber er weiß nichts mehr. Nix von früher, nix von Zuhältern, nix von dir oder anderen Frauen.«

Sie bleibt skeptisch. »Abär schlächte Mann.«

Ich erkläre ihr geduldig und mit möglichst vielen Russischbrocken versetzt, dass er seit seiner OP das reinste Lamm ist. Was daran liegen könnte, dass er in der Klinik und vor allem in der Reha mehr Zuwendung bekommen hat als je zuvor in seinem Leben. »Er hat jetzt eine ganz liebe Freundin, und er will Streetworker werden, stell dir das vor.«

Es ist unwahrscheinlich, dass Mila jedes Wort versteht, aber sie hört mir konzentriert zu und erfasst, worum es geht.

»Ist Mirakel«, sagt sie, legt die Fingerkuppen zusammen und hebt das Gesicht zu den Baumkronen über uns. Ich vermute, dass sie eine Art katholisches Stoßgebet losschickt, und schweige pietätvoll.

Als sie an ihrem Radler nippt, sich entspannt zurücklehnt, gebe ich meiner Neugier nach: »Was hast du mit ihm erlebt?«

Sie seufzt leise, erzählt von einer Fabrikruine bei Frankfurt, in die man sie zusammen mit anderen Mädchen aus der Ukraine, aus Serbien, aus Weißrussland eingesperrt hat. Jegor gehörte zu den Aufpassern, benahm sich wie ein Chef, gab sich grausam und martialisch. Er selbst tat keiner der Frauen was an, sorgte aber dafür, dass seine Auftraggeber sie brutal missbrauchen und misshandeln konnten. Immer lief er mit einer Kettensäge herum, ließ sie schnurren und drohte, den Mädchen die Füße abzuschneiden, wenn sie nicht parierten oder fliehen wollten.

Ich bin verblüfft. Diese Beschreibung passt auf sonderbare Weise zu dem Mann, auf den ich im Frühjahr bei den Flaschencontainern geprallt war. »Ihr kriegt die Braut, aber ich kriege die Flasche.« Das hatte er gesagt. Und mir sein Messer gezeigt, es hin und her gedreht, um es aufblinken zu lassen. Auch damals gab er sich als Anführer und schien sich gleichzeitig in den Dienst der anderen zu stellen.

Ob ich Mila bekennen soll, dass ich Jegor vor seiner – nennen wir es – *Wiedergeburt* schon einmal getroffen habe? Die Frage flitzt mir durch den Kopf. Dann hätten wir eine gemeinsame Erfahrung, die uns zusammenschweißt. Kann ich darauf vertrauen, dass Mila den Mund hält?

Nein, kann ich nicht. Also rede ich von Verletzungen durch einen »Feuerwerkskörper«, so wie seine Akte es behauptet. Und davon, dass bereits dieses Erlebnis zu einer Art Bekehrung geführt habe, sodass er aus der Szene aussteigen wollte. »Er war auf einem guten Weg«, zitiere ich Franks schwülstige Ausdrucksweise.

Mila glaubt mir schließlich. »Dann kann ich wieder bei euch einziehen?«

Ich schüttle traurig den Kopf. »Da du illegal im Land bist, dürfen wir dich nicht bei uns unterbringen. Unser Chef ist nämlich ein Ar…«, ich zögere Isas wegen, »… ein Angsthase. Er fürchtet um seine Karriere, wenn das rauskommt. – Wo wohnst du jetzt?«

Mila berichtet von einem Zimmer mit sechs Betten, Klo und Dusche auf dem Flur. Alles sei eng, und es gebe oft Streit unter den Frauen. Aber es gehe ihr gut, der Job mache ihr Freude, behauptet sie.

Das Geld, das sie verdient, so erfahre ich, bringt sie zu einem Schließfach am Bahnhof, damit niemand es stehlen kann. Und wenn Mila genug beisammen hat, will sie sich in Polen einen Pass »kaufän«, einen polnischen Pass. Dann wäre sie in Deutschland geduldet, könne richtig arbeiten und einen guten Mann finden.

»Was ist ein guter Mann, Mila?« Nicht, dass ich es nicht wüsste. Seit ich Nikos kenne, könnte ich immerhin *ein* konkretes Beispiel nennen. Dennoch bin ich neugierig auf Milas Antwort.

»Gutä Mann schlägt nicht, schänkt Blumen, trinkt nicht viel Alkohol.«

Ich bin beeindruckt von diesen eher bescheidenen Ansprüchen. Die Beschreibung würde sogar auf Frank passen.

Trotzdem habe sie jetzt ein großes Problem, bekennt Mila. Sie sei schwanger. Und wenn ihre Arbeitgeber es merken, fürchtet sie, ist sie den Job los.

»Schwanger?« Ich staune. »Und du willst das Kind bekommen?«

Sie nickt. »Ist Ralfs Kind.«

»Bist du sicher?«

»Ja, gutä Kind von gutä Mann.«

Milas Unterscheidung von guten und schlechten Männern scheint fester Bestandteil ihrer Weltsicht zu sein. Ich denke nach. Für die Dauer einer Schwangerschaft kann ich sie nicht bei mir verstecken. Zumal der Mietvertrag den Daueraufenthalt weiterer Mieter ausschließt. Aber Anneli hat ein unbewohntes Zimmer, und als Großmutter des Vermieters hat sie nichts zu befürchten.

»Macht es dir was aus, mit einer alten Frau zusammenzuwohnen?«, frage ich.

Milas Augen leuchten. »Gärn bei dir. Du nicht sähr alt.«

Ich verschlucke mich an meinem Radler, huste Tränen und fange mich wieder. Streetworkerinnen müssen hart im Nehmen sein, müssen Kränkungen aushalten, erst recht, wenn sie nicht so gemeint sind. »Ich dachte an eine fünfundachtzigjährige Nachbarin«, erkläre ich sachlich. »Sie ist gehbehindert und seit dem Tod ihres Wellensittichs sehr einsam. Sie hat ein Zimmer frei. Ich schätze, du musst nicht mal Miete zahlen.«

Mila kann ihr Glück kaum fassen.

Anneli von ihrem Glück zu überzeugen, ist nicht ganz so leicht. Obwohl ich behaupte, Mila sei vor kommunistischen Horden geflohen und halte sich nur deshalb illegal bei uns auf, weil die Ukraine *noch nicht* EU-Mitglied sei, hat sie Bedenken. Und führt ins Feld, dass erstens das leere Zimmer das Arbeitszimmer ihres Mannes gewesen sei und niemals ein Bett darin gestanden habe und dass zweitens die junge Dame sicher in ihre Heimat zurückkehren könne, da der Westen ja demokratisch regiert sei.

Wie dumm von mir, ihr nicht gleich die Wahrheit zu sagen! Unterschwellig fürchtete ich, dass sie, konservativ wie sie ist, ähnlich wie Frank reagieren würde. Erst als ich ihr verrate, dass Mila gefangen gehalten und Männern zur Gruppenvergewaltigung überlassen wurde, entwickelt Anneli ein geradezu kriegerisches Engagement. »Ja, wo lewe mir denn! Des is ja wie bei de Hunne!«

Dass Mila von einem gutmütigen, aber inzwischen toten Mann schwanger ist, rührt Anneli besonders. »Des Mädsche soll in keim Fall abtreiwe. Sowas hängt eim 's Lewe lang nach. – Na gut«, schlussfolgert sie, »dei Mila kann bei mir wohne. Awwer nur voriwwergehend.«

Ich nehme ihre faltige Hand in meine und drücke ihr ein Küsschen auf die Finger. »Klar. Nur vorübergehend.«

Annelis Wohnung duftet nach Möbelpolitur und Zitronenreiniger. Die Volantgardinen schimmern blütenweiß im einfallenden Sonnenlicht, die bunten Rosetten- und Herati-Ornamente des Perserteppichs im Wohnzimmer leuchten wie von Scheinwerfern angestrahlt. Und ein junger Wellensittich namens Klitschko zwitschert in einem blankgeputzten Käfig. Dass Mila die künstliche Patina von den Kupfertellern entlang der Küchenwand abgeschrubbt hat, hat Anneli ihr mittlerweile verziehen.

Auch sonst verstehen sich die beiden noch besser als gedacht. Sie kochen abwechselnd hessische und ukrainische Eintöpfe und fachsimpeln über die passenden Gewürze. Abends sehen sie zusammen Quizsendungen und haben festgestellt, dass sie sich als Rateteam perfekt ergänzen würden – wäre nicht die eine genauso öffentlichkeitsscheu wie die andere.

Nur wenn Anneli Operetten-CDs hört, flüchtet sich Mila in meine Wohnung, surft auf meinem Notebook in ihre Heimat und weint ein bisschen.

Ihre Schwangerschaft verläuft bislang problemlos. Isa hat sie zu einer verrenteten Hebamme geschleift, die ehrenamtlich beim Weißen Ring einspringt. Die hat Mila ein Eisenpräparat gegen Schwangerschaftsanämie empfohlen, und Mila schluckt die Tabletten gehorsam, zumal Anneli die Einnahme überwacht.

Mila mag ihre Haare nicht mehr färben, sondern greift lieber wieder zur Grauhaarperücke, wenn sie die Wohnung verlässt. Anneli, die früher am Staatstheater manchmal auch als Maskenbildnerin eingesprungen ist, bietet ihr zusätzliche Hilfe an, erklärt ihr die Kunst des Theaterschminkens bis ins Detail, nachdem ich im Internet das passende Produktpaket besorgt habe: sogenanntes Water-Make-up, diverse Pinsel und Schwämmchen. Ich mache spaßeshalber mit, gemeinsam gehen wir zu Werke. Bei der Gelegenheit begreife ich, wieso Maskenbildner ein echter Beruf ist. Für »Alte Frau« brauche ich wenigstens fünf Versuche, ehe mein Spiegelbild der Vorlage mehr gleicht als dem von »Ork aus Mittelerde«.

Alle scheinen zu verdrängen, dass Mila ihren Pass braucht. Schon allein für den Fall, dass Komplikationen bei ihrer Schwangerschaft und Entbindung auftauchen. »Wir müssen ihn dir wiederbesorgen«, mahne ich.

Mila schüttelt den Kopf. »Du so lieb, Billie, aber niemand kann holen.« Sie glaubt, dass die Pässe der Mädchen in einem Safe verwahrt werden, und zwar in einem Hinterzimmer des Nachtclubs »Rosamunde« in Frankfurt, in dem sie ein paar Tage untergebracht war, bevor man sie in den »Stall« verfrachtet hat. Es werde von einer ehemaligen Ringkämpferin namens Puffoma und einem Hund bewacht. Die Puffoma hat Mila selbst nie gesehen, aber den Hund. Der sei weiß und habe rosa Augen. Sie zieht ihre Lider zu Schlitzen, und ich ahne, dass sie eine Albino-Bullterrier-Variante meint.

Ich lächle und schweige, mein Plan steht fest: Wir werden diesen Pass klauen. Dabei hoffe ich auf die Hilfe unserer Italos. So schlage ich zwei Fliegen mit einer Klappe, denn die Jungs bekommen endlich eine ethisch korrekte Aufgabe. In letzter Zeit haben sie nur Blödsinn im Kopf, sind unter den Einfluss von Autonomen geraten, die durchs Land pilgern, um ansonsten friedliche Demos aufzumischen. Nikos hat Mühe, erzieherisch dagegenzuhalten.

Nikos hat noch mehr Mühe, mir meine Idee auszureden. »Hör zu, Billie, du bist ein freier Mensch«, sagt er. Es klingt, als spreche er zu seinen guten Jungs, um sie in freigeistig antirepressiver Weise zu belehren. »Wenn du dich in Gefahr begibst, kann ich's dir nicht verbieten. Aber überleg dir gut, wen du da mit reinziehst.«

Ich habe es mir gut überlegt. Und denke besonders an Mateo und Marco. Die beiden sind volljährig und haben ihre Bewährungszeit glücklich hinter sich gebracht. Ich werde, das versteht sich, mit von der Partie sein. Wann sonst hat man schon Gelegenheit, sich gratis fortzubilden.

Es gelingt mir, Mateo und Marco für das Thema Menschenhandel im Allgemeinen wie im Besonderen zu interessieren. Sie sind schließlich mit *Hallihallo* und *Aber gerne!* bereit, die Lage in jenem von Mila erwähnten Puff in Frankfurt zu sondieren. »Wir müssen checken, was da offiziell und behördlich toleriert abgeht. Außerdem müssen wir dieses Büro orten und klären, ob es neben der Ringkämpferoma und ihrem Bullterrier weitere Sicherungsanlagen gibt«, sage ich.

»Kapiert«, sagt Mateo.

Marco nickt.

»Und was die Mädchen dort angeht: anschauen ja, anfassen nein.«

Die Einzige, die meinem Plan zutiefst skeptisch gegenübersteht, ist Isa. Wer sonst als Isa! Weil sie gern an das Gute im Staatswesen glaubt und daran, dass Behörden im Prinzip helfen, wenn man ihnen die Notlage glaubhaft macht.

»Du vergisst, dass man Mila schon mal abgeschoben und damit erneut in die Arme dieser Zuhältermafia getrieben hat«, sage ich.

»Wir könnten der Stadtverwaltung den Fall anonym schildern und fragen, was zu tun ist.«

Ich fasse mir an die Birne. »Na los, wenn du unbedingt

willst, probier das mal. Und dann fordere Mila auf, die Beamten zu belügen.«

»Iiich?«

Ich schweige beredt.

Sie kaut ihre Unterlippe. »Aber du kannst doch nicht in diesen Puff einbrechen.«

»Wir brechen nicht ein. Ist ja offiziell ein hochseriöser und legaler Nachtclub. Wir gucken uns um, hocken uns an die Bar, fragen nach den Namen von ein paar Mädchen, peilen nebenbei die Lage. Das ist alles.«

»Und dann?«

»Brechen wir ein.«

Das »Rosamunde« liegt mitten im Frankfurter Rotlichtviertel und fällt nur durch eine vornehme Zurückhaltung bei der Ausgestaltung seiner Schaufensterflächen auf. Die Scheiben wirken wie von innen tapeziert, ein rosa-violettes Rosettenmuster mit Glitzerelementen fängt neugierige Blicke ab. Die Leuchtreklame quer über die oberen Stockwerke der Hausfront dagegen gibt eindeutig Auskunft, um was für ein Haus es sich hier handelt. Überlebensgroße Brüste, Hinterteile und Schenkel flackern grellrot, golden und neongrün, tauchen die Umgebung in ein surreal waberndes Licht.

Wir sind zu viert. Mateo und Marco haben ihren Cousin Frederico überredet, mitzumachen, da er im Alter besser zu mir passe (nettes Kompliment, er ist Ende Zwanzig), und weil er als Hobbyboxer bullig genug sei, um uns rauszuhauen, falls irgendwas schiefgeht. Vor allem aber hat er Auto, Führerschein und Einbrucherfahrung.

Meine Befürchtung, ich käme als Frau nicht in das Etablissement hinein, erweist sich als falsch. Als Frederico und ich Arm in Arm vorbeischlendern, reicht uns ein Animateur mit Spitzbärtchen einen Werbezettel, der uns nicht nur *Erotik vom Feinsten*, sondern auch ein Gläschen Prosecco gratis verspricht.

Fredericos Frage, ob man bei »Rosamunde« einen flotten Dreier ordern kann, quittiert Spitzbärtchen mit einem zarten Lächeln. Wir sollen uns an Violetta wenden.

Mateo und Marco lungern auf der gegenüberliegenden Straßenseite herum und geben sich – nicht nur zum Schein, schätze ich – der schlüpfrigen Auslage eines Konkurrenzunternehmens hin. Beide tragen gebügelte Hemden, haben sich frisch rasiert und ihre schwarzen Haare straff gegelt, um erwachsener zu erscheinen. Wir tun, als kennen wir einander nicht. Erst zwei Minuten später sollen sie sich vom Rosamunde-Personal anbaggern lassen, wenn nötig dem Türsteher ihre Persos vorzeigen und uns folgen. So ist es verabredet.

Und es klappt. Frederico und ich schlendern durch das Arrangement aus blutrotem Plüsch und schwarzmarmoriertem Fiberglas, als ginge es darum, uns in einem Möbelhaus eine neue Wohnzimmergarnitur auszusuchen. Als Marco und Mateo eintreffen, lassen wir uns an verschiedenen Tischen nieder, die unauffälligen Blickkontakt erlauben, und organisieren unsere Gratis-Getränke.

Gut, dass ich Isa zu Hause eingesperrt habe. Sie würde durchdrehen bei diesem Ambiente. Quasi nackte Frauen flanieren auf High-Heels zu irisierendem Rotlicht und pulsierender Musik über eine Spiegelfläche und lächeln mit Schlauchbootlippen in die Runde. Eine windet sich mit nichts an als einem String-Tanga um eine Poledance-Stange und markiert ein stummes Stöhnen, während sie an den Piercings in ihren Brustwarzen zupft.

Sogar mir wird das peinlich, ich suche die Toilette auf und die Flure ab. Eine Tür geht nach links ab, »Privat« steht in kühler schwarzer Blockstift auf dem Aufkleber, der sich am oberen Rand abzulösen beginnt. Rechts führt eine gewundene und mit rotem, leicht fadenscheinigem Läufer belegte Treppe aufwärts.

Plötzlich stolpere ich über ein paar schmutzige Budapester. In ihnen steckt ein angetrunkener Greis, der offenbar glaubt, dass ich zum Inventar gehöre. Dabei dürfte ich in meiner schwarzen Crashlook-Tunika im Vergleich zu den Tussis im Saal geradezu züchtig aussehen. Er fragt, wie ich heiße und ob ich ihn ein bisschen quälen wolle. Mit zittrigen Fingern tatscht er nach meinem Busen.

Der Gedanke, dass das kein schlechtes Geschäft wäre, fliegt mich an. Wer Budapester trägt, hat womöglich auch ein Goldkettchen um den Hals und einen Stapel Krügerrandmünzen im Safe. Ich könnte dem Kerl eins auf den Arsch geben und so Isas Haushaltskasse bereichern. Andererseits habe ich a) eine wichtige Mission und b) es eilig. Abgesehen davon, dass der Hausherr es wohl nicht so toll fände, wenn ich seinen Miezen Konkurrenz machte. Also verwerfe ich den Einfall, besinne mich auf meine am vorigen Dienstag gelernte Selbstverteidigungsmaßnahme, ramme dem Kerl mein Knie zwischen die Beine und sage »Quälen? Gerne. Sogar gratis.« Er krümmt sich lautlos und starrt mich an. Ich lasse ihn stehen, reiße die Stahltür mit der Aufschrift »Privat« auf und schreie um Hilfe.

Volltreffer. Inmitten ikeamäßig schlichter Büromöbel hockt eine platinblondgelockte Walküre und stapelt Geldscheine. Die »Puffoma« (ich schätze sie Anfang vierzig) erforscht über den Rand ihrer Lesebrille hinweg mein Gesicht, meine Statur. Ihr Hund starrt mich an, rührt ansonsten keine Ohrkuppe.

»Ich werde belästigt«, schreie ich.

Der Maso-Greis hechtet mit einer Geschwindigkeit ins Herrenklo, die ich ihm nicht zugetraut hätte.

»Na, na«, sagt sie milde.

»Ich wollte zur Toilette, da hat mich dieser steinalte …«

»Na, na«, wiederholt sie, steht auf und kommt auf mich zu (sie ist gut zwei Handbreit größer als ich), zieht mich am Arm in den Raum und schließt die Tür. »Keine Panik, das war Ulf, der ist jenseits von Gut und Böse. – Bist du alleine hier?«

Ich nehme das Du sportlich und schüttele den Kopf. »Mit meinem Freund.«

Sie scheint erleichtert. »Und der ist wo?«

»Weiß nicht, raus, wir haben uns gestritten.«

»Soll ich dir 'n Taxi rufen?« Es klingt weniger fürsorglich als genervt.

Ich tue, als denke ich nach, schaue mich unauffällig um. Es gibt ein Fenster zur Seitenstraße, ein ausnahmsweise nicht von innen verklebtes, sondern ganz normales mit weißen Jalousien. Es ist in Kippstellung, um frische Luft reinzulassen.

»Danke«, sage ich, trete hinüber und spähe hinaus. »Wollte mich sowieso erkundigen, ob ihr für mich hier was zu tun habt. Deshalb hab ich mich mit meinem Freund verkracht. Dabei ist er 's, der immer Geld braucht.«

Sie mustert mich, ich mustere die Töle, die beim Stichwort Geld ihre hässliche Schnauze auf ihre Vorderpfoten bettet und die rotgeränderten Schlitzaugen schließt. »Keine Angst«, sagt die Frau, »ich musste ihm die Reißzähne ziehen lassen, nachdem er dem Chef fast die Wade abgebissen hat.«

»Schönes Tier«, sage ich.

Sie nickt voller Stolz und bedeutet mir, ihr gegenüber Platz zu nehmen. »Ich heiße Natascha.«

»Ilka«, ich reiche ihr die Hand und setze mich, bekomme ein Glas Sprudel serviert.

»Und an was für einen Job haste gedacht?«

»Na ja ...« Ich straffe mich, zupfe an meinem Haar, strecke die Brust raus.

Sie lacht mich aus. »Mädchen, da musste aber cooler für sein. Du schreist ja schon, wenn dich einer angrapscht.«

»Piep-Show?«

»Wie alt biste denn?«

»Einunddreißig«, lüge ich.

Sie verzieht ihren geranienroten Mund wie beim Geschmack von verdorbener Milch. »Sorry, Täubchen, da braucht man 'ne knackige Haut für.«

»Ich könnte putzen.«

»Hmmm …« Sie sinniert vor sich hin. »Du kannst mich am Entsafter ablösen. Damit ist vielleicht auch dein Freund einverstanden.«

»Entsafter?« Ich stelle mir ein Küchengerät vor, doch das scheint sie nicht zu meinen.

»Komm mit, ich zeig ihn dir«, sagt sie, verstaut das Geld und einen Ordner in einem Wandschrank. Zwischen den Regalbrettern rechts unten erspähe ich darin einen eingebauten Safe mit Zahlenschloss, wie viele Hotels ihn haben.

Sie dirigiert mich in den Flur, schließt die Tür hinter sich ab.

»Ich gebe meinem Freund Bescheid. Nicht dass der denkt, ich wär' abgehauen«, kündige ich an und tippe auf mein Smartphone ein, schicke meinen drei Begleitern die gleiche SMS: »Alles easy. Safe im Wandschrank, Büro hat Fenster zur Straße, Hund zahm und zahnlos. Haha! – Bin jetzt mit Puffoma unterwegs.«

Ich wende mich wieder Natascha zu. »Du hast tolle Haare«, sage ich und sehe zu ihr auf, während wir die Treppe zum ersten Stock nehmen. »Wie heißt dein Friseur?«

Ich folge Natascha in eine telefonzellenartige Kabine im 1. Stock dieses Puffs, recke den Hals, um mich neben der Riesenfrau nicht allzu klein zu fühlen, und lasse mir von ihr den sogenannten Entsafter erklären. Der erweist sich als denkbar simple Konstruktion: eine dehnbare Öffnung in einer tellergroßen Gummifolie, durch die ein Kunde sein Glied stecken kann, um »entsaftet« zu werden. Für neun Euro. Französisch kostet extra: fünfzehn Euro. Eine Wand aus Pressspan, auf Bedienerseite mit abwaschbarer Schrankfolie beklebt, auf Kundenseite mit orgiastischen Fotos tapeziert, sorgt für Abstand und Diskretion. »Du siehst ihn nicht, er sieht dich nicht«, erklärt Natascha.

»Wahnsinn«, sage ich.

»Manuell kannste so 'ne Plastikdinger nehmen.« Sie zeigt mir eine Packung mit dünnen weißen Gummihandschuhen, wie sie in Kliniken üblich sind. »Bei Fellatio ist Kondompflicht.«

»Sauber«, sage ich.

»Die Männer werden mit Musikvideos angeturnt, von daher dauert's nicht allzu lange. Mal drei, mal zwanzig Minuten, kommt drauf an. Du wirst nach Kunde bezahlt, nicht nach Minuten.«

Sie führt mich herum, ich zeige mich begeistert. »Und wie viele kommen da pro Tag?«

»So zehn bis zwanzig. Wir haben das Ding bislang nicht richtig beworben. Ist halt eher was für die Schüchternen. Die brauchen 'ne besondere Ansprache.«

»Klar«, sage ich und mühe mich um einen fachmännischen Gesichtsausdruck.

Da schlägt ein Hund an. Es muss ihr Kampfhündchen sein. Sie horcht auf.

Ich ahne Unangenehmes, schlucke, plappere scheinbar ungerührt über schüchterne Männer und deren Schwierigkeiten, eine Frau zu finden, fasele über das gute Werk von Nachtclubs wie diesem, den armen Kerlen in all ihrem Frust etwas Erleichterung zu verschaffen – umsonst.

»Schscht!«, macht Natascha, stößt die Tür zum Treppenhaus auf, lauscht …

Das Bellen hört auf. Jetzt lausche ich. Hunde, die bellen, beißen nicht, sagt man. Bedeutet das umgekehrt, dass Hunde, die nicht mehr bellen …? Ich beruhige mich damit, dass das Vieh keine Reißzähne hat. »Wahrscheinlich ist nur jemand der Tür zu nah gekommen, hat geklopft oder so«, sage ich. »Gute Wachhunde reagieren dann. Ich weiß das, weil ich selbst mal einen Rauhaardackel hatte.« Es ist die sympathischste Hunderasse, die mir gerade einfällt. Ich horche meiner Stimme nach. Was ich sage, klingt glaubhaft. So glaubhaft, dass ich ruhiger werde.

»Hab ich abgeschlossen?«, fragt Natascha.

»Hast du. Hab's deutlich gesehen«, antworte ich wahrheitsgemäß.

Sie nickt, zeigt mir die nächste Kabine. Dort ist die Sperrholzwand noch roh, die Schrankfolie fehlt. »Wir hoffen, dass der Entsafter ein Renner wird. Eine Art Discounter-Angebot.« Jetzt plappert Natascha los. Vom erwarteten Zuspruch, von der Rendite ...

Ich dagegen werde wieder einsilbig. »Verstehe.«

»Und? Wär das was für dich?«

»Ja, das wär garantiert das Richtige. Muss meinen Freund fragen. Der ist, wie gesagt, ständig in Geldnot.«

»Drogen?«

»Nee, Spielsucht.«

Sie nickt. »Männer sind wie Kinder.« Sie hat einen traurigen Zug um den Mund, der sie beinahe sympathisch macht.

Wieder Geräusche. Kein Bellen. Ein beunruhigendes Rumoren aus dem Treppenhaus.

Jemand kreischt: »Natascha!«

Sie rennt hinaus, die Treppe runter, ich hinterher. Der Spitzbart, der Frederico und mich angebaggert hat, und eine rotgesträhnte Frau mit unglaublichen Wimpern stehen in der halb geöffneten Tür zum Büro.

Natascha drückt sich an beiden vorbei. »Aber ich hab doch abge...«

»Die sind durchs Fenster«, sagt Spitzbärtchen.

Ich recke den Hals, spähe an seiner Schulter vorbei zum Schrank. Der steht weit offen, der kleine darin integrierte Safe auch. Am Boden liegt der Hund wie tot.

Nein, so war das nicht geplant. Das hätte verdammt schiefgehen können. Diese Vollpfosten! Wie sind die auf die Idee gekommen, dass meine SMS eine Aufforderung zum Einbruch sein sollte? Heute. Hier. Sofort.

Der rotgesträhnte Schopf dreht sich mir zu, die unglaublichen Wimpern blinzeln mich an. »Wer ist die?«

»Ilka.« Ich strecke ihr die Hand entgegen, was sie ignoriert.

»Eine Kundin«, sagt der Spitzbart.

»Eine Bewerberin«, sagt Natascha und macht eine ungeduldige Handbewegung. »Ruf Wanja an.«

»Ist schon unterwegs.«

Wanja – der Name klingt verdächtig nett. »Ich geh dann mal«, sage ich und ziehe eine bedauernde Miene. »Melde mich die Tage.«

Die drei haben nur Aufmerksamkeit für den Hund. Er lebt, schnauft, seine Pupillen bewegen sich, als Natascha bei ihm kniet und die Lider auseinanderspreizt.

Ich fliehe ins Freie, stolpere wieder über Budapester. Der Maso hockt mit ausgestreckten Beinen auf der Treppe und lallt. Ich eile weiter, zücke mein Handy. »Karlsstraße, Ecke Niddastraße«, meldet es. Ich hetze hin, keiner da, ich warte, ich warte lange. Irgendwann kommt der KeinZoff-Bus angefahren, mit Jegor am Steuer.

»Du? Was zum Teufel … wo sind die anderen?«

»Wieso Teufel? Die drei sind schon weg. Ich soll dich abholen. Wir treffen uns später bei Anneli.«

»Und? Habt ihr Milas Pass?« Ich halte die Luft an.

Er fasst ins Innenfutter seiner Windjacke und reicht mir ein dunkelblaues Büchlein mit goldenem Emblem. Beim Aufblättern zeigt es ein trauriges Kinderfoto: Mila in süß, blond und dauergewellt.

»Zufrieden?«

»Klar.«

Er steckt den Pass wieder ein.

»Seit wann hast du eigentlich Führerschein?«

»Den mache ich hoffentlich diesen Winter.«

Ich lache, drücke mich in meinen Sitz, lehne den Kopf gegen die Nackenstütze, lasse ihn angenehm hin und herschaukeln, während Jegor das Messegelände passiert. »Die haben übrigens nicht etwa die Polizei gerufen, sondern eine gewisse Wanja.«

»Wanja? Das ist ein russischer Vorname für Männer, Verniedlichung von Iwan.«

»Wie niedlich«, sage ich. »Er muss eine Art Chef sein.«

Jegor bremst mit einem Ruck, ich falle nach vorn, werde gleich darauf gegen die Rückenlehne gedrückt. Die roten Lichter des Kombis vor uns verschwinden unter der Schnauze unseres Kleinbusses. Aber kein Stoß, kein Krachen ... Auch der Hintermann bremst rechtzeitig. Glück gehabt. Wir stehen im Stau.

»Scheiße«, murmelt Jegor.

Mir fällt positiv auf, dass er inzwischen lupenreines Normaldeutsch redet. Da bimmelt mein Handy. Es ist Mateo.

»Alles gebongt?«, will er wissen.

»Y-yes«, sage ich, »sieht so aus. Habt ihr klasse gemacht.« Ich behalte für mich, wie enttäuscht ich bin, nur indirekt mit von der Partie gewesen zu sein. Statt mir, von Nataschas Parfum umnebelt, den Entsafter vorführen zu lassen, hätte ich gern selbst in den Safe gegriffen. Oder wenigstens Wache gestanden. – »Was habt ihr mit dem Hund angestellt?«

»Das war Frederico. Glatter k. o. durch Nasenstüber. Aber er dürfte es überleben.«

Ich lache. »Bis gleich.«

»Warte«, sagt Mateo, bevor ich die Auflegen-Taste drücken kann. »Überleg dir schon mal, was wir mit den anderen Pässen tun sollen.«

»Mit was für *anderen* Pässen?«

»Die außerdem im Safe waren. Marco hat *alle* eingesackt.«

»Hey, super alle vier?« Ich muss an die drei Mädels denken, die mit Mila eingesperrt waren.

»Wie viele sind's, Marco?«, ruft Mateo ins Off.

Sein kleiner Bruder braucht lange für die Antwort. Zu lange, um bis drei zu zählen.

»Sechsundzwanzig«, höre ich ihn im Hintergrund brabbeln und traue meinen Ohren nicht.

»Sechsundzwanzig«, wiederholt Mateo.

Am liebsten würde ich laut Revolutionslieder singen, »Völker hört die Signale« oder »Avanti popolo«. Aber die anderen kennen weder die Texte noch die Melodien so richtig. Also summt Isa »Freude schöner Götterfunken« und Anneli summt mit. Es erscheint mir wie eine Sternstunde, in der wir in dieser Nacht alle zusammentreffen: unsere »Italos«, plus Frederico und Jegor, ich samt Isa ... auch Nikos und Gerald, die wir per SMS dazugeladen haben, Anneli sowieso, die – »frieher had isch efter Besuch« – ihren ausziehbaren Eichentisch zur Verfügung stellt und uns obendrein einen original Cognac Courvoisier aus ihrer »Hausapodeek« spendiert. Und natürlich Mila, unsere Hauptperson. Sie strahlt übers ganze Gesicht, während sie mit bebenden Fingern ihren Pass durchblättert. Sie hat das Büchlein vor wer weiß wie vielen Jahren zum letzten Mal gesehen.

»Glückwunsch, liebe Mila«, sage ich. Wir prosten ihr zu.

Lang und dicht umkränzen ihre Wimpern die vor Rührung schimmernden Augen. Dazu dieses kleine, feine Lächeln, ähnlich dem der Mona Lisa. Verdammt, sie ist eine Frau, also eine Konkurrentin um die Gunst der männlichen Hälfte der Menschheit. Deshalb fällt es mir nicht leicht zuzugeben, dass sie selbst in kosmetikfreiem Zustand und mit den raspelkurzen schlammfarbenen Haaren wunderschön aussieht. Glück macht eben wunderschön. Aber vielleicht sind wir ja alle in diesem Moment ganz hübsch, weil wir Milas Glück miterleben. *Alle Menschen werden Brüder ...*

Werden wir das? Mein Blick wandert von einem zum anderen. Meist ernte ich ein Lächeln, manchmal ein Augenzwinkern, von Frederico einen Luftkuss. Und mein heißgeliebter Nikos? Hat heute nur Augen für Mila. Durch mich sieht er durch, als sei ich Luft. Vielleicht ärgert er sich, weil ich ihm unsere Einbruchsabsichten verschwiegen habe?

»So war das alles nicht geplant«, plappere ich los und wedele mit den Händen, um meine Feststellung optisch zu untermalen. »Wir wollten nur die Lage checken. Aber dann ...« Ich grinse listig und erzähle von dem alten Maso im Flur zum Klo, von der Tür mit dem Schild »Privat«, von Natascha, dem auf Kippe stehenden Fenster, dem zahnamputierten Hund, dem »Entsafter«.

Marco trägt vor, wie ihn eine rothaarige Nutte mit blauschwarzen Wimpern anbaggern wollte und abzog, als er nach einer gewissen Mila fragte. Frederico gibt zum Besten, wie er den grässlichen Wachhund mit einem einzigen Stubs auf die Schnauze k. o. geschlagen hat, wie kinderleicht der Safe zu knacken gewesen sei.

In den Ohren der anderen muss es klingen, als erzählten sich alte Kriegsveteranen von einer erfolgreichen Schlacht. Am Ende lacht sogar Nikos sein herrliches Lachen, ich erhasche einen versöhnlichen Augenaufschlag von ihm und bin erleichtert.

Bis mein Blick auf Jegor fällt, der die sechsundzwanzig mitgeklauten Pässe vor sich ausgebreitet hat und stumm die Fotos all der Mädchen betrachtet, als wolle er sich eine aussuchen. Ich habe läuten hören, dass Bäckerfee Kirsten mit ihm Schluss gemacht hat, weil er jede freie Minute im Internet zubringe und überhaupt »komisch« geworden sei. Ich beschließe, mich bald um ihn zu kümmern.

»Wir müssen beraten, wie wir die Pässe optimal einsetzen«, sage ich und löse eine Kaskade an Ideen aus: Nikos will Kopien machen, die wir Polizei und Presse gleichzeitig überreichen sollen. Gerald und ich bevorzugen eine Aktion über Facebook und Twitter. Mateo und Marco fantasieren von einer groß angelegten Gefangenenbefreiungsaktion unter Einsatz von faulen Eiern und Tomaten. Ich fürchte, die zwei haben vorhin was geraucht.

Den vernünftigsten Vorschlag bringen Mila, Anneli und Isa als Gemeinschaftswerk ein: Demnach schicken wir die geraubten Pässe dem Polizeipräsidium zu. Anonym, versteht sich, aber zusammen mit einem ausführlichen Augenzeugenbericht von Mila, Frederico und mir, in orthographisch und grammatikalisch korrektes Deutsch übertragen von Gerald.

»Wunderbar«, sage ich. »So machen wir's.«

Wir beschließen, alle Pässe vorsichtshalber mit Vorder- und Rückseite einzuscannen, um die Bilddateien, falls die Polizei nichts unternimmt, später öffentlich machen zu können. Diesen Fall halten wir für unwahrscheinlich. »Bei so viel Material müssen die reagieren«, meint Nikos.

Eine Debatte entzündet sich an den Pässen der drei Mädchen, die mit Mila zusammen eingesperrt waren. Ich bin dafür, sie zu behalten, weil ich die Hoffnung habe, doch noch diesen Stall zu finden. Bald. Bevor die Polizei überhaupt in Aktion treten kann. Und außerdem hätten wir ein originales Pfund in der Tasche, falls die Betreiber des Rosamunde sich entschließen, den Einbruch anzuzeigen und wir in die Ermittlungen geraten.

Jegor dagegen will alle aushändigen. »Sonst bringen wir uns in Gefahr.«

Ich lache ihn aus. »Du bist zu ängstlich, Jegor«, und ich kann mich durchsetzen. Feierlich schwöre ich, die Papiere in eigener Person und bombensicher zu verwahren.

Am nächsten Vormittag im KeinZoff schnüren wir das »Päckchen« und legen unseren »Bericht« dazu. Nikos findet einen ausreichend großen wattierten Umschlag und stellt fest, dass wir ihn als Brief für einsfünfundvierzig mit der Post schicken könnten. »Dann wäre er morgen da.«

Doch Jegor besteht darauf, ihn direkt beim Polizeirevier in der Bismarckstraße einzuwerfen. »Wozu Zeit verstreichen lassen? Ich nehme das Fahrrad.«

Mir scheint, er hätte gern mehr zu der ganzen Aktion beigetragen, und bin gerührt. Ich schätze, Mila hat ihm von seiner früheren Verstrickung in den osteuropäischen Menschenhändlerring erzählt, es zumindest angedeutet. Und nun will er ein bisschen was wiedergutmachen. Ich lege Nikos sachte die

Hand auf die Schulter. *Lass ihn ruhig*, soll das heißen. Und Nikos versteht. Nikos versteht so etwas immer.

Fortwährend zerbreche ich mir den Kopf, wie ich diesen verdammten Stall finden kann, in dem Mila eingesperrt war. Zum gefühlt zehnten Mal schalte ich den Laptop ein und gehe zusammen mit ihr auf die Suche bei Google Maps. Wir forsten bis zu acht Kilometer weit das Waldgelände um Johannesberg in einem großen Maßstab ab, lassen noch weiter aufzoomen, was entfernt nach einem einzelnen Gebäude aussieht. Müsste Google nicht – schon allein im Auftrag der NSA – jede Hundehütte im Kasten haben? – Nein, nichts. Nur Wald, Wege, kleine Lichtungen und wieder Wald.

Hat Mila die Wahrheit gesagt? Der Verdacht steigt wie Übelkeit in mir auf. Ich mag Mila, mag sie sogar sehr, aber womöglich will sie die anderen Mädchen nicht retten. Kann sein, die waren gemein zu ihr. Wer ahnt schon, was vor sich geht, wenn Menschen unter so erbärmlichen Umständen zusammengepfercht sind? Fortwährend in Angst vor noch mehr Qualen, vor unheilbaren Verletzungen, vor dem Tod. Wir glauben, dass geschundene Menschen solidarisch sein müssen. Aber sind sie das auch? Selbst unter KZ-Gefangenen hat es Verrat gegeben. Manche hofften, sich damit einen Vorteil zu verschaffen, ein paar Wochen oder Monate länger zu leben, lang genug, um rechtzeitig gerettet zu werden. – Ich sehe Mila wortlos in die Augen.

Sie bricht in Tränen aus. »Ich nicht weiß! Immer in grauem Lastauto fahren. Nicht Fänster.«

Ich umarme sie, küsse ihr die nasse Wange. Ich bin sicher, dass sie die Wahrheit sagt.

Es dauert nicht lange, bis der Entschluss in mir reift, Puffoma Natascha anzurufen. Sie muss was wissen, schließlich waren die Pässe bei ihr versteckt. Und ich habe einen Vorwand parat: Sie glaubt, ich interessiere mich für einen Job als »Entsafterin«.

Ich suche die Telefonnummer im Internet raus und gebe sie in mein Handy ein.

»Nachtclub Rosamunde, Natascha.« Ihre Stimme klingt ebenso beflissen wie sachlich, man könnte glauben, einen Apothekennotdienst angewählt zu haben.

»Hi, hier Ilka.« Ich grinse wie ein Clown, während ich spreche. Das soll helfen, freundlich zu klingen, auch wenn einem kein bisschen danach ist. So wird es, hab ich gelesen, den Fronarbeitern in den Callcentern beigebracht. Es kotzt mich an, wie ein Callcenter-Girl zu zirpen, aber schließlich will ich keine verdammte Klatschzeitschrift bewerben, sondern sechsundzwanzig Frauen retten.

»Ach, ähhh, Ilka ...« Sie stockt. »Der zweite Entsafter ist noch immer nicht so weit, der Einbruch. Der Chef hat gerade andere Sorgen.«

»Wanja?«

»Du kennst ihn?«

Ich ignoriere die Bemerkung, lasse das Grinsen bleiben und frage in möglichst doofer Intonation: »Ist denn viel Geld weggekommen?«

»Nur Papiere.«

»Ach, Steuerunterlagen? Wie schrecklich!«

Sie schnauft, einmal, zweimal. »Tu nicht so, du steckst doch mit diesen Einbrechern unter einer Decke.«

Ich fühle mich eiskalt ertappt, versuche es wieder mit der Grinsmethode. »Wie kommst du darauf?«

»Na, wieso kommen die Typen nicht am frühen Morgen, wenn der Laden zu ist? Sondern abends, zur Hauptgeschäftszeit. Und ausgerechnet in den paar Minuten, in denen ich mit dir ein Stockwerk höher zugange bin. Nachdem du eine SMS geschrieben hast.«

Ich beschließe, die Flucht nach vorn anzutreten. »Und mit wem steckst du unter einer Decke? Mit Menschenhändlern«, schreie ich in den Hörer.

»Was? Neee, wieso? Unsere Mädchen sind freiwillig hier.«

»Ach! Und darum nimmt man ihnen die Pässe weg?«

»Bloß manchen. Und nur zu ihrem Schutz: kein Pass, keine Abschiebung.«

»Kein Pass, keine Rechte. Nicht mal zum Arzt können sie von sich aus.« Ich nenne langsam und akzentuiert die Namen der Mädchen im Stall, Vorname, Zuname, die Nationalität. Und an letzter Stelle »Mila Nazarenko, Ukrainerin. Na, erzähl mir mal, wo die vier sind?«

Ich höre sie auf ihrer Tastatur klappern. »Denen geht's gut, die verdienen viel, beste Kundschaft, Geschäftsleute, Professoren, Juristen ...«

»Alle vier?«

Sie klappert weiter. »Ja, die sind hier registriert.«

»Wo?«

»Die wohnen in einem Gasthof, einfach, aber sauber und ordentlich. Dort habe ich selber zu Mittag gegessen, Schnitzel ...«

»Der Name, Natascha.«

»Darf ich nicht sagen, ist auch nicht wichtig, weil ...«

»Die Mädchen werden nackt angekettet, unter Drogen gesetzt, regelmäßig von Männergruppen brutal vergewaltigt.«

»Du spinnst!« Sie legt auf.

Sofort tippe ich auf Wahlwiederholung, der Anrufbeantworter springt an. Ich fluche in mich hinein, hocke mich stumm zu Isa aufs Sofa und denke laut darüber nach, ob ich Mateo und Marco überreden kann, Natascha aufzulauern, sie zu überwältigen, unter Druck zu setzen, zu bedrohen?

»Natascha ist ein ganz kleiner Fisch. Sie weiß nicht mal, dass Mila ihnen abgehauen ist«, sagt Isa und nimmt ihr Strickzeug auf. Aus Wollresten, die sie bei Ebay für kleines Geld ergattert hat, will sie einen Strampelsack für Milas Baby zusammenfummeln. Das Ding ähnelt peinlich einem Allgäuer Flickenteppich.

»Ein kleiner Fisch ... und ein armes Schwein wahrscheinlich«, seufze ich und warte ab. Wenn ich richtig liege, wird Natascha den Vorwurf, für Menschenhändler zu arbeiten, nicht auf sich sitzen lassen.

Und wirklich, keine Stunde später bimmelt mein Handy, »Unbekannt« steht auf dem Display. Erst höre ich nur Verkehrsrauschen, dann ganz leise Natascha: »Brunos Eck, in Goldbach. Goldbach bei Aschaffenburg. Verrat mich nicht.«

»Klar nicht«, sage ich. Sie hat schon aufgelegt.

Wieder Google Maps. Falls die Datenkraken auswerten, was ich dieser Tage surfe, halten die mich für geistig verwirrt. Zumindest für orientierungslos. Aber jetzt werde ich fündig – und doch nicht? Das kleine fränkische Dorf Goldbach liegt ziemlich mittig zwischen Aschaffenburg und der Stelle an der Landstraße, wo wir Mila gefunden haben. Kilometerweise Spessartwald dazwischen. Nur, wenn in Goldbach der Puff ist, in dem Mila missbraucht wurde, wo befindet sich dann der ominöse Stall, aus dem sie ausgebrochen ist? Falls Mila sich nicht getäuscht hat, hat die Autofahrt mindestens zehn Minuten gedauert. Egal, »Brunos Eck« will ich mir ansehen. Gleich morgen.

Ich muss Nikos nicht lange bitten, mitzukommen. »Ist ja supernett, dass du mich fragst.« Er stellt seinen Volvo für die Tour zur Verfügung, weil der KeinZoff-Bus zu verräterisch wäre. Wir beschließen, ein frisch verheiratetes Paar zu spielen, das einen Saal für eine Feier sucht. Mir fällt es kein bisschen schwer, verliebt zu tun. Im Gegensatz zu Nikos. Er gibt sich einsilbig, bis wir fast am Ziel sind. »Hast du was mit Frank?«, fragt er unvermittelt.

Ich möchte wahrheitsgemäß mit Nein antworten. *Nur mein Alter Ego hat was mit ihm*, will ich sagen, *weil mein dämliches Alter Ego sich von Franks Nachstellungen gebauchpinselt fühlt. Und sich von seinen großzügigen Geschenken korrumpieren lässt.*

Gerade noch rechtzeitig fällt mir ein, dass so ein Bekenntnis Nikos nicht überzeugen wird. Also argumentiere ich sozio-psychologisch, erzähle von offenen Beziehungen … davon, dass die besitzergreifende Liebe eine vegetative Erscheinung kapitalistischer Entfremdung, Verdinglichung und Ausbeutung sei. Und dass wahrhafte Zuneigung einem Partner die Freiräume lasse, die er zu seiner Selbstverwirklichung brauche, um sich progressiv-emanzipativ von gesellschaftlichen Zwängen zu befreien.

Nikos verzieht seine Lippen zu einem Knäuel. »Eine sogenannte offene Beziehung müsste der Definition halber wenigstens offen geführt werden, nicht heimlich«, sagt er mit sturem Blick auf den nicht vorhandenen Verkehr vor uns.

»Stimmt«, sage ich, lupfe mich aus meinem Sitz und küsse ihn auf die Nase. »Ich gelobe Besserung.«

»Sie haben Ihr Bestimmungsziel erreicht«, meldet das Navi, als in einem Wohn- und Gewerbemischgebiet am nördlichen Ortsrand eine Art erweiterte Pommesbude vor uns auftaucht. Der Name »Bruno's Eck« steht in fetten roten Blockbuchstaben (und klischeemäßig mit amerikanischem Apostroph geschrieben) über dem Eingang. Nikos parkt am Seitenstreifen.

Wir treten ein und grüßen mit Hallo. Ein Hüne in Motorradkluft, mit halbvollem Bierglas und der Bildzeitung vor sich, nickt uns zu, zwei Jüngelchen, die versuchen, einen Spielautomaten neben der Tür zum Klo zu überlisten, ignorieren uns. Mehr Gäste sind nicht da, vermutlich vergrault von dem Gestank nach abgestandenem Frittierfett. Wir nehmen an einem Zweiertisch in der Nähe des Ausgangs Platz und studieren die eingeschränkte Speisekarte: Bratwurst, Bockwurst, Currywurst, Schnitzel …

Die Bedienung, der hoheitsvollen Haltung nach der Chef himself, tritt aus einer Schwingtür neben dem Tresen. »Tach, die Herrschaften.« Überflüssigerweise wischt er die Resopalfläche unseres Tischs mit einem zerschlissenen gelben

Schwammtuch ab, arrangiert Pfeffer- und Salzstreuer in der Tischmitte.

Wir entscheiden uns beide für Schnitzel mit Kartoffelsalat, dazu Cola.

Ich turtele Nikos halblaut an, sage ihm, dass er für mich der Größte, Schönste und einzig Wahre sei. Er rollt die Augen und grinst, die Jüngelchen wenden sich vom Spielautomaten ab und sehen zu uns herüber. Es kann nur von Vorteil sein, bei diesem »Besuch« Zeugen zu haben.

Keine zehn Minuten später ist unser Essen fertig. Auf dem panierten Fleisch thronen zwei zu Rosetten gepresste Remouladenhäufchen, flankiert von einem Zitronenviertel und einem Petersilienzweiglein. Der Kartoffelsalat schimmert ölig.

Ich überwinde meine Vorbehalte, koste, tue, als schmecke es mir großartig und lobe lauthals die Küche, insbesondere die Fertigremoulade, was den Wirt kein bisschen zu irritieren scheint. Beim Bezahlen versuche ich ein bezauberndes Lächeln. »Es gibt hier einen Saal, haben wir gehört. Kann man bei Ihnen feiern? Polterabend?«

»Wie viele Personen?«

»Zirka fünfzig.«

Er macht eine wegwerfende Handbewegung, »kein Problem«, und geleitet uns durch einen Flur und eine Hintertür ins Freie. Vor uns tut sich ein gepflasterter und von Holunderbüschen gesäumter Innenhof auf, der zur Südseite von einem zweistöckigen Flachdachbau begrenzt wird.

»Der Saal ist hier drin«, erklärt der Wirt und schließt auf.

Im Gegensatz zu seiner Kneipe wirkt der turnhallengroße Raum gepflegt gemütlich, sogar kultig: verschiedenste plüschige Sessel, teils antik, teils auf antik gemacht, gruppieren sich um runde Esstische aus dunklem Holz, entlang der Wände reihen sich 2-Sitzer-Sofas, drapiert mit bunten Kissen, darüber hängen Zierregale und Gemäldereproduktionen: Das Mädchen mit dem Perlenohrgehänge, Lavinia mit der Fruchtschale, der

Garten der Lüste … An der Stirnseite des Saals erkenne ich eine kleine, mit Laminat in Walnussoptik ausgelegte Tanzfläche.

Ich lenke den Wirt mit einer Kaskade von Fragen ab, während Nikos unauffällig ein paar Fotos mit seinem Handy macht.

»Die Wochenenden sind lange im Voraus gebucht – bis auf die Schulferien«, sagt der Wirt. »Wann wollen Sie feiern?«

»Anfang Oktober.«

»Das müsste klappen.«

»Und was ist im Stockwerk oben?«, frage ich und trete an die geschwungene Treppe heran. Eine dicke rote Kordel, die an den Pfosten befestigt ist, versperrt den Weg hinauf.

»Nichts. Ist nicht ausgebaut«, antwortet er rasch. Ein wenig zu rasch. – »Die Lampen lassen sich hier einstellen.« Er klappt einen unauffälligen kleinen Kasten neben der Tür auf und führt uns ein imposantes Beleuchtungssystem vor: Dimmbares indirektes Licht erinnert abwechselnd an Hotelbar, Disco, Räuberhöhle. Ich lobe die Installationen ausführlich und widme mich der CD-Sammlung im Wandregal. Sie erweist sich als eindeutig: *You can leave your hat on, Je t'aime – moi non plus …*

»Geht's auch intimer?«, frage ich beiläufig, »Separées, Liegen und so?«

Er sieht mich aufmerksam aus seinen kleinen grauen Augen an, sein Drei-Tage-Bart (mir fällt jetzt erst auf, dass er einen hat) bekommt eckige Konturen.

»Ich meine, wenn es den Kunden weniger ums Essen zu tun ist, als ums Spaßhaben«, ergänze ich und zwinkere neckisch.

Er schüttelt den Kopf. »Essen, Trinken, Musik und Tanz. Sonst nichts.« Er wendet sich zur Tür.

Ich versuche, ihn aufzuhalten. »Ein schönes Anwesen ist das hier, direkt am Waldrand. Da könnten Sie mehr draus machen. Was richtig Schickes.«

»Mit McDonalds und den anderen jüdisch-amerikanischen und asiatischen Fressbuden überall? Vergessen Sie's. Heute geht bloß billig.«

Ich habe genug. »Aha«, sage ich und gebe Nikos das Signal, dass wir abziehen sollten.

Nikos hat nur wenige brauchbare Aufnahmen vom »Saal« machen können, aber einzelne Sitzgelegenheiten, die Wanddeko, die Räuberhöhlenbeleuchtung sind gut zu erkennen. Zurück im KeinZoff zieht er die Fotos auf seinen Laptop, und wir zeigen sie Mila.

Sie schlägt die Hände vors Gesicht und weint. Mehr Antwort brauchen wir nicht.

Die anrüchigen Partys finden meist an Freitagabenden statt, hat uns Mila erzählt. Das leuchtet ein, denn zum Ende der Arbeitswoche hin haben die honorigen Herren aus Frankfurt und Aschaffenburg, vielleicht auch aus Darmstadt, die besten Chancen, die Sau rauszulassen, können sich einerseits früher freinehmen und gleichzeitig ihren jeweiligen Gemahlinnen weismachen, sie müssten länger arbeiten.

Am folgenden Freitag ziehen wir mit dem Volvo los: Nikos, Gerald, Jegor und ich. Frederico kommt mit einem Motorroller hinterhergefahren für den Fall, dass wir »technische Hilfe« brauchen können. Unser Plan ist einfach: Wir bespitzeln und bewachen das Areal großräumig, legen uns nach diesem grauen fensterlosen Transporter auf die Lauer, von dem Mila erzählt hat. Parkt er in der Nähe? Wo kommt er her, wo fährt er hin? Wir müssen ihm nur unauffällig folgen, um das Versteck der Mädchen zu finden.

Es wird dunkel, es nieselt, wir wollen schon aufgeben, da funkt uns Frederico an: Den Transporter hat er nicht gefunden, aber den »Stall«. Und der erweist sich als nicht irgendwo im Wald versteckt, sondern befindet sich direkt hinter dem Gebäude mit dem Saal, wie ein kleiner einstöckiger Anbau, nur ohne Zwischentür. Die einzige Erklärung: Man hat die Mädchen, um sie zu verwirren, ein paar Minuten im Kreis gefahren.

Zum Eingang führt ein zirka zweieinhalb Meter breiter Waldpfad, der als »Privatweg« mit einer Schranke versperrt ist. Wir parken und gehen mit Taschenlampen zu Fuß weiter, finden einen kargen, maroden Bau aus Fertigteilen. Die Tür klafft, ich spähe durch die Ritze. Der »Stall« hat, wie von Mila beschrieben, acht vergitterte Boxen. Aber er ist leer. Und aseptisch sauber. Wir können das Chlor riechen. Nichts außer Chlor können wir riechen, als wir zögernd eintreten. Und nichts deutet darauf hin, dass hier bis vor Kurzem Menschen eingesperrt waren.

Wir hätten es wissen müssen: Wenn einer uns anlügt, ist er auch vorgewarnt. Der Wirt hat geargwöhnt, dass wir seiner kriminellen Kundschaft auf den Fersen sind – und Alarm geschlagen.

Ich ergreife unsere letzte Chance, für heute mehr zu erfahren und rufe mit unterdrückter Nummer Natascha an. Im Büro des Rosamunde meldet sich eine andere Stimme, eine wenig sympathische Männerstimme. Ich lege auf.

Es ist erst halb elf, aber niemand hat Lust auf einen Absacker. Nikos fährt Gerald, Jegor und mich nach Hause. Zuerst mich. »Gute Nacht, schlaf gut«, sagt er und lädt mich auf dem Bürgersteig gegenüber ab. Er muss Isa meinen.

Traurig drücke ich mich an Annelis Wohnungstür vorbei, mag weder ihr noch Mila Auskunft geben. Schlechte Nachrichten haben Zeit. Dass Nikos mir weiterhin die kalte Schulter zeigt, nagt zusätzlich an mir. »Du bist schuld«, sage ich zu Isa.

Sie schweigt und schleicht hinter mir die Treppe rauf.

Ein wenig tröstet mich der Gedanke, dass wir gleich die Tür hinter uns schließen können. Ein Zuhause in dem man störungsfrei jammern, mit sich selbst hadern und streiten kann, ist ein gutes Zuhause.

Nicht mal das bisschen Glück ist uns heute vergönnt. Die Tür zu unserer Wohnung ist nur zugedrückt. Nicht verschlossen. –

War Mila hier? Sie hat ja einen Schlüssel. Doch wenn sie sich für eine Stunde oder zwei hier aufgehalten hat, legt sie einen Zettel auf den Küchentisch. Immer ist ein kleines rotes Herz aufgemalt, darunter steht *Danke* und ihr Vorname in eindeutig identifizierbarer Kinderhandschrift. Und immer schließt sie gewissenhaft ab.

Heute liegt kein Zettel da. Nirgends. Und doch war jemand hier, ich kann es riechen: ein Mann, ein nicht gerade frisch geduschter Mann. Kein Tohuwabohu in der Wohnung, wie man es nach einem Einbruch erwarten würde, alles ist an Ort und Stelle. Nur mein Laptop – er ist verschoben worden, so weit weg vom Schreibtischrand, dass es mir unbequem wäre, daran zu arbeiten. Affenarme muss der Typ haben.

Isa ergreift die Panik, sie jault herum, das wäre jetzt die Rache und so weiter.

»Reiß dich zusammen«, sage ich und sehe in alle Schubladen, in alle Schrankfächer. Nichts fehlt. Was sollte bei uns auch jemand klauen – außer Vaters Marx-Engels-Gesamtausgabe, in der wir das Geld verstecken? Unsere aktuelle Barschaft von neunzig Euro in Scheinen liegt wie üblich im »Kapital Band 1«, diesmal Seite 90. – Der Kerl hat die Pässe der Mädchen aus dem Stall gesucht. Und sie nicht gefunden. Weil ich sie in einem Bankschließfach verwahre. Der Schlüssel dazu klebt im Einband von »Kapital Band 3«. Immer noch.

Dennoch gruselt es mich bei dem Gedanken, dass ein Fremder hier war, alles durchsucht hat ... Da, in dem großen Nähutensilien-Korb, in dem ich die Perücke und die Theaterschminke horte, liegen die Kajalstifte, Lippenkonturenmarker und Camouflagepasten – nur nachlässig verschlossen beieinander. Und vertauscht. Völlig vertauscht. Sogar die ausgedruckten Schritt-für-Schritt-Anleitungen sind durcheinander. So was wäre nicht mal mir passiert, geschweige denn Isa, und Mila gewiss auch nicht ... Da hatte jemand null Ahnung vom Schminken ... ja, es war ein Mann ... Er hat die Theaterschminke entdeckt. Und die Oma-Perücke. Er weiß Bescheid. *Sie* wissen Bescheid.

Gutes Zureden hilft nicht. Isa leidet schwer unter diesem mysteriösen Einbruch, der vortäuscht, keiner zu sein. Nachts wälzt sie sich schlaflos im Bett, lauscht in die Stille, zuckt zusammen, wenn jemand die Flurtreppe hinaufstiefelt, sieht stündlich auf die Uhr ... halb drei ... halb vier ... halb fünf ... Erst am frühen Morgen döst sie ein, bis gegen neun der Berufstrompeter nebenan mit seinen Frühübungen beginnt. Tagsüber ist sie zittrig und blass, ihre Unterlider leuchten auberginefarben.

»Nimm einen Abdeckstift«, sage ich, »und mach ein bisschen Yoga.«

»Wie kannst du so ruhig bleiben? Diese Mafia hat uns im Blick und schreckt vor nichts zurück«, jammert sie. »Das hat man bei Milas Verlobtem gesehen.«

»Ich pass ja auf«, sage ich. Was kein leeres Versprechen ist. Wegen Isas angeschlagener Psyche können sie uns im KeinZoff derzeit nicht gebrauchen, also hänge ich oft an unserem Fenster zur Straße und observiere mögliche Observierer. Speziell halte ich nach Limousinen gehobener Klassen mit zwei bis drei Insassen Ausschau, die vorm Haus oder unmittelbar gegenüber parken. Zumal wenn Männer aussteigen, rauchend oder Kaugummi kauend den Bürgersteig entlangflanieren, die Häuserfassaden, die Vorgärten, die Parade der Satellitenschüsseln auf den Dächern betrachten, als seien es seltene Gewächse in einem botanischen Garten. Mag sein, die ungewöhnlichen Besuche betreffen diese nie besetzten Büroräume im Erdgeschoss zwei Häuser weiter. KRP Import – Export steht auf dem Schild, garantiert eine Briefkastenfirma. Oder die Aufmerksamkeit gilt der hochfrequentierten Bestellpizzeria um die Ecke, die täglich außer Samstag nach 21 Uhr schließt und, wie man hört, alle anderthalb Jahre andere Pächter hat. So oder so, ich schiebe Daumen und Zeigefinger zwischen die Jalousienblätter vorm

Fenster und mache einhändig Fotos durch die Scheibe. Fotos von Männern und PKWs. Ich notiere Körpergrößen, geschätzte Körpergewichte und vor allem Autokennzeichen und schicke Nikos mein »Material«, damit er es abgleichen kann mit dem, was er vor oder gegenüber dem KeinZoff beobachtet. Er schickt mir zurück, was er im Visier hat. Nichts stimmt überein.

Ständig verfolge ich die örtlichen Meldungen im Darmstädter Echo und die im Internet. Ich lasse mir von Google News alles über das Rotlichtmilieu von Frankfurt zuschicken. Irgendwas sollte die Polizei dieser Tage mit den Pässen anstellen, die Jegor bei ihnen eingeworfen hat. Eine regelrechte Razzia wäre fällig. Und die müsste hinreichend groß aufgemacht sein, um aufzufallen. Aber ich finde nichts, nirgendwo, nicht mal einen Einspalter über unsere anonyme »Anzeige«. Vielleicht ermitteln die Kommissare noch, verfolgen eine heiße Fährte, die sogenanntes Täterwissen enthält und nicht an die Öffentlichkeit dringen darf. Möglicherweise gelingen die Ermittlungen nur in den Fernsehkrimis so rasch. Wegen der knappen Sendezeit. Oder die Kommissare sind nur im deutschen Fernsehen so engagiert und klug, ähneln in Wahrheit denen in amerikanischen Spielfilmen: von ihrem Job gelangweilt, von persönlichen Problemen zerfressen, korrupt, weil chronisch unterbezahlt … Hat nicht schon Karl Marx die Verarmung und Verkrüppelung der öffentlichen Hand durch die Kapitalinteressen vorausgesagt?

Heute! Tag Numero 5 nach dem Einbruch bei uns. Ich zittere vor Empörung, Isa klappert mit den Zähnen vor Angst, denn statt der erwarteten Zeitungsmeldung über eine Razzia im Puffviertel finden wir in den Internet-Ausgaben von FAZ und FR die gleiche Todesanzeige, halbseitig und schwarz umrahmt. »NATASCHA« steht da, in gewaltiger Serifenschrift. Kein Zuname, kein Geburtsdatum. Nur ein Todesdatum, das von vorgestern. Und einen für Selbstmörder typischen Trauerspruch:

»Allzu früh bist du von uns gegangen. Mögest du im Tod den Frieden finden, der dir im Leben nicht vergönnt war. Deine Freunde.«

Anneli will uns beruhigen. »Des kennt aach fingiert sei.«

»Es könnte aber auch wahr sein«, meint Isa. »Sie haben Natascha umgebracht, weil sie geplaudert hat. Und sie haben es wieder wie Selbstmord aussehen lassen.«

»Wie bei Ralf«, sagt Mila.

»Anneli, Mila«, sage ich, »ihr seid meine Zeuginnen: Falls mir je so was zustößt, schaltet einen guten Agenten ein. Versprecht es mir. Ich denke nämlich nicht im Traum daran, mich umzubringen.«

»Isch aach nedd«, erklärt Anneli.

»Ich nicht mähr«, sagt Mila.

Wir schwören einander feierlich, im Fall des Falles keine Ruhe zu geben, bis der Mord an uns als Mord erkannt und richterlich verfolgt wird. Darauf stoßen wir mit Baldriantee an. Leider wird Isa davon nicht besänftigt.

Habe ich jemals Anneli unterschätzt? Falls ja, muss ich kniefällig Abbitte leisten. Keiner könnte ihr verübeln, wenn sie genug von all der Aufregung hätte, sagen würde: Danke, nicht mit mir. Mila muss ausziehen, ich will meinen Lebensabend genießen.

Sagt sie nicht. Stattdessen spricht sie uns Mut zu und lässt ihre und unsere Wohnung zur Festung ausbauen. Heute war ein Sicherheitsservice da, hat an ihrer und an meiner Wohnungstür - wahrscheinlich für gutes Geld - einbruchresistente Schlösser einbauen lassen. Samt einer martialisch anmutenden Verriegelung von innen.

Und das ist nicht alles. Anneli hat einen waffennärrischen Verwandten dritten Grades aktiviert, der ihr eine Pistole, eine knuffige, aber scharfe Beretta Jetfire besorgt und auch gleich erklärt hat, wie man sie bedienen muss. Nach dem Kaffeetrinken führt sie Mila und mir das kaum zwölf Zentimeter lange schwarze Teil vor, samt dem dazu gehörenden Magazin mit sagenhaften acht Patronen. »Also, mer muss an dem Ding do knipse, dann issee entsischerd«, Anneli zeigt mit zitternden Fingern auf ein halbmondförmiges Hebelchen. Uns wird rasch klar, dass sie im Fall des Falles nicht mit der Beretta umgehen könnte. Aber sie hofft, dass wir es können. Das hoffe ich auch. Ich nehme den fein gerieften Griff in meine Rechte und mache eine munitionslose Schießübung, ziele dabei auf den schlafenden Klitschko. Anneli und Mila finden das kein bisschen komisch. Isa auch nicht.

Weitere drei Tage sind um. Tage, an denen Mila sich nicht vor die Haustür traut. Isa sowieso nicht. Anneli geht allein einkaufen. Ich bekomme langsam Platzangst in der Bude, zumal das Wetter ins Freie lockt. Es ist Ende August. Im Haus herrscht schwüle Hitze, draußen weht wenigstens ein wenig Wind. Doch unsere Perücke ist bekannt, unsere Theatermasken sind aufgeflogen. Wie können wir uns nun tarnen? Im Internet werde ich fündig: »Mila«, sage ich, »lass uns strenggläubige Musliminnen werden.«

Sie schüttelt entgeistert den Kopf. Aber Nikos findet meine Idee großartig. Osteuropäische Banden, glaubt er, gehen Scherereien mit den muslimischen Clans aus dem Weg. Sie werden es nicht riskieren, versehentlich deren Frauen anzugreifen, sagt er. Burka und Schador, diese bis zu den Zehen reichenden Überwürfe, die Isa vorschweben, redet Nikos uns aus. Die wären erstens zu schwer zu bekommen und zweitens zu auffällig. Wir sollten besser auf gemäßigte junge Musliminnen machen. Denn davon gibt es derart viele im Straßenbild, dass es unsere möglichen Verfolger zum Wahnsinn treiben müsste, nach Frauen mit solchem Outfit Ausschau zu halten.

Ich will gleich loslegen: ein großes farbiges Tuch um den Kopf, dunkle Augenbrauen, schwarze Wimpern und viel

Selbstbräuner im Gesicht müssten genügen, denke ich. Nikos' türkischer Freund Farhad, der mit einem Koffer voller geeigneter Kleidung bei uns erscheint, weiß es besser: »Auch der Hidschab, die Minimalverschleierung, muss stilecht aussehen.« Er reicht uns ein sogenanntes Untertuch, eine Art Mütze aus dünnem Strick, die wir so über den Kopf ziehen sollen, dass unsere Haare bis zum Stirn- und Schläfenansatz komplett verschwinden. Erst darüber wird das eigentliche Kopftuch so kunstvoll gefaltet und drapiert, dass es das Gesicht voll umrahmt und gleichzeitig Hals, Nacken und Dekolletee blickdicht umwickelt. Junge strenggläubige Musliminnen tragen anstelle eines Überwurfs bis zu den Knöcheln lieber weit geschnittene Jeans oder Stoffhosen. Dazu eine Tunika, die ungefähr bis zu den Knien reicht, vielleicht auch tiefer. In jedem Fall bis zu den Handgelenken, Ärmel hochkrempeln gilt nicht.

Die Maskerade könnte durchaus Spaß machen, doch mir schwant Übles. Werden wir, textil derart überfrachtet, den geplanten Spaziergang im Orangeriegarten bewältigen? Bei den aktuellen achtundzwanzig Grad im Schatten?

Wir bewältigen ihn nicht. Obwohl wir uns in den schattigen Alleen aufhalten und die barocken Rabatten aus Blumen und exotischen Kübelbäumchen nur von Ferne bewundern. Während Farhad (er spielt einen männlichen Verwandten, ohne den wir der Sittlichkeit halber gar nicht herumflanieren dürften) beschwingt in Jeans und dünnem Baumwoll-T-Shirt neben uns hergeht, läuft mir der Schweiß in Rinnsalen vom Nacken aus den Rücken runter. Bleiern und schlapp fühle ich mich, eine Übelkeit wie von Fieber steigt die Brust herauf. Ich werfe Mila einen fragenden Blick zu. Sie keucht leise, trotz des Selbstbräuners glänzt ihr Gesicht käsegelb.

Nach einer Dreiviertelstunde schleppen wir uns zurück in meine Wohnung, reißen uns das Zeug vom Leib, gönnen uns ein kühles Bier. Das wir nicht trinken dürften, wären wir wirklich

Musliminnen. Und hauen uns aufs ungemachte Bett – obwohl Farhad mit im Zimmer ist. Garantiert eine Megasünde.

Farhad grinst. »Ein Imam würde euch sagen: Die Hölle ist heißer. Und die erwartet euch, wenn ihr nicht nach den Geboten des Propheten lebt. Dagegen wird die Aussicht, ins Paradies zu gelangen, euch erfrischen.«

Mila und Isa finden das urkomisch. Mir wird schon wieder heiß. Jetzt vor Wut. Das Bundesverfassungsgericht hat entschieden, dass »das Kopftuch« eine zu tolerierende religiöse Insignie sei, und nicht, wie Frauenrechtlerinnen sagen, ein zu ächtendes Unterdrückungsinstrument. Ich wünsche diesen Verfassungsrichtern mal so einen Hidschab an den Hals, einen ganzen heißen Tag lang, nein einen Sommer lang. Ein, ach was, ein Leben lang! Nie die Sonne auf der Haut, nie den Wind in den Haaren spüren, nie weitgehend textilfrei in einen Baggersee, ein Schwimmbecken eintauchen … Ich raffe die grässliche Garderobe vom Fußboden auf, schmeiße sie zurück in den Koffer und bin drauf und dran, Farhad damit heimzuschicken.

Isa geht dazwischen. »Mila braucht die Sachen. Und nächste Woche soll es kühler werden.«

Freitagnachmittag, immer noch herrliches Wetter. Isa fällt die Decke auf den Kopf. Sie hat Frank bekniet, sie mit dem Auto abzuholen und mit ihr »irgendwohin« zu fahren, notfalls in seine Parteizentrale. Dieser Langweiler hat ihr für den Nachmittag einen Ausflug zum Steinbrücker Teich versprochen, und sie kann's kaum erwarten. Mit Steinbrücker Teich meinen die Darmstädter nicht bloß eins ihrer wenigen erwähnenswerten Gewässer, einen hübschen See mit winziger Insel mittendrin am nordöstlichen Rand der Stadt. Dazu gehört auch ein riesiges Freizeitgelände mitten im Wald mit Spielplatz, Ponyreiten, Minigolf und Wanderwegen überallhin.

Ich komme mit. Zwar ziehe ich mich am liebsten zurück, wenn die zwei sich treffen, um ihre kleingeistigen Gemeinplätze und ihre verklemmten Zärtlichkeiten auszutauschen, schon allein aus Gründen des Selbstschutzes. Doch diesmal muss ich auf Isa aufpassen. Sie ist mürbe vor Angst und depressiv vor lauter Lichtmangel. Beides hat ihr Harmoniebedürfnis ins Unermessliche anwachsen lassen, und sie kuscht vor allem und jedem, sogar vor mir. Frank könnte ihre Notlage ausnutzen und ihr einen Heiratsantrag machen. Da muss ich volle Breitseite dazwischengehen.

Als er mit seinem offenen Cabrio vorfährt, nimmt sie - wie eine Filmdiva, mit weißem Etuikleid, großer Sonnenbrille und tief ins Gesicht gezogenem Florentinerhut — auf dem Beifahrersitz Platz, ich flattere im Fahrtwind hinterher. Und passe auf. Niemand folgt uns, nein, wirklich niemand. Ich beginne, die Fahrt zu genießen. Cabrios sind herrlich.

Frank schweigt. Das ist ungewöhnlich. Auch als wir den großen Parkplatz am Oberwaldhaus erreichen, gibt er nur ein paar entnervte Bemerkungen über die Vans auf dem Gelände von sich. Kann sein, er ärgert sich, weil sie seinen Flitzer optisch verschlucken. Doch sein blinzelndes Augenlid lässt ahnen, dass was anderes nicht stimmt.

Isa ignoriert seine schlechte Laune und blinzelt ihrerseits ergeben in den Sonnenschein. Ich lotse die beiden durch die Menge der Ausflügler den Kiesweg hinunter zum Teich, wo Enten, Tret- und Ruderboote umeinanderkurven.

»Dann schieß mal los«, sagt Frank.

Isa sinkt in sich zusammen.

Ich zögere nicht, die Regie zu übernehmen und sage: »Was? Wieso schießen?«

»Jemand wohnt bei dir, wer ist das?«

»Ach so«, ich lache, »du bist eifersüchtig. Es ist kein Mann, keine Bange.«

»Sondern?«

»Eine Frau.«

»Was für eine Frau?«

»Na, die Putzfrau, die du partout nicht im KeinZoff beherbergen wolltest. Die junge Zwangsprostituierte, die nicht mehr weiß, wohin.« Soll ich ihm sagen, dass sie schwanger ist? Es würde nichts bringen. Eher im Gegenteil.

Er bleibt stehen, sieht Isa in die Augen, zieht sie zu einer freien Bank im Schatten.

Ich folge widerstrebend. Wir setzen uns, Isa und ich starren einer augenscheinlich glücklichen sechsköpfigen Patchworkfamilie - halb mittel-, halb südeuropäisch - hinterher.

Frank ringt die Hände. »Also, diese Frau, Mila, sie wohnt bei dir?«

Na und, will ich sagen. Aber Isa ist ausnahmsweise schneller: »Nicht direkt bei mir«, haspelt sie, »sondern bei einer lieben Nachbarin, über achtzig, gehbehindert. Mila führt ihr jetzt den Haushalt, es geht beiden ganz hervorragend.«

Frank wiegt den Kopf. »Und ich habe mich dauernd gefragt, wohin ihr sie gebracht habt.«

Ich stutze. Isa auch. »Wieso? Wieso hast du dich das gefragt?«

Ein Mann in Treckinggarderobe kommt vorbei und blafft in sein Smartphone, erklärt lauthals, dass er die Nase von irgendwas voll hat und jetzt gleich auflegt, wenn nicht ... Sein Boxer umschnüffelt die Bank, auf der wir sitzen, speziell Franks braune Todds haben es ihm angetan.

Ich halte den Atem an, in der Hoffnung, dass das Tier sein Hinterbein hebt, noch bevor Herrchen reagieren kann. Ich habe Pech. Frank gelingt es, den Boxer zu verscheuchen.

»Ich mag es nicht«, sagt Frank, kaum dass Hund und Herr sich trollen, »dass du dich mit problematischen Menschen einlässt.«

»Mila ist kein problematischer Mensch.«

»Ihr Status ist es aber.«

»Menschen mit Problemen zu helfen, ist mein Job.«

»Man muss emotional Abstand wahren können. Gerade in diesem Beruf.« Er ergreift Isas Hand. Oder ist es meine? Er knetet meine Fingerkuppen mit seinen. Die fühlen sich wie immer eiskalt und feucht an, was bei der Affenhitze ausnahmsweise recht angenehm wirkt. Ich lasse ihn gewähren. Und schicke ein kokettes Schmunzeln unter Isas Florentinerhut hervor. »Willst du mich jetzt rauswerfen?«

Weil er nicht antwortet, beuge ich mich zu ihm und gönne ihm einen Blick in den Carré-Ausschnitt von Isas Etuikleidchen.

Die Nummer klappt. Er lächelt. Und erzählt gestenreich von seiner letzten Unterredung mit Ministerin Obenauer.

Über die nachfolgende Liebesnacht, falls man sie so nennen will, möchte ich lieber den Mantel des Schweigens breiten. Frank hatte es eiliger denn je, aber Isa blieb entspannt, zumal seine Wohnung eine Klimaanlage hat und an seiner Schlafzimmerwand eine originalgroße Reproduktion von Gustav Klimts »Kuss« hängt, in die man sich gut vertiefen kann, wenn man Langeweile hat. – Zu meiner Erleichterung ist der Heiratsantrag ausgeblieben.

Am nächsten Morgen wirkt Frank wieder einsilbig, aber gelassen. Er kutschiert uns mit seinem Angeberschlitten direkt ins KeinZoff, was einige Kids auf dem Weg zur Schule zu einer kleinen Traube zusammenlaufen lässt. Ich achte nicht groß darauf, freue mich auf die Arbeit. Besonders auf Nikos. Doch der hat sich ein paar Tage Urlaub genommen, um mit Freunden an die Nordsee zu fahren. Ohne mir Bescheid zu geben.

*

Die Sommerferien sind um. Bislang erschien es mir ein gutes Zeichen, dass Laura und Sophie sich nicht melden. Wer viel Spaß hat, hat wenig Zeit. Aber jetzt steigen Zweifel in mir auf. Die beiden müssten mir mein Handy zurückbringen, mir zumindest die Nachricht schicken, dass es ihnen gutgeht, oder eben nicht so gut. Schließlich habe ich ihnen das Teil exakt zu diesem Zweck geliehen. Ich befürchte Unheil und durchforste alle E-Mails inklusive Spam, die auf meinem Laptop und die auf dem KeinZoff-Rechner, in der Hoffnung, nur was übersehen zu haben. Finde aber nichts. Zuletzt gucke ich bei Facebook nach, wo ich mich wegen der überhandnehmenden Anstupser lange nicht mehr einloggen mochte. Und entdecke tatsächlich die kryptische PM einer gewissen *Loretta von Ungarn*: »Handy weggenommen. Dorf heißt Zapoly. Muss Schluss ma...«

Ich stutze. Die PM stammt von Laura, keine Frage. Was ist das für ein Ferienheim, in dem man sein Handy abgeben muss? In dem man eine Facebook-PM nicht gepflegt zu Ende schreiben darf? Und wenn Laura Zugang zu einem internetfähigen Rechner hat, weshalb schickt sie keine normale Mail? Weil der Mailausgang kontrolliert wird?

Ich erinnere mich an das Auto, mit dem Laura und Sophie abgeholt wurden. *Juventis GmbH* stand da in geschwungenen bunten Lettern. Prompt finde ich eine Firma dieses Namens im Internet. Der Webauftritt erscheint hochseriös und freigeistig. Was auch sonst? Salbadernd ist da von »ganzheitlicher und am Individuum orientierter Inobhutnahme von Kindern« die Rede, die durch familiäre Krisen »physisch und seelisch erschüttert und daher außerordentlichen Gefährdungen ausgesetzt« seien. Stets werde in »einfühlsamen Gesprächen mit dem Kind ein Konzept nach Maß erarbeitet«, das eine positive Entwicklung »hin zu einer gefestigten Persönlichkeit gewährleistet«. Eine Subseite mit dem Titel »Inobhutnahme im Ausland« merkt an: »In besonderen Fällen wird zum Wohle der Kinder die Unterbringung in abgelegenen und reizarmen Regionen außerhalb Deutschlands durchgeführt, um schädliche Einflüsse fernzuhalten.«

Bin ich ein schädlicher Einfluss? – Ich sortiere meine Gedanken und rufe an, erst bei Juventis, dann beim Fürsorgeamt, frage höflichst nach dem Verbleib von Laura und Sophie Clausen und weshalb sie zu den »besonderen Fällen« zählen, die in »reizarmer Umgebung« untergebracht werden müssen. Man lässt mich beide Male auflaufen. Da ich keine Familienangehörige sei, falle jegliche Information unter Datenschutz. Dass die einzige Familienangehörige der Mädchen, nämlich ihre Mutter, selbst in einer geschlossenen Anstalt hockt, rührt die Zyniker am anderen Ende der Leitung kein bisschen.

Wie kann es überhaupt sein, dass eine Firma, eine stinknormale Firma, sich um die Unterbringung von den Mädchen kümmert? Das wäre doch die Aufgabe der Stadt, müsste sich also nicht das Fürsorgeamt selbst kümmern?

Ich frage Gerald. Der hält mir einen Vortrag über Sparmaßnahmen im sozialen Bereich, über das neoliberale Prinzip der Privatisierung vordem öffentlicher Dienstleistungen und über das große Geschäft, das heute mit der Heimunterbringung von Kindern zu machen ist. Folgerichtig, so erzählt er, habe sich die Zahl der sogenannten Inobhutnahmen in letzter Zeit fast verdoppelt, kämen die Ämter mit ihrer Kontrollaufgabe nicht hinterher … und das alles sei zum Kotzen.

Immerhin kann er mir im konkreten Fall weiterhelfen. Er hat einen guten Draht zu einer Bürohilfe beim Fürsorgeamt. »Eine alte Liebe«, erklärt er.

Die alte Liebe erweist sich als zwanzig, Studienabbrecherin und sehr beherzt. Nach wenigen Stunden kommt heraus, dass laut interner Akte beide Schwestern unter einer *Persönlichkeits-Entwicklungsstörung Kennziffer F60.2* litten und zur geschlossenen Heimunterbringung empfohlen worden sind.

»F-was?«

Gerald klärt mich auf: »F60.2 verweist auf antisoziales Verhalten. Die beiden gelten als schwer erziehbar.«

»Was 'n Quatsch!«

»Wundert mich ja auch, kenn sie ja, die zwei. Aber irgendwas müssen sie angestellt haben. Die Leute vom Fürsorgeamt können so eine Diagnose nicht einfach erfinden. Für die Unterbringung in einem geschlossenen Heim braucht man ein psychiatrisches Gutachten.«

»Dann haben die Psychiater eben geschlampt. Soll ja vorkommen«, sage ich. Und denke im Stillen an den Fall Gustl Mollath. Der Mann saß sieben Jahre zu Unrecht in der Klapse. Da Isa auf das Thema Psychiater allergisch reagiert, breche ich die Diskussion ab.

Habe ich nicht Laura und Sophie mein Ehrenwort gegeben, sie aus einer unbehaglichen Unterkunft zu befreien? Gar nicht lange her. Nach einer durchgrübelten Nacht kapere ich den KeinZoff-Bus (meinen Kollegen klebe ich ein freundliches Post-it an die Küchentür) und fahre los. Obwohl mir davor graust, die fast zweitausend Kilometer hin und zurück mit einem Fiat Ducato von 2001 bewältigen zu müssen – bei meiner defizitären Fahrpraxis. Ein gewisser Trost: Am Ende dieser Reise werde ich Routine genug haben, um es mit jedem Gefährt auf jeder Strecke aufzunehmen. Isa, die ewige Bedenkenträgerin, lasse ich zu Hause. Es gibt Dinge, die ich lieber allein durchziehe.

Zapoly liegt zwanzig Autominuten südlich des Balaton, wie die Ungarn ihren Plattensee nennen. Es hat sagenhafte fünfhundert Einwohner, die meisten davon recht betagt. Touristen verirren sich kaum in das schmucklose Nest. Bei meiner mal auf Russisch, mal auf Englisch gestellten Frage nach einem Heim für Mädchen zeigen sich die Menschen peinlich berührt und gehen weiter. Ja, ja, es gebe eines, leider, sagt schließlich eine alte Frau mit schwarz gefärbten Zottelhaaren. Sie verweist mich an den östlichen Ortsrand.

Hinter verrosteten hohen Gittern und einer wuchernden Hecke, die kaum Einblick zulässt, duckt sich ein schäbiger Kasernenbau mit augenscheinlich maroden Fenstern. Das zweiflügelige Tor, Ausfahrt zu einem schmalen Asphaltweg, an dem keine zwei PKW aneinander vorbeifahren könnten, gibt sich hermetisch geschlossen. Die Klingel scheint aus den 50er Jahren zu stammen, ein Türschild fehlt. Dieses »Heim« hat offenbar nicht mal einen Namen.

Es ist fast Mitternacht. Ich trolle mich fürs Erste und stelle den Ducato auf einem nahen Waldweg ab (gut versteckt, denn seine tiefblaue Karosserie mit der cremegelben Aufschrift »KeinZoff – Evangelische Jugendinitiative« springt schon von Weitem ins Auge), bette mich auf die Luftmatratze im Laderaum und schlafe trotz der Mücken wie ein Baby. Mein Frühstück am nächsten Morgen besteht aus dem Rest eines McCafé-Schokotörtchens, das ich mir unterwegs geleistet habe, und zwei, drei Schlückchen lauwarmer Cola.

Im Morgengrauen versuche ich, mit Laura und Sophie Kontakt aufzunehmen, umrunde das Anwesen, zirpe auf meiner Maultrommel die Marseillaise und spähe durch die Büsche. Nichts zu sehen. Aber dann ist was zu hören, ein feines Maultrommelecho. Nicht die Marseillaise, eher so was wie *Leise, Peterle, leise …* Ich verkneife mir einen Jubelschrei, warte bis Punkt neun, um mich zu dem martialischen Tor ohne Schild zu begeben, und drücke die Klingel.

Ein Mann schreitet betont langsam auf mich zu, er ist mindestens Mitte fünfzig, grauhaarig und mager, aber groß und breitschultrig genug, um mir einen gewissen Respekt abzufordern. Das Walkie-Talkie in seiner Hand lässt tatkräftige Verstärkung im Off vermuten.

»Hello«, sage ich so freundlich, wie es mir möglich ist. »I would like to visit Laura and Sophie Clausen.«

»No Englisch«, sagt er und wendet sich zum Gehen.

Ich gebe nicht auf, nenne nochmals die Namen der Mädchen.

»Relative?« Aha, er kann doch Englisch.

»Yes«, zwitschere ich, »I'm their …«, verdammt, was heißt Tante, »… aunt.«

Er scheint mir zu glauben, bedeutet mir zu warten, schaltet sein Walkie-Talkie an und verschwindet.

Eine knappe Viertelstunde später erscheint die Frau mit der eisgrauen Fünfzigerjahre-Frisur und dem unaussprechlichen Namen, die die Mädchen vor drei Wochen mit dem alten VW-Bus geholt hat. Sie tritt nicht etwa aus dem Tor, sondern braust in einem schnuckeligen weißen Mazda auf dem Asphaltweg hinter mir heran, hält an, steigt aus und faucht: »Was machän Sie hier?«

Ohne meine Antwort abzuwarten, erklärt sie, dass sie die Leiterin des Heimes sei. Hier befänden sich Kinder in Obhut, die aus gutem Grund aus ihrem bisherigen Umfeld entfernt worden seien. Nur Verwandte hätten Besuchsrecht, und diese auch nur aus zwingendem Anlass. Sie hat die Sätze auswendig gelernt, so ungeniert und laut, wie sie in gerade noch verständlichem Deutsch radebrecht. »Von Tantä«, fährt sie fort, »nichts wissen. Äääntschuldigung!«

Der dürre Hüne lehnt unterdessen am Tor und säubert seine Fingernägel mit der Klinge eines Hirschfängers. Ich überlege angestrengt, bei wem ich diese Geste schon einmal gesehen habe.

»Ich komme im Auftrag des Fürsorgeamts«, behaupte ich.

»Ach?« Sie grinst spöttisch, fragt, wer mich denn hergeschickt hat.

Ich ärgere mich über mich selbst. Den Namen des unwilligen Amtsmitarbeiters, mit dem ich telefoniert habe, hätte ich mir durchaus merken können.

»Tut mir sähr Leid, Frau … äh …« Sie will zurück zu ihrem Auto.

Da fällt mir was ein. »Ich habe Laura Clausen mein Handy geliehen, damit sie mich anrufen kann. Sie darf es in diesem … äh … Heim ganz offensichtlich nicht verwenden. Deshalb fordere ich es nun zurück.«

Sie fährt herum, ihre Augen blitzen.

Ich lasse meine gehörig zurückblitzen.

Sie öffnet die schmalen Lippen, als ob sie mich erneut ankeifen wolle, hält inne, gibt dem Hünen ein mir unverständliches Kommando, das ich mir hoffnungsvoll so übersetze: *Hol das verdammte Ding und schmeiß es dieser Tussi hinterher.*

Sie steigt in ihr weißes Gefährt, wendet und braust davon. Der Lange verschwindet über eine Betontreppe im Portal des Hauptbaus, bringt mir nach wenigen Minuten tatsächlich das alte Gerät. Es könnte heute als Seniorenhandy gelten: klobig, hässlich, aber äußerst funktional.

Mein Mittagessen ist das opulenteste seit Tagen. Im Dorf habe ich für nicht einmal zwei Euro drei frische Weizenbrötchen, hundertfünfzig Gramm Hartkäse und ein Kilo Fleischtomaten erstanden. Zum Nachtisch pflücke ich mir am Waldrand ein paar Brombeeren. Auf einer Anhöhe finde ich eine Haltemöglichkeit, von wo ich das Tor zum Heim im Auge behalten kann. Meine Handys haben keinen Empfang, beide nicht, und ich verfluche die Entscheidung, mir den billigsten Netzanbieter ausgesucht zu haben. Eine Weile lang grübele ich, ob es nicht besser wäre, am nächsten Morgen nach Hause zu fahren und Hilfe zu organisieren. Vom KeinZoff aus kann ich vielleicht mehr für Laura und Sophie tun als vor Ort.

Die frische Luft, der volle Bauch und die fortwährend kreisenden Gedanken machen mich müde. Ich nicke schon wieder ein. Und schlafe, bis mich ein leises, anhaltendes Geräusch weckt, mal an-, mal abschwellend, ein Tumult in der Ferne. Ich rapple mich von meinem Lager und spähe durchs Geäst eines Holunders. Tatsächlich ist am Tor des Heims einiges los. Der VW-Bus, den ich bereits kenne, steht mit offenen Türen da. Gestalten laufen her und hin, beladen ihn, Mädchen in hellen Gewändern (mit meinem Feldstecher identifiziere ich Bademäntel) steigen nacheinander ein. Ob Laura und Sophie dabei sind, kann ich nicht erkennen. Doch ich hüpfe in meinen Ducato und folge dem VW-Bus in gesichertem Abstand. Leider verliere ich ihn, irre eine Weile durch Felder, Wälder und ruinenbestandene Dorfstraßen … Dann werde ich fündig. Aus einem schmutziggrauen Altbau dröhnt Musik. Der VW-Bus parkt neben dem Eingang.

Vor lauter Finderglück stürme ich ungeniert hinein. Niemand achtet auf mich, außer einem pickelnarbigen jungen Mann mit Krawatte, der als Türsteher und Ticketverkäufer gleichzeitig fungiert. Sechzig Cent will er haben. Ich lege ihm siebzig hin.

Die Veranstaltung ist schon im Gange. Auf der Bühne zeigt man einen dilettantisch einstudierten Showtanz zur Musik von den Rumors. Von Weitem erkenne ich Laura und Sophie. Zusammen mit sechs weiteren Mädchen hüpfen, tänzeln und paradieren sie in schneeweißen Plüschmäntelchen und Turnschlappen nach einer wenig raffinierten Choreographie umeinander und reißen die geschminkten Münder auf, so, als sängen sie selbst: »There's a rumor going 'round about youuuu …« Die Röckchen ihrer Kostüme wippen außer Takt. Am Ende der Nummer applaudiere ich frenetisch und anhaltend, so wie alle anderen rund vierzig Zuschauer im Saal.

In der ersten Stuhlreihe erspähe ich den eisgrauen Schopf der Heimleiterin und bevorzuge einen Sitzplatz weit hinten, nahe dem Ausgang.

Es folgt ein weiterer Auftritt der Truppe mit bunten Puscheln zu Jennifer Paiges »Crush«, dann einer mit Fähnchen aller möglichen Nationen zu DJ BoBos »Pray« (wobei Deutschland nicht vertreten ist, dafür Österreich gleich zweimal).

Pause. Ich halte nach meinen Schützlingen Ausschau, doch die sind, zusammen mit der ganzen Truppe, in einem Nebenraum verschwunden. Also harre ich auf meinem Sitzplatz aus.

Ein Moderator mit Mikrophon tritt auf, plaudert mit sonorer Stimme, schreitet dabei die Bühne ab, streicht sich gelegentlich übers schwarze, straff nach hinten frisierte Haar. Alle zwei, drei Sätze macht er eine Kunstpause für das derbe Gelächter, das wie auf Kommando aus dem Saal grölt. Ich bin froh, rein gar nichts zu verstehen.

Die Vorstellung geht weiter, nun aber anders. Sehr anders. Die Mädchen treten einzeln zu einer Playback-Show auf, vom Moderator jeweils namentlich angekündigt, jede zu einem einschlägigen Popsong. Statt der Bademäntelchen tragen sie aufwändig umdekorierte Turnanzüge, fast immer eine Nummer zu klein. Tüll und Glitzerkram, Rüschen, Fransen und Bommeln betonen mehr als sie kaschieren.

Aus den ersten Stuhlreihen haben sich unauffällig Männer geschält und in den Gängen aufgebaut. Unentwegt fotografieren und filmen sie mit iPads und Smartphones. Langsam aber stetig tröpfelt es mir in den Kopf, dass dies keine harmlose Showtanzveranstaltung sein kann. Sondern ein Casting. Für wen? Für was?

»Laura Klausän«, kündigt der Moderator an. Und schon erscheint sie. Mit viel rotem Tüll um Brust und Po, das schwarze Haar aufgesteckt und mit einem Glitzerband gehalten. Schmalschultrig und mit gesenktem Kopf stellt sie sich in der Bühnenmitte auf und verpatzt ihren Einsatz. Moderator und Publikum lachen gnädig, sie darf noch mal.

Laura reißt – diesmal etwas zu früh – den knallrot bemalten Mund wie zu einem Schrei auf, kratzt sich, während sie mit der linken Hand gestikuliert, fortwährend mit dem rechten Zeigefinger am Hals, am Ohr, am Bein, stakst in ihren Riemchenstilettos auf und ab, gerät dabei immer weiter an den linken Bühnenrand. Derweil schmachtet Marianne Rosenberg vom Band.

Sie ist ein verdammt schlaues Kind, meine kleine Laura. Gibt den Tollpatsch, weil sie ahnt, was hier gespielt wird. Sie will nicht gewinnen bei diesem Wettbewerb, auf keinem Fall will sie gewinnen. Den spärlichen Applaus des Publikums nimmt sie mit einem hölzernen Knicks entgegen und verschwindet stolpernd hinter der Bühne. Ich halte mir die Hand vor den Mund, um nicht lauthals zu lachen. Und warte auf Sophie.

Sophie ist als Letzte an der Reihe. Nach einem ersichtlichen Plan: Man hat sie zum Star des Abends gekürt. Und leider gibt sie, was sie kann. Mit breitem Lächeln und weit ausgebreiten Armen tritt sie auf die Bühne, als wolle sie ihr Publikum einladen, zu ihr heraufzukommen. Perfekt bewegt sie die Lippen zur Stimme von Taylor Swift, schnickt ihre schillernd schwarze Mähne, lässt Po und Hüften kreisen, ihr Tüllröckchen auffliegen, damit jeder im Saal erkennen kann, wie hübsch sie gebaut ist …

Plötzlich erspähe ich Laura vorn im Gang, gleich neben der Bühne, wieder in ihren Bademantel gehüllt. Mit bedrückter Miene verfolgt sie den Auftritt der jüngeren Schwester. Ich husche, mein Smartphone vorm Gesicht, auf sie zu, zupfe sie am Ärmel. Es soll so aussehen, als stehe sie meiner Aufnahme im Weg.

Sie fährt herum, ihr Überraschungsschrei wird zum Glück von der lauten Musik verschluckt.

»Ich bin mit dem Auto da. Wir schnappen uns Sophie und hauen ab«, raune ich ihr zu.

Sie reißt die Augen auf, lächelt, erst ein wenig skeptisch, dann entschlossen: »Okayyy«.

Ich sehe mich nach der Heimleiterin um. Die spricht auf einen Mann mit weißem Seidenschal und graublondem Mozartzopf ein, der seinerseits in sein iPad vertieft zu sein scheint.

Sophies Auftritt nähert sich dem Ende. Sie hebt die Arme, hebt den Kopf, um dem Schlussakkord gehörig Ausdruck zu verleihen. Dann verbeugt sie sich, schickt Kusshändchen in den Saal, verlässt geziert die Bühne und stöckelt eine seitliche Treppe hinab. Laura geht ihr entgegen, hüllt sie in einen Bademantel und flüstert ihr etwas zu.

Sophie dreht sich um, ihr Blick trifft mich. Sie freut sich sichtlich, mich zu sehen. Noch. Ich mache eine schnickende Kopfbewegung in Richtung Foyer und gehe voran. Beide folgen mir einmütig, bis wir den pickelnarbigen Kartenverkäufer erreichen, der stehend und mit gerecktem Hals den erneuten Auftritt des Moderators verfolgt, lacht und klatscht. Da greift Laura ihre Schwester am Arm und zieht sie mit sanfter Gewalt nach draußen.

Sophie stutzt, windet sich, wehrt sich, verliert ihre Pumps.

»He, stop!«, ruft der Mann, will hinterherrennen.

Ich erwische ihn am Hosenbund, er stolpert, fängt sich, starrt mich ungläubig an. Es tut mir ernsthaft leid, dass ich diesem Menschen, der zweifellos der Kategorie armes Schwein angehört, wehtun muss. Bevor er seine krude Chefriege zusammentrommeln kann, ramme ihm mit verhaltener Power mein Knie in den Schritt und haue ihm keine Viertelsekunde später meine Handkante an die Schläfe. Er geht stumm zu Boden. Mein neuer Karatekurs für Anfänger ist sein Geld wert.

Ich sammle Sophies verlorene Stöckelschuhe ein (sie könnten als Beweisstücke gelten) und öffne beim Hinausrennen den Ducato-Bus per Fernbedienung. Laura packt die protestierende Sophie, schubst sie auf den Rücksitz, schreit was von Kinderschändern und gebietet ihrer Schwester mit der Tonlage einer altpreußischen Lehramtsanwärterin, endlich still zu sein.

Sophie, der festen Überzeugung, dass damit ihre Entdeckung als künftiger Bühnenstar ein für alle Mal verwirkt ist, weint herzzerreißend.

Ich gebe Gas, rase durch das sonntagabendlich ausgestorbene Dorf auf die Landstraße Richtung Grenze, als hätte ich ein Porschegetriebe unterm Hintern.

Falls uns jemand gefolgt sein sollte, hängen wir ihn an der Schwelle zu Österreich endgültig ab. Dort halten Grenzposten, auf der Jagd nach illegalen Einwanderern, Fahrzeuge mit ungarischem Kennzeichen an – während sie unseren unverkennbar deutschen KeinZoff-Bus mit nervösem Handwedeln weiterdirigieren. Sicherheitshalber meide ich dennoch die Hauptstrecke, zuckele über Land- und Dorfstraßen nach Hause.

Kilometer um Kilometer frisst sich der Ducato durch die Nacht. Die Leuchtbarken rechts und links der Landstraße versinken im Griesegrau des Horizonts. Büsche flankieren meinen Weg wie Kobolde auf der Lauer, Kirchturmsilhouetten recken mahnend ihre Finger. Die Mädchen schlafen. Und eine innere Stimme meldet sich: Was hast du da gemacht! Zwei Kinder hast du entführt, aus der sicheren Obhut eines geschlossenen Heims geholt. Und jetzt? Bugsierst du sie über einsame Landstraßen. Bist du bekloppt? Was war das schon für eine Veranstaltung? Ein kleiner Spaß! Die meisten Mädchen haben freiwillig mitgemacht. Und dass die ein oder andere sich etwas aufreizend gekleidet hat, sich etwas lasziv bewegt hat – na und? Sie sind in der Pubertät, sie wollen sich nur ein bisschen ausprobieren. Du denkst gleich an das Schlimmste, an Kinderpornos, an Kinderschänder.

Was ist, wenn euch an der nächsten Tankstelle jemand überfällt? Die Mädchen vergewaltigt? Dich? Nein, dich unscheinbare vertrocknete Schrippe werden sie nicht anrühren. Doch sie werden dir eine Kugel in den Kopf schießen, damit du Ruhe gibst. Sie werden deine Leiche zerstückeln und vergraben, damit dich niemand …

»Halt's Maul, Isa!«, brülle ich in mich hinein.

Aber es ist nicht Isa. Die sitzt zu Hause und drückt uns dreien – ich spüre es jetzt – die Daumen. Nein, in meinem Kopf hockt eine verdammte alte Hexe, der ich niemals die Oberhand einräumen werde. Nie im Leben. Trotzdem danke ich ihr. Sie hat mit ihrem Geschwätz für massig Adrenalin in meinen Adern gesorgt. Ich bleibe wach und fahre und fahre.

Beim Fürsorgeamt rennen wir offene Türen ein. Die Frau im Vorzimmer ist schockiert von meinem Bericht und führt uns ohne Umschweife zum Amtsleiter, der wundersamerweise nicht nur anwesend ist, sondern sogar die Zeit hat, uns zu empfangen. Er heißt Benjamin Baumann, hat einen sonnengebräunten Teint, angegraute schwarze Löckchen, eine grünkarierte Krawatte und eine sonore Stimme.

Ich stelle ihm meine Schützlinge vor (die beide gut zwei Jahre jünger wirken als sie sind) und zeige ihm die Aufnahmen auf meinem Smartphone. Bei Tageslicht und ohne Ton erscheint der Tingeltangel in den aufgemotzten knappen Bodys unverhohlen als Material für Pädophile.

Baumann schüttelt indigniert den Kopf. Er werde sich sofort mit der Heimleitung in Verbindung setzen, er werde eine Erklärung verlangen, er werde …

Laura unterbricht ihn, leise, aber bestimmt. Sie macht eine Andeutung, die auch für mich neu ist und die mir die Spucke raubt: »Im Heim erzählen sie, dass es solche Shows öfter gibt. Doch nur für die hübschen und schlanken Mädchen. Und jedes Mal würden Tage später welche von denen für immer verschwinden. Ist doch komisch, oder?«

Baumanns sonnenbraunes Gesicht bekommt eine pastellige Nuance. »Wer erzählt das?«

»Na, ein paar Mädchen im Heim halt.«

»Die, die nicht auftreten? Hinter solchen Gerüchten stecken vermutlich Neidgefühle … Egal, diese Shows müssen aufhören. Ich kümmere mich darum. Und …«, er ringt die Hände, »um einen anderen Heimplatz für euch beide kümmere ich mich sofort.«

Er bittet uns, im Foyer zu warten, wo uns die Sekretärin mit ein paar Schnittchen und Bionade versorgt. Tatsächlich erfahren wir keine Stunde später: Laura und Sophie haben ein neues Zuhause, sogar ganz in der Nähe. »Der Martinushof im Heinrichwingertsweg ist ein hervorragend geführtes Haus«, versichert Baumann und streichelt seine grünkarierte Krawatte.

*

Versteh eine die Männer! Keiner hat Zeit für uns. Frank hockt sich in seinen Parteisitzungen den Hintern platt, Nikos hat den in die erste Bundesliga aufgestiegenen SV Darmstadt 98 für sich entdeckt, und Gerald steuert Seite vierzig seiner Doktorarbeit an. Bliebe Jegor, doch der schwirrt am liebsten im Internet herum. Vielleicht sucht er dort eine neue Freundin.

Isa und ich langweilen uns und klingeln am Abend bei Anneli und Mila, wollen vorschlagen, zusammen Aktenzeichen XY zu gucken. Niemand öffnet. Wir klingeln und klingeln. Sie müssten da sein, beide. Ich trommele gegen die Tür, brülle ihre Namen. Eine schreckliche Ahnung durchzuckt mich wie ein Stromstoß. Ich hechte die Treppe hinauf, zurück in unsere Wohnung, rufe Nikos an, er verspricht, gleich zu kommen. Dann wähle ich die 110.

Mit dem Polizeibeamten ergeht es mir wie oft bei Behördenmitarbeitern: Er stellt mir ein paar freundliche Fragen, demonstriert Serviceorientierung – und will mich abwimmeln.

Nicht, dass das jetzt an meinem Selbstbewusstsein nagen würde. Aber ich fürchte, dass ich im Umgang mit öffentlichen Bediensteten eine Nummer zu lasch auftrete. Das liegt garantiert an dem letzten Rest Isa in mir. Ich beschließe, offensiver zu sein und zu lügen, was das Zeug hält: »Sind Sie taub oder sonst wie überfordert?«, brülle ich in den Apparat. »Ich mache mir Sorgen. Die alte Dame hat sich einen Sehnenriss zugezogen und ist mega gehbehindert. Ohne Hilfe kommt sie nicht aus dem Haus. Man muss dringend nachgucken. Haben Sie das jetzt kapiert? Oder soll ich's Ihnen buchstabieren?«

Ich höre, wie der Typ am anderen Ende der Leitung nach Luft und mit den Nerven ringt. »Nun beruhigen Sie sich mal, junge Frau. Fragen Sie erst mal die Angehörigen oder die übrigen Hausbewohner. Wenn ihre Nachbarin verletzt ist, hat vielleicht jemand sie zum Arzt gefahren oder zu sich eingeladen.« Seine Stimme klingt samten. Ich nehme an, er hat sein Deeskalations-Seminar mit Note »sehr gut« bestanden.

Ausgeschlossen, will ich antworten. Doch mir fällt kein Argument ein, das so viel Entschiedenheit gerechtfertigt hätte. Und auf Mila als Wohngenossin kann ich schlecht verweisen. »Okay«, sage ich, »ich telefoniere jetzt überall rum. Aber wehe Ihnen, wenn dadurch wertvolle Zeit vergeht, in der wir Frau Huesmann hätten retten können. Dann verklage ich Sie wegen unterlassener Hilfeleistung.«

Der Typ ist so abgebrüht, dass er wortlos auflegt.

Die Nummer des Enkels finde ich rasch heraus. Er hat zwar einen Schlüssel zu Annelis Tür, wohnt nur leider im Odenwald. Er verspricht, »so schnell wie möglich« zu kommen und gleich einen Schlosser mitzubringen für den Fall, dass von innen verriegelt ist.

Annelis Enkel ist Ende dreißig, nicht groß, doch drahtig, hat eine Viertelglatze und eine kleine von Mitessern bewohnte Nase wie Anneli sie hat. Obwohl er Eigentümer des Hauses ist, bekommen ihn die Mieter kaum zu Gesicht, er bevorzugt Mailverkehr. Sein »Schlosser« dürfte im Rentenalter sein, schleppt seine Gerätschaften aber behände.

Beide sehen ernst drein, begrüßen Nikos und mich mit kurzem Kopfnicken. »Also denn ...«, sagt der Enkel, betupft sich die Stirn mit einem Taschentuch und steckt seinen Zweitschlüssel ins Schloss. Die Tür springt auf, der mir inzwischen vertraute Geruch nach Möbelpolitur empfängt uns.

»Da stimmt was nicht«, sage ich, »sie legt immer den Riegel vor.«

Der Enkel schweigt, knipst das Flurlicht an, folgt dem Läufer mit dem beige-braunen Würfelmuster in Richtung Wohnzimmer und ruft ein paarmal »Omi«, ein Name, der in meinen Ohren kein bisschen zu der resoluten Anneli passt, und eine

Sekunde lang glaube ich, dass sie darauf nicht antworten würde, selbst dann nicht, wenn sie erstens hier und zweitens wohlauf wäre.

Nikos und der Schlosser bleiben pietätvoll in der Wohnungstür stehen. Ich halte die Anspannung nicht aus und folge dem schweißnass glänzenden Nacken des Enkels. Im Wohnzimmer brennt Licht, doch niemand ist da. Nur Klitschko, der mich stumm beäugt. Ich schaue in alle Zimmer, zu denen die Türen offen stehen – auch in das von Mila. Ich schalte die Deckenlampe ein, lasse meinen Blick auf die ordentlich drapierte Liege, die staubfreien alten Möbel und Teppiche huschen: Milas Werk, aber keine Spur von ihr. Der Enkel steuert das Schlafzimmer an, ich hefte mich an seine Fersen. Die Tür ist zu.

»Omi«, ruft er, atmet tief durch und drückt die Klinke.

Das Zimmer ist dunkel, im Lichtstrahl, der mit uns aus dem Flur dringt und unsere Schatten gespenstisch auf die geblümte Tapete wirft, erkennen wir deutlich Anneli in ihrem Bett. Ausgestreckt liegt sie da, die Lider geschlossen. In ihren blauen Hausanzug ist sie gekleidet, als habe sie nur ein wenig ruhen und dann wieder aufstehen wollen. Ihre Haut scheint so weiß wie das Bettzeug. Mir wird eiskalt vor Entsetzen und Trauer. Isa schluchzt, muss sich am Türrahmen festhalten.

Der Enkel tritt an Anneli heran, befühlt ihre Stirn mit ausgestrecktem Arm, als suche er Anzeichen von Fieber, ohne sich mit einem lästigen Virus anstecken zu wollen. »Friedlich eingeschlafen«, erklärt er, senkt den Kopf und faltet die Hände.

»Glaube ich nicht«, sagen Isa und ich wie aus einem Mund. »Sie legt sich tagsüber nie ins Bett, um sich auszuruhen, allenfalls auf die Wohnzimmercouch. Und hört dabei Operetten. Sie ist umgebracht worden.«

»Es gibt keine Spuren von einem Einbruch«, sagt der inzwischen eingetretene Schlosser in fachmännischem Ton und lässt sich in einen Sessel im Wohnzimmer fallen. Nikos steht mit dem Rücken zu uns am Fenster und schweigt.

Der Enkel schürzt die Lippen. Ich schätze, er wäre uns gerne los. Der Höflichkeit halber muss er uns ertragen, schließlich haben wir ihn informiert. Er begnügt sich damit, uns zu ignorieren und ruft den ärztlichen Notdienst an.

Abwartend flaniert er durch die Wohnung, sieht sich um. Bestimmt ist er seit Wochen nicht mehr zu Besuch gekommen. Ob er bemerkt, dass hier noch jemand gewohnt hat?

Nein, er bemerkt nichts. Aber ich. Auf der kleinen Veranda zum Garten ist ein Wäscheständer aufgebaut und dort hängt – zwischen zwei halbtrockenen Sofakissen und einer altmodischen Schalkragenbluse – ein lindgrünes Hidschab-Teil mit Fransen. Ich erinnere mich mit Grausen daran, es im Schweiße meines Angesichts selbst getragen zu haben.

»Da«, sage ich, reiße es von der Leine und schwinge es wie eine Trophäe. »So ein Kopftuch hatte Anneli nie auf. Hier muss jemand gewesen sein. Rufen Sie die Polizei!« Inzwischen wäre es mir vollkommen recht, wenn man Mila als mutmaßliche Mörderin Annelis suchen würde. Hauptsache, man sucht sie überhaupt.

Der Enkel betrachtet das Ding aus verengten Lidern. »Das ist kein Kopftuch, sondern eine Kommodendecke. Meine Großmutter mochte solche Dinge.« Er lässt uns stehen.

Ich könnte ihn erschießen, diesen Mann. Da fällt mir unvermittelt die Beretta ein. Die haben wir in Milas Zimmer versteckt, in der untersten Schreibtischschublade.

Als der Arzt kommt und die Aufmerksamkeit aller auf sich zieht, schleiche ich mich hin, ziehe leise die Lade auf. Drinnen liegt, ordentlich gefaltet, die hellblaue »Kommodendecke«, in die wir die Pistole gehüllt hatten. Weg ist sie. Mir laufen die Tränen.

Der Arzt lässt sich Zeit. »Ihre Frau Großmutter ist tot«, sagt er schließlich zum Enkel gewandt.

Das haben wir uns zwar schon gedacht, trotzdem schnappen Enkel, Schlosser und ich wie auf Kommando nach Luft.

»Woran ist sie gestorben?«, frage ich, weil ich nicht aufgebe. Ich gebe nie auf.

»Herzversagen. In diesem Alter die häufigste Todesursache.«

»Sie haben keinen Zweifel? Kommt nicht auch ... Fremdverschulden in Betracht? Ein Gift? Ersticken?«

Er starrt mich an, als ob er an meinem Verstand zweifle.

Der Enkel atmet hörbar durch und bittet uns alle, »ja, Sie alle«, ihn jetzt mit seiner Trauer allein zu lassen. Den Schlosser weist er an, er möge seine Taxikosten mit auf die Rechnung setzen, dann geleitet er uns mit ausgebreiteten Armen wie eine Schar Gänse zur Tür hinaus. Ich bin überzeugt, dass er klammheimlich ein paar Wertgegenstände sichern will.

Im Treppenhaus werfe ich mich Nikos an die Brust und schluchze. »Die haben diese harmlose alte Frau umgebracht. Was haben die jetzt mit Mila vor?«

Er starrt an mir vorbei ins Leere. Sagt nichts. Kein Wort. Und schüttelt den Kopf, als ich ihn bitte, mit mir nach oben zu kommen.

Kann es sein, dass er mich über hat? Kann es sein, dass er mich mit Isa verwechselt? – Womöglich bin ich an einem Tag wie diesem nicht mehr ich. Sondern einzig und allein Isa?

5. ISABELL

Anneli ist tot, Mila ist entführt, Billie und ich hängen mit rotgeheulten Augen auf der Couch. Wenigstens Klitschko ist gerettet und guter Dinge, putzt sein Gefieder, knabbert und kotet unentwegt. Annelis Enkelsohn hat ihn uns gebracht – samt Käfig, einem Kilo Wellensittich-Spezialfutter und dem Versprechen, sich »bei Gelegenheit« erkenntlich zu zeigen. Selbstverständlich habe ich eingewilligt, die Pflege zu übernehmen und einen fensternahen Platz im Wohnzimmer für ihn eingerichtet. Man ist ja tierlieb. Und womöglich kann ich – *bei Gelegenheit* – eine Monatsmiete schuldig bleiben.

Billie grübelt seit Stunden vor sich hin.

»Na, ist es jetzt aus mit deinen frechen Sprüchen und deinem Aktionsdrang?«, frage ich.

»Halt die Fresse, sonst trete ich dir rein!«

»Das versuch mal.«

Nach einer Weile peinlichen Schweigens (nur Klitschko keckert leise) hole ich mein Strickzeug aus dem Regal, setze mich neben Billie und zähle die Reihen des halbfertigen Strampelsäckchens, das Milas Baby bekommen sollte. Nein, bekommen *soll*. Zuversicht ist jetzt alles. »Achtunddreißig, neununddreißig, vierzig …«

Billie ist genervt.

Ich stricke weiter und hänge stumm meinen Zweifeln an der Existenzberechtigung meines Doubles nach.

»Ich will nichts verkehrt machen, kapierst du«, sagt sie, als ich auf der Höhe des Armausschnitts ankomme.

Besonnen und kooperativ, wie ich von Natur aus bin, lasse ich mein Strickzeug sinken und lenke ein. »Wir dürfen nichts überstürzen«, sage ich. »Die Zuhälter werden Mila nicht umbringen, genauso wenig, wie sie und die anderen Stall-Mädchen umgebracht haben, jede Wette. Erstens sind sie ihnen lebendig wertvoller. Zweitens kann man Leichen nicht so leicht verstecken wie Lebende, weil sie fürchterlich stinken, während sie verwesen, hundert Meter weit. Und wenn sie zerstückelt werden, hinterlassen sie eimerweise Blut.«

»Was siehst du denn für Horrorfilme, dass du so was weißt?«

Ich konzentriere mich auf den Armausschnitt, vier abheben, eins rechts, eins links. Auf unsinnige Anwürfe muss man nicht eingehen. Meine Meinung.

»Däumchen drehen dürfen wir jedenfalls nicht«, sagt Billie und rupft mir das Strickzeug samt Nadeln aus den Fingern. »Du musst Frank einschalten, ihm alles erzählen, ihm sagen, dass er seine Ministerin aktivieren soll. Die könnte der Polizei mal den Marsch blasen, dass sie eine Razzia macht. Zu irgendwas müssen seine Beziehungen doch gut sein. Also los, geh hin. Kleiner Überraschungsbesuch.«

»Ich?« Mein Blick trifft meine Handarbeit. Die Maschen sind gefallen. Ich erhebe mich.

»Ich komme mit. Inkognito«, sagt Billie.

Inkognito? Soll das ein Witz sein? Ich traue mich sowieso nur inkognito aus dem Haus. Und habe keine Idee mehr, mit welchen Utensilien ich mich noch verkleiden, bemalen, ausstaffieren könnte, um einer Mafia zu entgehen, die vielleicht hinter uns her ist und in dem Fall garantiert alle unsere Maskierungen kennt.

Alle? Nein, ich versuche es mit dem wie es scheint letzten mir zur Verfügung stehenden Mittel: meiner altgedienten Tarnkappe, meiner Unsichtbarkeit. Weite Jeans mit Gesundheitssandalen, beigefarbenes T-Shirt, kein Make-up, nur auf das Muttermal über der Augenbraue verteile ich einen Klacks Camouflage. Meinen roten Bob bändige ich mit Haarpomade und einem muslimischen »Untertuch«, das lässig drapiert als Beaniemütze durchgehen könnte und tupfe braune Schuhwichse auf den Haaransatz. Ich begutachte mich im Spiegel und bin zufrieden. Sehr zufrieden.

Billie auch. »Ich sehe dich selbst kaum.«

Das Elisabethenhaus zeigt sich heute Vormittag besonders einladend. Ein Bus aus München ist unmittelbar vor mir eingetroffen. Rund dreißig Männer und vier Frauen, alle in mittlerem Alter und mit müden Gesichtern (sicher haben sie bereits den Besuch der berühmten Darmstädter Passiv-Reihenhäuser in der Elisabeth-Selbert-Straße hinter sich), warten vorm Eingang darauf, dass eine Art Fremdenführer auftaucht und ihnen die Architektur dieses Nullenergiehauses erklärt, das internationale Maßstäbe setzt, wie man sagt.

Billie schlägt vor, dass ich mich in den Pulk mogele. »Auf diese Weise umgehst du den Pförtner, und Franks Verblüffung ist perfekt.«

Es klappt. So wie vor meiner Metamorphose zum roten Asphaltengel nimmt kein Mensch von mir Notiz. Auch nicht, als ich mich von der Besuchertruppe entferne und die Treppe zum ersten Stock nehme.

Die Tür zu Franks Vorzimmer steht weit offen, ich will eintreten, da stoppt mich der Anblick einer nicht unattraktiven Endfünfzigerin in kariertem Blazer, engen Jeans und chinablauen Sneakern. Sie beugt sich im Stehen über den Schreibtisch, fixiert den Monitor und tippt auf die Tastatur ein. Unwillig sieht sie auf, als ich in den Türrahmen trete, und mustert mich abschätzig.

»Liebmann, guten Tag, ich möchte zu Herrn Hölzel. Sie sind seine Sekretärin?«

Sie lächelt dünn. »*Nur* seine Vorgesetzte. Trotzdem kann ich Ihnen verraten, dass er heute frei hat. Kommen Sie morgen wieder.«

»Oh, pardon, ich dachte, weil Sie am Schreibtisch seiner Sekretärin …«

»Er hat seit Jahren keine Sekretärin mehr. Die Stelle habe ich ihm gestrichen.«

»Keine …?«

»An diesem Platz arbeiten gelegentlich Praktikanten. Wenn Sie mich jetzt entschuldigen würden …«

Auf dem Weg zurück ins Foyer wird mir abwechselnd kalt und heiß vor Enttäuschung. Und vor Wut. Er hat mich belogen, belogen, belogen. Es gibt keine Sekretärinnenstelle, die er mir hätte versprechen dürfen.

»Da hast du's«, sagt Billie, »dein Frank ist ein Blender. Hab's immer schon gesagt.«

»Hast du nie gesagt.«

»Brech keinen Streit vom Zaun, ruf sein Handy an.«

Ich gehorche, suche mir ein stilles Eckchen im Atrium des Elisabethenhauses und tippe seine Mobilnummer ein.

»Der Teilnehmer ist nicht erreichbar«, sagt der Anrufbeantworter. »Wenn Sie eine Rückrufbitte per SMS versenden möchten, drücken Sie die Eins. Andernfalls legen Sie einfach auf.«

Er hat seine Sprachbox ausgeschaltet? Ich bin so verdattert, dass ich »einfach auflegen« möchte. Billie ist schneller und drückt die Eins. Ich füge mich stumm. Wir nehmen den Bus nach Hause. Und warten.

Nach einer guten Stunde meldet sich Frank. »Was gibt's diesmal, Isabell?«

Ich ignoriere seinen unwilligen Tonfall und haspele herunter, was passiert ist: die ermordete Anneli, die gekidnappte Mila ... Ich kann nicht verhindern, dass mir die Tränen laufen und meine Stimme kiekst.

Er hört stumm zu. Lange. Erst als ich von dem ignoranten Arzt erzähle, der partout keinen Mord an Anneli in Erwägung ziehen will, unterbricht er mich, sagt, als spräche er zu einem Kind, nein, als spräche er zu einem geistig zurückgebliebenen Kind: »Hör mal, Liebes, das mit deiner Nachbarin tut mir leid. Aber ich meine, du kannst diesem Arzt vertrauen. Alte Leute sterben manchmal einfach so. Und dass deine Mila abgetaucht ist, ist kein Wunder in ihrer Situation. Denk doch mal logisch, Isabell!«

Denk doch mal logisch! Denk doch mal logisch! Die Aufforderung hallt in mir nach. Rede ich vor Verzweiflung zusammenhanglosen Blödsinn? Möglich. Die Scham über meinen emotionalen Ausbruch steigt mir heiß in den Kopf. Ich schnäuze mich, trockne meine Tränen und sehe mich nach Billie um. Mit verschränkten Armen steht sie neben mir, ebenfalls rot im Gesicht. Vor Zorn. »Arsch!«, knurrt sie.

Frank hat es nicht gehört, redet weiter. »Vielleicht hat deine Mila unterdessen einen netten, reichen Freier gefunden, der sie aushält. Glaub mir, ich kenne viele solcher Beispiele aus unseren Akten. Auch Prostituierte verdienen bei uns weit mehr als in ihrer Heimat, deshalb wollen sie unbedingt hierbleiben.«

»Wenn du gesehen hättest, wie diese Männer Mila zugerichtet haben, würdest du anders reden.«

»Manche bringen sich solche Verletzungen selbst bei. Illegale Einwanderer versuchen eben mit allen Mitteln, jemanden zu finden, der ihnen beim Untertauchen hilft.«

Ich atme tief durch. Und versuche mit allen Mitteln, Frank zu überzeugen, packe vollends aus, bekenne ihm unseren Einbruch im »Rosamunde«, die geklauten Pässe, unser Päckchen an die Polizei, die nicht reagiert hat, erzähle von dem Einbruch in meiner Wohnung, davon, dass Mila schwanger ist.

Seine Antwort kommt eiskalt und ungewohnt knapp: »Da kann ich dir nicht helfen, Isabell.«

»Du nicht, klar, aber vielleicht die Obenauer. Sie könnte sicher herausfinden lassen, weshalb die Polizei untätig bleibt.«

»Du glaubst nicht im Ernst, dass ich wegen ...«

Im Hintergrund meldet sich ein zweites Handy mit »Brüder zur Sonne zur Freiheit« als Piepkonzert. Sein Parteihandy.

»Doch, ja, ich hatte gehofft ...«

»Tut mir leid, Isabell. Und jetzt entschuldige mich, ich habe zu tun.« Es klackt.

Ich schnappe nach Luft. Hat er aufgelegt? Einfach so? Nein, hat er nicht. Das Klacken klang wie Leichtmetall bei Kontakt mit lackiertem Edelholz. Sein Samsung Galaxy auf seiner eichenen Schreibtischplatte. Er *wollte* auflegen, der Mistkerl, hat aber die Taste mit dem roten Hörer verfehlt und das Gerät nur abgelegt.

»Puhh«, höre ich ihn aufstöhnen. Das Brüder-zur-Sonne-Piepen endet abrupt. »Charly! Grüß dich. Was gibt's?«

Na ja, denke ich, ein Jugendfreund. Frank hat mir von einer

Pop-Gruppe erzählt, die er mal gegründet hat: Charly, Woody und noch ein Name. Woody war Frank. Den Spitznamen hatte er wegen seines Nachnamens Hölzel abbekommen. Ich will nicht indiskret sein, will unbemerkt auflegen, doch was Frank dann ins Telefon schreit, setzt eine Sirene in meinem Kopf in Gang: »Diese zwei Mädchen? ... Clausen, neiiin, die musst du dabehalten. Sperr sie notfalls ein.« Es folgt ein aufgeregtes Gequassel aus dem zweiten Handy, das ich nicht verstehe, Frank lässt einen Kugelschreiber ein paar Mal klicken, stöhnt auf: »Ich glaub's nicht. Sind das Deppen? Mach ihnen klar, dass die Mädchen eine hyperaktive Gouvernante haben ... Ja, die ist nur ehrenamtlich ... Hmmm, die nervt sowieso. Ich kümmere mich. Bis die Tage.« Frank legt auf.

Ich auch. Und grübele ergebnislos darüber nach, woher Frank über Laura und Sophie Bescheid weiß. Und warum er empfiehlt, sie »notfalls einzusperren«. Wollten die beiden etwa ausbrechen? Ich beschließe, bald nach ihnen zu sehen. Und außerdem herauszufinden, was das für ein Charly ist.

»Immerhin wissen wir, wen er mit der hyperaktiven Gouvernante meint«, sagt Billie und grinst in sich hinein.

*

Gestern hatten unsere guten Jungs eine »Sondersitzung«, einberufen von Marco und Mateo. Sie haben mehrheitlich beschlossen, eine Mahnwache für Mila abzuhalten: Freitagabend, vor dem Rosamunde, mit Kerzen und ihren neuen Guy Fawkes-Masken, die manche ihrem Kontakt zur Blockupy-Szene verdanken.

Mateo teilt dem KeinZoff das Vorhaben schriftlich mit, nicht ohne uns offiziell dazu einzuladen: »Ihr könnt ja mitmachen, wenn ihr wollt.«

Ich frage mich, was dabei herauskommen soll. Aber Billie ist erwartungsgemäß entzückt von dem Projekt. Sie sagt nicht nur zu, sondern auch der Facebook-Gruppe »Frauen gegen Frauenhandel« Bescheid, die in unserer Stadt sagenhafte elf Mitgliederinnen hat, darunter eine freie Journalistin aus der Emma-Redaktion. Alle versprechen, passende Spruchbänder mitzubringen.

Billie hat spezielle Pläne. Sie will die Passfotos von Mila und den anderen drei verschwundenen Stall-Insassinnen auf DIN-A2-Größe pumpen und auf Pappe kleben. Darüber soll mit Filzstift »VERMISST« stehen, schwarz, fett und unübersehbar. Sie hofft darauf, dass jemand die Gesichter erkennt, ein Passant zum Beispiel oder eine ausstiegswillige Prostituierte oder ein reuiger Freier.

Die Jungs finden Billies Idee »nicht übel«, korrigieren aber ein – wie sie meinen – wichtiges Detail: Holzgerahmte Pappe müsse es sein und eine Leiste zum Festhalten sei unverzichtbar. Sie sind bereit, die Dinger gemeinsam mit Billie zu basteln. Wir treffen uns im KeinZoff-Büro, wo es Kleber, Schere und eine Handsäge gibt.

Nikos ist besorgt. Er kann nicht mitkommen, weil er – zusammen mit Gerald und Jegor – an dem Abend als Helfer in der provisorischen Flüchtlingsunterkunft am Donnersbergring eingeteilt ist. Immerhin plant er nachzukommen und zu gucken, was wir erreicht haben. Ich schätze eher, er will kontrollieren, ob wir alles richtig gemacht haben. »Ihr denkt daran, eure Demo ordentlich bei der Stadtverwaltung in Frankfurt anzumelden?«

Mateo reckt theatralisch Daumen, Zeige- und Mittelfinger der rechten Hand.

»Und sobald die Polizei anrückt, nehmt ihr die Masken ab. Bei Demos gilt Vermummungsverbot. Klar?«

»Klar, Mann. Wir lassen auch unsere Kalaschnikows zu Hause und all unsere Molows.«

Ich erleide einen Hustenanfall.

»Die Fratze von diesem machistischen Halunken Fawkes mag ich sowieso nicht aufsetzen«, erklärt Billie, während sie Milas hübsches Konterfei auf schneeweißen Karton klebt.

»Umso besser«, sagt Nikos und strahlt sie an. So liebevoll wie schon lange nicht mehr.

Und die immer noch in ihn verliebte Billie? Läuft rot an vor Glück.

Dabei ist gar nichts *umso besser*. Ich weiß, was sie vorhat. Aber keinem verrät. Sie will bei der Demo ein laszives Outfit mit Strapsen und Nieten tragen, darüber einen leuchtendblauen Plastiksack, ähnlich dem, den Mila anhatte, als wir sie fanden. Außerdem will sie schwarze Wimperntusche auf den Unterlidern mit Wasser verschmieren, damit es aussieht, als sei die Farbe von Tränen zerlaufen. Und zur Krönung will sie ihr Maskenbildnerset reaktivieren, will blutrote Tropfen in einen Mundwinkel und eine rot-blau schillernde Beule auf die Stirn malen. Dazu dient ihr eine Mustervorlage aus dem Internet, eine für Fortgeschrittene, betitelt »geschlagene Frau«. Ich ahne, dass diese Art von Maskerade unangenehme Folgen haben wird.

Hat sie auch. Dabei beginnt alles ganz friedlich. Wir – ein Trüppchen von neunzehn Personen – ziehen einzeln und unauffällig durch die Frankfurter Moselstraße und formieren uns allmählich zu einer Menschenkette. Manche zünden Kerzen an und halten sie in der ausgestreckten Faust, andere tragen Transparente mit den Fotos der verschwundenen Mädchen, die wir aus den Pässen kopiert haben. Trotz des Aufwands erscheint unser Auftritt im rosarot-limonengrün wabernden Neonlicht der Sexreklame ringsum ziemlich blass. Niemand, weder Passanten noch Nutten noch Animierkräfte, nehmen so recht von uns Notiz. Bis die »Frauen gegen Frauenhandel«-Frauen flashmobartig ein altes jiddisches Lied anstimmen, das

Joan Baez berühmt gemacht hat: *On a waggon, bound for market, there's a calf with a mourneful eye …* Billie zückt ihre Maultrommel und spielt mit.

Ich kenne das Lied in- und auswendig. Wenn Vater nicht zu Hause war, lief es oft bei uns auf dem Plattenteller. *Donna, donna, donna, donnaaa …* Mutter mochte es sehr, Vater hasste es, nannte es eine »larmoyante Sülze«. Ich selbst mochte die Sülze vom Metzger gar nicht und konnte mir denken, dass es ein äußerst abfälliger Vergleich war. Doch ich habe Mutter nie verpetzt.

Bei unseren *guten Jungs* kommt die Gesangseinlage auch nicht so recht an. Ich beobachte, wie Emilio und Marco die Augen verdrehen, wie Mateo und Luca sich abwenden, und gebe Billie ein Zeichen.

Sie steckt ihre Maultrommel wieder ein, löst sich aus der Frauengruppe und gibt den vier Transparente-Trägern einen Wink. Wie vereinbart, sammeln sie sich vor dem vergleichsweise unscheinbarsten Nachtclub der Moselstraße, dem Rosamunde, und sprechen jeden an, der ihn betreten will: »Kennen Sie diese junge Frau? Haben Sie sie schon mal gevögelt? Sie ist verschwunden. Zuvor wurde sie Männern regelmäßig zur Gruppenvergewaltigung überlassen. Danach sah sie nicht mehr so hübsch aus, wie auf dem Foto. Auch nicht mehr so hübsch, wie Sie sie vielleicht in Erinnerung haben. Sondern so – wie diese Dame hier.«

Die Menschen starren mich an. Ich würde mich am liebsten unter die paar verschreckten Nutten am Straßenrand mischen. Doch Billie geht mit gerecktem Kinn umher, präsentiert ihre Maskerade.

Das wirkt. Manche Freier grinsen peinlich berührt, versichern, so was wäre nicht ihr Stil. Andere zeigen sich betroffen: »Glauben Sie denn, die Mädchen sind jetzt tot?« Ein Lokalreporter ist zur Stelle, macht Fotos und lässt sich von Billie alles erzählen. An die fünfzig Passanten formieren sich zur Traube.

Da tauchen wie auf Bestellung zwei großgewachsene Transvestiten auf, nennen uns *dumme Tussen* und *Klosterfrauen*, behaupten, hinter der Aktion stecke Alice Schwarzer persönlich. Als niemand sie beachtet, pöbeln sie unsere Jungs an. Einer grabscht dem dürren Emilio an den Hintern. »Hast ja gar keinen Arsch in der Hose, Süßer. Haste denn wenigstens 'nen Satz Eier im Stall?«

Was ist bloß in Emilio gefahren? Hat das Anti-Aggressionstraining im KeinZoff bislang die sexuelle Anmache ausgeklammert? Oder fruchten die Lektionen nur, solange Nikos in der Nähe ist? Er lässt sich jedenfalls prompt provozieren, spuckt dem Transvestiten seinen Kaugummi ins aufgeplüschte Dekolletee.

Darauf scheinen die beiden Türsteher vorm Rosamunde nur gewartet zu haben. Sie verlassen ihren Posten, bauen sich vor Emilio auf, schubsen ihn, dass er taumelt. Zwei vermeintliche Passanten greifen ein, die übrigen Italos ebenso, und ehe ich es richtig begriffen habe, kommt eine Prügelei in Gang.

Da sehe ich Nikos. Verspätet, aber im direkten Anflug. Er hat Billie mitten im Gemenge geortet, schiebt seine Arme wie beim Schwimmen energisch nach vorn und teilt den Pulk. »Ruhig, Leute, alles okay, alles wird gut«, ruft er.

Keine Chance. Eine Faust trifft ihn in den Bauch, dass er einknickt. Billie schreit auf, als sei es ihr Bauch gewesen. Da geht Nikos unter der Wucht eines erneuten Hiebs zu Boden. Billie fällt um und auf ihn drauf, beide rappeln sich, wollen entkommen, doch sie sind geradezu umringt von fliegenden Fäusten. Billie brüllt was von geordnetem Rückzug, keiner scheint sie zu hören – keiner außer mir. Ich ducke mich, suche zwischen unbekannten Beinen und Hinterteilen einen Weg aus dem Gewühl in Richtung der Menge, die die Szene umsteht und Smartphones auf uns richtet.

Billie hat die unglückliche Idee, Nikos mit sich ziehen zu wollen. Da trifft sie, trifft mich, eine Stiefelkappe an der Stirn.

Ich sehe rotierende Sterne und sacke einem verdutzten Sakkoträger in die Arme. Der scheint mir friedlich gesinnt. Er schleppt mich zur nächstgelegenen Hauswand, setzt mich aufs Pflaster und ruft die 112.

Billie versucht, Nikos in dem Tumult zu entdecken. Schreit seinen Namen. Bekommt keine Antwort.

Ich fasse vorsichtig an meine Stirn, spüre eine Beule, sehe blutrotes Blut an meinen Fingern, vergesse ganz, dass es die Farbe ist, die Billie vor wenigen Stunden eigenhändig aufgetupft hat … und falle in Ohnmacht.

Als ich zu mir komme, schaue ich in die stahlgrauen Augen einer Sanitäterin. Doch das Emblem an ihrem Kittel macht klar, dass ich nicht in einem Krankenhaus, sondern bei der Polizei bin. Genauer gesagt: im Polizeipräsidium Frankfurt, Adickesallee, wie sie mir erklärt. »Alles okay mit Ihnen? Haben Sie Schmerzen? Ist Ihnen übel?«

Ich horche in mich hinein und schüttelte vorsichtig den Kopf.

»Sie waren völlig unterzuckert, hatten wohl stundenlang nichts gegessen.«

Ich deute ein Nicken an. Mir fällt ein, dass ich vor lauter Aufregung mein Abendessen ausgelassen habe.

»Mit leerem Magen sollte man nicht demonstrieren gehen«, sagt sie sanft. »Und so angemalt auch nicht.« Ihr Zeigefinger deutet auf einen Berg Papiertücher voller roter und blau-braun changierender Paste.

»Wo sind …«, ich stocke, denn ich bin ja in Feindesland und darf die Namen meiner Mitstreiter keinesfalls verraten.

Sie hat trotzdem verstanden. »Ihre Freunde werden gerade erkennungsdienstlich behandelt, und wenn nichts weiter vorliegt, wieder auf freien Fuß gesetzt. Außer Herr Nikos Tamouridis. Er musste mit einem komplizierten Schienbeinbruch ins Krankenhaus. Tja, und Sie müssen wir wohl erst mal hier behalten. Ich habe Ihnen was Ordentliches zum Anziehen aus unserer Kleiderkammer besorgt.«

»Wieso muss ich hierbleiben?«

»Das können Sie gleich den Kollegen fragen.«

Der Kollege, ein seemannsbärtiger Altersgenosse von mir, erscheint erst, nachdem sie mir in einen abgewetzten blauen Hosenanzug geholfen, ein Sandwich samt Cola verabreicht und nochmals den Puls gemessen hat. Er stellt sich als Polizeihauptmeister Kapp vor und führt mich in ein Verhörzimmer, wie ich es bislang nur aus den Fernsehkrimis kannte: karger Raum, ein Tisch, zwei Stühle, ein Micro.

Der einschlägige Spruch »Ohne meinen Anwalt sage ich nichts« liegt mir auf der Zunge, doch mir ist derart mulmig, dass ich mich entscheide, tatsächlich nichts, also rein gar nichts zu sagen.

Erst mal redet sowieso Kapp. Garniert mit einem professionellen Lächeln aus einem blitzweißen Nussknackergebiss leiert er mir einen Sermon über meine Rechte und Pflichten vor, erzählt mir knapp von den »Tatbeständen«, die – wie er meint – ein Gespräch mit dem Haftrichter notwendig machen. Erstens, so erfahre ich, falle meine Maskerade unter das Vermummungsverbot und zweitens stelle sie die Vortäuschung einer Straftat dar, nämlich einer schweren Körperverletzung. Dass ich zum Zeitpunkt der Prügelei nicht nur wohlauf, sondern auch – drittens – selbst aktiv gewesen bin, belege ein Video, das er mir auf einem Monitor vorspielt. »Sind *Sie* das?« fragt er und deutet auf Billie, die – den angemalten Mund zum Schreien aufgerissen – mit der rechten Hand Marcos Oberarm umkrallt, um sich den Jungen mittels eines Bück-Hebegriffs auf den Rücken zu laden, dabei aber einen der Türsteher umtritt, dass der mit dem Steiß voran aufs Pflaster plumpst. Einer von Billies Alleingängen.

Ich spüre, wie Kapps Blick zwischen dem Häuflein Elend auf meinem Stühlchen und der Amazone auf dem Bildschirm ungläubig hin- und herwandert. »Sind Sie das?«, fragt er wieder.

Nur teilweise, möchte ich sagen, lasse es aber. Wo, zum Teufel, ist eigentlich Billie? Ich schaue mich vorsichtig um.

Kapp räuspert sich und fährt fort. Zu allem Überfluss hätte ich, viertens, gegen das Waffengesetz verstoßen.

»Waffenge…?« In meinem Kopf rotiert es. Meint er Annelis Pistole, die Beretta? Hat Mila sie entgegen unserer Verabredung in meiner Bude versteckt? Dann müsste ein Staatsanwalt eine Hausdurchsuchung angeordnet haben – in Darmstadt? In den paar Stunden? Ohne dass ich dabei bin?

Nein, Kapp – er räuspert sich schon wieder – meint mein Pfefferspray. Allen Ernstes. Seit ich öfter mal spätabends in der Stadt unterwegs bin, trage ich die daumenkleine rot-gelbe Dose aus China, die Billie für mich im Internet erstanden hat, ständig in meiner Umhängetasche spazieren. Überflüssigerweise, denn bislang hat niemand auch nur Anstalten gemacht, mich anzufallen.

Mein Pfefferspray, erklärt Kapp und zeigt wieder sein Nussknackergebiss, sei ein »Reizstoffsprühgerät«, das weder eindeutig als Tierabwehrspray gekennzeichnet sei, noch ein amtliches Prüfzeichen aufweise. Ergo stelle es eine »Waffe« dar, die obendrein »nicht verkehrsfähig« sei. Man habe es konfisziert und entschärft.

Ich schnaufe vor lauter Erleichterung. Er scheint die damit verbundene Schulterbewegung für eine einvernehmliche Geste zu halten.

»Fünftens …«, er bricht den Satz ab und legt mir ein Foto vor. »Wann hatten Sie zuletzt Kontakt zu dieser Frau?«

»Natascha!« Der Name entfährt mir unwillkürlich, als ich ihre walkürenhafte Gestalt inmitten blutgetränkter Satinbettwäsche erkenne. Ihre graugrünen Augen starren traurig aus ungeschminkten Lidern, die weißblonden Strähnen umgeben ihr Gesicht wie ein zerzaustes Vogelnest. – Jemand hat sie umgebracht. Wusste ich's doch. Und die Polizei weiß es inzwischen auch.

»Natascha – wie weiter?«

»Keine Ahnung. Ehrlich. Sie hat sich mir nur mit Vornamen vorgestellt.«

»Woher kannten Sie sie?«

Ich wechsele wieder in den Schweigemodus.

»Sie haben von Ihrem Handy aus mit ihr telefoniert. Am vorvorigen Mittwoch.«

Ich kneife die Lippen zusammen.

»Wo waren Sie am vierten September zwischen null Uhr dreißig und zwei Uhr dreißig?«

Ich merke, wie mir die Kinnlade runterfällt und ein Schauer über den Rücken rieselt. Die verdächtigen mich. Mich!

Ich krame hektisch in meinem Gedächtnis. Wo war ich wohl? »Im Bett, schätze ich.«

»In ihrem eigenen?«

Ich zucke die Achseln.

»Waren Sie allein?«

Mal im Ernst, woher soll eine Single wie ich nach so langer Zeit wissen, ob sie in einer bestimmten Nacht allein oder zu zweit im Bett war? Zumal, wenn sie eine multiple Existenz führt. Und, nun ja, latent polygam orientiert ist.

»Hab ich vergessen«, sage ich. »Kann sein, ich war allein, kann sein, ich war mit einem Mann zusammen.«

Er notiert es. »Mit welchem Mann?«

»Mit meinem Chef«, sage ich und bin mehr als dankbar für den Geistesblitz. Gut und gerne kann ich sowohl Frank als auch Nikos als meinen Chef bezeichnen.

»Aber Sie sind sich nicht sicher?«

»Ich führe kein Tagebuch«, sage ich. Ha, diese lakonische Antwort könnte glatt von Billie sein. Vielleicht bin ich Billie? Nur zu aufgeregt, um es zu merken?

Kapp hat genug von meiner Einsilbigkeit und lässt mich »in

die Zelle« bringen. Auf dem Weg dorthin darf ich einen, nur einen einzigen Anruf tätigen, um einem Freund oder Kollegen oder Nachbarn Bescheid zu geben. Ich entscheide mich für meine Nachbarin Aneta, eine hinreißend nette Polin. Wir haben unsere Ersatzschlüssel ausgetauscht, für den Fall, dass uns mal die Tür versehentlich zufällt. Sie könnte Klitschko versorgen.

Meine Gefängniszelle ist noch bedrückender als Kapps falsches Lächeln: ein kackbraun lackiertes Eisenbett, ein zerkratzter Resopaltisch mit passendem Armsünderstühlchen ohne Armlehnen, ein Waschbecken, ein Klo samt Klobürste und Papierrolle – alles gruppiert in einem kahlen, eitergelb gestrichenen und keine acht Quadratmeter großen Raum. Der Wärter geht, ich weine stumm in mich hinein. Und gebe Billie die Schuld. Die alleinige Schuld. An allem. Ich habe die Nase voll von Billie. Nie wäre ich unter die Streetworker gegangen, nie hätte ich mich mit jugendlichen Straftätern eingelassen, nie hätte ich Mila …

Oder? Hätte ich Mila nicht aus eigenem Antrieb versucht zu retten? Sie nicht bei Anneli versteckt? Hätte ich nicht bereitwillig bei dieser »Mahnwache« mitgemacht? Ja, verdammt, hätte ich. Ich bin schuld. Selber schuld.

Billie scheint die Nase ebenso voll von mir zu haben wie umgekehrt, würdigt mich keines Blickes, keines Wortes. Lautlos erhebt sie sich, wandelt wie ein altenglisches Castle-Gespenst umher. Mit einem Mal dreht sie sich zu mir um, sieht durch mich hindurch, als sei nicht sie, als sei *ich* das Gespenst. »Weißt du noch … unser Flug über die Brücke … damals?«

Ich nicke, wische meine Tränen weg, muss lächeln. Die Dornheimer Brücke. Sie ist eine der Jugendstilschönheiten Darmstadts. Zwei Weltkriege und noch mehr Abrissanträge hat sie überstanden. Heute verziert sie eine der hässlichsten Ecken der Stadt und fordert talentierte Fotografen immer wieder heraus.

»Es war nach irgendeiner Großdemo«, rate ich.

»Es war nach einem Ostermarsch in Frankfurt«, behauptet Billie. »Vater war schon krank, aber er hat sich hingeschleppt.«

»Und uns mitgeschleppt. Mutter und uns.«

»Der Aktionsbus hat uns an der Brücke abgesetzt. Vaters Deux-Cheveaux parkte genau am anderen Ende. Wir mussten zu Fuß rüber, keine zweihundert Meter. Ein langer Weg für ein müdes Kind, um Mitternacht.«

»Unsere Eltern nahmen uns zwischen sich, nahmen uns bei den Händen, rannten ein paar Schritte mit uns und ließen uns durch die Luft schweben ... *Engelchen, Bengelchen, flieeeg. Engelchen, Bengelchen, flieeeg.* Immer und immer wieder.«

»Sie hatten den ganzen Tag nicht gestritten. Kein bisschen.«

»Und wir, wir hatten auch nicht gestritten. Alle hatten einander lieb.«

»Du und ich, wir waren wie eins. Und waren so stark. Wir flogen hoch durch die Luft, höher als auf der Schaukel am Spielplatz.«

»Unsere Füße flogen weit über das dicke Eisengeländer hinaus, sogar über den weißen Wasserturm auf der linken Seite der Brücke ...«

Billie wendet sich ab, starrt auf das Hängeregal an der eitergelben Wand, auf dem ein einziges Buch steht: die Bibel. Sie geht darauf zu, nimmt es. Das schwarze Bändchen ist nahezu unberührt, manche der goldgeränderten Dünndruckseiten kleben aneinander. Billie zupft und blättert eine Weile, dann trägt sie ebenso leise wie sonor daraus vor.

»Wenn ich mit Menschen- und mit Engelzungen redete, und hätte der Liebe nicht, so wäre ich ein tönend Erz oder eine klingende Schelle. Und wenn ich weissagen könnte und wüsste alle Geheimnisse und alle Erkenntnisse und hätte allen Glauben, also dass ich Berge versetzte, und hätte der Liebe nicht, so wäre ich nichts.« Sie wendet sich zu mir um. »Hübsch, nicht?«

»Was soll das? Wir hatten's gerade mit der Dornheimer Brücke. Wirst du jetzt religiös?«

»Gott bewahre! – Aber hör zu, wie's weitergeht: Die Liebe ist langmütig und freundlich, die Liebe eifert nicht, die Liebe treibt nicht Mutwillen, sie blähet sich nicht, sie stellet sich nicht ungebärdig. Hast du gehört: Sie stellt sich nicht ungebärdig!«

»Du bist das doch, die sich ungebärdig anstellt. Immer.« Ich könnte ihr die Haare ausreißen vor Zorn.

»Nicht immer, Isa. Manchmal bist du es. Zum Beispiel heute.«

Okay, sie hat recht. Ich gehe in mich. Heute bin ich wie sie. Und sie wie ich. Wir sind so müde, wir sind so fertig, doch wir könnten es über die Brücke schaffen: *Engelchen, Bengelchen, flieg!*

Ich werde ruhiger. »Nun aber bleibet Glaube, Hoffnung, Liebe, diese drei. Aber die Liebe ist die größte unter ihnen«, rezitiere ich aus dem Kopf. Wir hatten das Thema in Klasse 5, Evangelische Religion, bei Dr. Kruse, dem Pfarrer mit dem Schelmengesicht.

»Na also, du hast es begriffen«, sagt Billie, als sei das alles nur eine Strategie von ihr gewesen. »Wir müssen morgen früh zusammenhalten, du und ich. Beim Haftrichter. Der entscheidet nämlich, ob wir nach Hause können. Oder in Untersuchungshaft bleiben werden.«

Ich zeige mich langmütig und freundlich, ganz wie es meine Art ist – normalerweise. Ich protestiere nicht dagegen, dass meine Tasche und mein Handy gefilzt wurden, ich stelle mich nicht ungebärdig wegen der erkennungsdienstlichen Behandlung. Bei meinem »unerlaubten Waffenbesitz« und meiner »Vortäuschung einer Straftat« sind solche Vorsichtsmaßnahmen obligatorisch, sage ich mir.

Der Haftrichter erweist sich als ein Mann kurz vor der Pensionsgrenze mit schwarz-weiß changierender Meckifrisur und einem unglaublichen Strahlenkranz um die Augen. Seine himmelblaue Krawatte hat er gelockert. »Minck, guten Tag.« Er gibt mir tatsächlich die Hand. »Nehmen Sie Platz, Frau Liebmann.«

Er setzt eine randlose Lesebrille auf, blättert in der dünnen Akte, die ihm auf den Schreibtisch gelegt wurde. Meiner Akte. »Sie haben keine Vorstrafen, keinerlei polizeiliche Verwarnung«, murmelt er, blättert und blättert in aller Ruhe.

»Ich hab nicht mal einen Punkt in Flensburg«, sagt Billie.

Er lacht.

Ich lache nicht.

»Und jetzt … tja … ganz schönes Sündenregister. Sie waren zum ersten Mal Teilnehmerin einer Demonstration?«

»Es sollte eine friedliche Mahnwache werden.«

»Sie wollten auf den Missstand der Zwangsprostitution aufmerksam machen, sehe ich. Ein im Prinzip ehrenwertes Anliegen.«

»Ich wollte in erster Linie auf das Verschwinden von vier Zwangsprostituierten aufmerksam machen.« Ich rattere Milas Namen und die der anderen herunter.

Er lupft die Augenbrauen. »Wenn Sie von konkreten Fällen wissen, wieso melden Sie das nicht der Polizei?«

»Haben wir.«

»Wer ist wir?«

»Meine Kollegen und ich. Wir haben der Polizei schon vor zwei Wochen ein Briefcouvert mit den Pässen von dreiundzwanzig Frauen geschickt …«

»Eben sagten Sie vier …«

»Zusammen sind es sogar siebenundzwanzig Frauen, aber von dreien haben wir die Pässe behalten und nur die Kopien dazugelegt und von einer haben wir nur den Namen weiter …«

Seine Stirn kräuselt sich bis zum Mecki. »Klingt nach höherer Mathematik.«

Ich fasse Mut und erzähle von Anfang an. Vom Auftauchen Milas am Straßenrand, davon, wie viel Angst sie hatte, abgeschoben und der korrupten Polizei ihrer Heimat überstellt zu werden; davon, wie wir sie bei Anneli versteckt, sie verkleidet haben, wie wir den Stall und die anderen drei darin eingesperrten Mädchen gesucht haben. Glaube, Liebe, Hoffnung, alle drei. Vom Klau der Pässe erzähle ich ihm lieber nichts, aber davon, dass wir dank Natascha an sie herangekommen sind und dass sie jetzt tot ist; davon, wie Anneli uns geholfen hat und dass sie nun auch tot ist; davon, dass Mila trotz aller Vorsicht gekidnappt wurde. Ich kann beim besten Willen nicht verhindern, dass mir die Tränen laufen. Weil ich Natascha und Anneli und Mila mochte. Und weil ich kein tönend Erz bin.

Er reicht mir ein Tempotaschentuch und lässt mir ein Glas Wasser bringen. »Starkes Stück. Und wo genau haben Sie die Pässe abgegeben?«

Ich muss nicht nachdenken. »Beim Darmstädter Polizeirevier in der Bismarckstraße.«

»Ich lass das gleich prüfen.«

Eine ringellockige Wärterin holt mich ab, bringt mich in einen Nebenraum, versorgt mich mit gutherzigen Worten, Käsekuchen und Kaffee. Der schmeckt genauso säuerlich wie der in der Magdalenen-Klinik. Ich bekomme eine nostalgische Anwandlung und heule hemmungslos.

»Möchten Sie lieber etwas anderes trinken?«, fragt Ringellocke und tätschelt mir die Hand.

Ich schüttele den Kopf und mümmele meinen Kuchen. Man soll im Leben auch für die kleinen Freuden dankbar sein.

Nach einer guten Viertelstunde hocke ich wieder Haftrichter Minck gegenüber.

Er zieht bedauernd den Kopf zwischen seine Schultern. »Ich würde Ihnen gerne glauben, aber ein solches Couvert ist niemals beim Polizeirevier in der Bismarckstraße angekommen, beim Polizeipräsidium in Darmstadt auch nicht.«

Ich bin zu perplex, um zu antworten.

»Haben Sie es mit der Post verschickt?«

»Nein, jemand sollte es hinbringen«.

»Einer von Ihren Kollegen?«

Ich lasse meine Gedanken wandern zu dem Morgen, an dem wir den Umschlag mit den Pässen und den Kopien bestückt und adressiert haben. Jegor! Er wollte es unbedingt selbst einwerfen.

Ob ich das Haftrichter Minck erzähle? Ich entscheide mich dagegen. Erst muss ich mir alleine einen Reim darauf machen. Jegor beschuldigen kann ich später.

Es klopft. Ein Wärter kommt rein, legt dem Richter eine Notiz auf den Schreibtisch und geht. Der liest, lächelt. »Trotzdem habe ich eine gute Nachricht für Sie: Herr Hölzel hat Ihr Alibi bestätigt.«

Ich kann's kaum glauben. Frank? Wieso hilft er mir? »Heißt das, dass ich …?«

»Ja, Sie können gehen. Weder Flucht- noch Verdunkelungsgefahr liegen vor. Der Anfangsverdacht hat sich nicht erhärtet. Und wegen eines unamtlichen Pfeffersprays und ein bisschen zu viel Farbe im Gesicht kann ich Sie schließlich nicht festsetzen.« Er überreicht mir einen DIN-A4-großen grünen Zettel, mit dem ich an allen Sicherheitsschleusen inklusive Pförtnerloge vorbeikommen werde. »Aber das mit den verschwundenen Zwangsprostituierten geben Sie bitte noch zu Protokoll. Erster Stock, Zimmer 12.«

Als mich Zimmer 12 im ersten Stock nach einer halben Stunde wieder ausspuckt, ist Ringellocke zur Stelle. Sie hat – außer einem zweiten Stück Käsekuchen – eine gute, wie sie offenbar glaubt, sogar sehr gute Nachricht für mich: »Ihr Verlobter wartet am Ausgang.«

Welcher Verlobte?

Kürzlich griffen Sanitäter des Roten Kreuzes an der E 77 einen Siebzehnjährigen aus Bayern auf, der seit einem Vierteljahr auf der Interpol-Liste verschwundener Jugendlicher stand. Er litt unter hohem Fieber und schien unter Drogen zu stehen. Nach einer Erstbehandlung in einem Krankenhaus in Veszprém diagnostizierten die Ärzte eine erhebliche geistige Verwirrung und überwiesen ihn zur Weiterbehandlung in die Landesnervenklinik in Gauting.

Wiederholte Befragungen durch Ärzte und Ermittler ergaben, dass der junge Mann zuletzt in einem ungarischen Heim nahe Hidegkút gelebt habe. Bei einem Fußballspiel gegen Einheimische hätten Sportagenten ihn entdeckt und dazu überredet, sich zum Profifußballer ausbilden zu lassen. Sie hätten ihn in ein »Kadercamp« gebracht, wo er mit rund zwanzig anderen Jungen in Zelten lebte und leistungssteigernde Medikamente verabreicht bekam. Die sportlichen Übungen bestanden vor allem aus fortgesetzten Mutproben, Survivaltrainings und paramilitärischen Manövern – unterbrochen von gehirnwäscheähnlichen Einzel- und Gruppentherapien. Zum Fußballspielen gab es kaum Gelegenheiten. Als er an »einer Art Hongkong-Grippe« erkrankte, so berichtete er, habe man ihn isoliert. Wie er zur E 77 gekommen war, konnte er nicht sagen.

Die Leitung des Jugendheims bei Hidegkút wies jede Schuld von sich. Der junge Mann habe sich auf eigene Faust und unerlaubt aus der Einrichtung entfernt. Eine Vermisstenmeldung sei ordnungsgemäß ergangen. Das beschriebene »Kadercamp« war unauffindbar.

*

Man bringt mir meine persönlichen Dinge in einer transparenten Plastiktüte. Ich soll alles überprüfen und quittieren. Dass mein Pfefferspray eine unerlaubte Waffe ist und deshalb konfisziert wurde, bekomme ich schriftlich. Dann darf ich mich umziehen. Das schwarze Mieder und der Müllsack, die ich bei der Demo trug, sind diskret zusammengewickelt. Aber ich muss nicht in meinem Müllsack in die Öffentlichkeit, mein aufmerksamer »Verlobter«, wer immer das ist, hat mir einen Satz frische Unterwäsche, ein quietschpinkes Sommerkleidchen und passende Pumps im Overnight-Express von einem Versandhändler schicken lassen. Ich nehme an, er hat alles schon bezahlt.

»Auf Nimmerwiedersehen«, sagt Ringellocke. So sagen menschenfreundliche JVA-Beamte wohl immer Tschüss. Sie blinzelt mir zu, ich blinzle zurück und schreite, ohne mich noch einmal umzusehen, über den Innenhof. Ich reiche dem Pförtner meinen Passierschein. Er muss meinen Abgang auf seinem Monitor verifizieren, dann geht das Rollgitter auf, und ich trete hinaus.

Erst jetzt sehe ich den blaugrau getupften Himmel über mir, spüre ein paar warme Sonnenstrahlen auf meinem Gesicht. Ich bin frei und möchte jubeln. Und möchte noch mehr jubeln, als ich den KeinZoff-Bus in einer Parkbucht gegenüber der Pforte erkenne. Nikos! Ich begreife langsam, was Billie an ihm findet.

Doch es ist nicht Nikos, der am Steuer sitzt. Es ist Frank. Er steigt aus, kommt mir entgegen, nimmt mir die Tüte ab. Ich mühe mich, mir die Enttäuschung nicht anmerken zu lassen, drücke ihm ein Küsschen rechts, ein Küsschen links auf und frage wie beiläufig: »Wieso bist du mit dem Dukato hier? Wo ist dein Cabrio?«

»In der Werkstatt. Die Benzinpumpe.« Er öffnet mir gentlemanlike die Beifahrertür. »Steig ein.« Die Sonne verzieht sich, Nieselregen setzt ein, als Frank die A 661 ansteuert.

»Erzähl mal. Wie war's?«, fragt er. Als käme ich von einer Urlaubsreise zurück.

»Danke fürs Abholen«, sage ich kühl.

»Was wollten die von dir wissen?«

»Nichts Konkretes, nur, was wir vor diesem Puff zu suchen hatten.«

»Und was hattet ihr da zu suchen? Diese Mila?«

»Geht das Verhör jetzt weiter?«

»Okay, okay, entschuldige.«

Ich beäuge ihn verstohlen von der Seite. Sein Augenlid zuckt ausnahmsweise nicht. Er sieht konzentriert durch die betröpfelte Windschutzscheibe nach vorn, schaltet die Wischblätter ein und schweigt. Bei der Autobahnausfahrt wechselt er auf die B 3 Richtung Egelsbach.

»Wo willst du hin?«

»Ins KeinZoff natürlich.«

»Ich möchte zuerst nach Hause. Mich frisch machen. Das Kleid ist hübsch, aber eine Jeans wäre mir lieber.«

»Ich bringe dich nachher. Erst mal wird gefeiert. Alle warten schon auf dich.«

»Alle? Es ist zehn Uhr morgens.«

»Fast alle, Selim ist noch im Krankenhaus und Jegor ist ... Da ist er«, ruft er, hält vor einem Wirtshaus an und hupt. »Hab versprochen, ihn auch abzuholen. Seine neue Freundin wohnt hier in der Nähe.«

Tatsächlich kommt Jegor angelaufen, trägt die Kapuze seiner Wetterjacke tief in die Stirn gezogen. Jegor, der das Päckchen mit den Pässen nicht wie vereinbart bei der Polizei eingeworfen hat. Jegor, der alle belogen hat.

Mein Selbsterhaltungstrieb kommandiert: *Aussteigen, sofort!* Doch ein Blick auf den eingedrückten grauen Stift am Fensterrahmen genügt, die Tür ist verriegelt. Von innen. Kindersicherung? Bevor ich probieren kann, den Stift hochzuziehen, sitzt Jegor hinter mir. »Hallo, Billie, wie geht's?«

Ich belasse es bei einem lapidaren Grunzen.

Frank gibt Gas. »Na, Jegor? Wie war's?«, fragt er in der gleichen Intonation wie eben, als er sich nach meinem Gefängnisaufenthalt erkundigen wollte. Hat nicht viel Bandbreite, dieser Schauspieler.

Jegor lacht. »Ging so. Etwas zickig, die Kleine.«

Ich traue den beiden kein bisschen und drehe mich zum Seitenfenster. Draußen rauscht tropfnasse Waldlandschaft vorbei.

Noch habe ich keine Veranlassung, entschieden zu protestieren. Die B 3 führt in ihrer Verlängerung tatsächlich zur Frankfurter Straße. Wo im KeinZoff angeblich »alle« auf mich warten? Um mit mir zu feiern? Lüge! Irgendwas wird hier gespielt. *Los jetzt, Miss Billie. It's your turn.* Ich balle beide Fäuste.

Schnell ist sie ja, meine Billie. »Ich muss mal«, sagt sie mit der Vehemenz eines Presslufthammers.

»Hat sicher Zeit«, meint Frank.

»Hat es nicht. Halt an.«

»Aber du kriegst einen nassen Po.«

»Halt an, sonst kriegst du ein nasses Auto«. Sie zieht die Luft durch die Zähne und quetscht die Oberschenkel aneinander, als sei sie in höchster Not.

»Ich muss auch«, sagt Jegor.

Frank wiegt den Kopf, fährt bei der erstbesten geschotterten Waldschneise rechts rein und entriegelt meine Tür.

Ich hechte aus dem Wagen, stürme hinter die ersten Büsche, der Saum meines Kleids wird feucht, der Stoff klebt mir an der Haut. Jegor bleibt mir auf den Fersen.

»Hej, 'n bisschen Diskretion bitte«, rufe ich, gehe hinter einem querliegenden dicken Baumstamm in die Hocke und hebe mir mit ausholender Geste den Rock hoch. Ich verzichte darauf, mir den Slip zwischen die Knie zu ziehen. Dabei müsste ich vor lauter Angst tatsächlich mal.

Jegor dreht mir den Rücken zu, hebt das Gesicht, als spähe er in die Baumkronen. Seine Hände verschwinden vor seinen Bauch.

Ich sehe mich nach einem Fluchtweg um, viel zu lange. Billie gibt mir einen Klapps, dass ich aufspringe, querwaldein durchs Unterholz renne, ohne das nasse Laub zu beachten, in das meine blöden pinken Pumps einsinken, ohne die Zweige und Dornen zu beachten, die mein blödes pinkes Kleid zerfetzen, die meine Haut ritzen. Und ohne ein Auge dafür, was sich hinter mir tut. Weiter, immer weiter …

Da höre ich sein Hecheln dicht hinter mir, spüre seine Pranke an meinem Kragen, werde zurückgerissen, stolpere, stürze in eine schlammige Kuhle. Er springt mich an, hockt rittlings auf mir und legt mir den Unterarm quer über den Hals. Ich zappele, schreie. Billie holt mit der Handkante aus, vergeblich. Hab ich's nicht immer gesagt, dass man Billies Karatetricks vergessen kann, wenn es richtig ernst wird?

Jegor keucht nicht schlechter als ich. Er rupft an seiner Reverstasche, zieht eine Spritze heraus, beißt mit den Zähnen die Schutzkappe ab. »Tut mir echt leid, Billie, dass ich das jetzt machen muss.« Ich spüre einen Stich im Oberarm, ein Brennen. Es gelingt mir, Jegor ins Gesicht zu spucken. Dann fällt mein Kopf zur Seite, einfach so. Und ich sehe zu, wie die Welt zerfließt.

Langsam, ganz langsam taucht wie in einen Nebel gehüllt die Silhouette eines Mannes zwischen den Bäumen auf. Er nähert sich mit der Behäbigkeit eines Kamels, das durch die Wüste watet. Die Silhouette muss Frank sein. Er sagt etwas Unverständliches. Der Mann, der Jegor sein muss, antwortet, streckt ihm seine Hand hin, als wolle er ihn beglückwünschen, hebt sie mit einem Ruck, kantet sie, schlägt dem Mann, der Frank sein muss, gegen die Schläfe. Der Mann, der Frank sein muss, sinkt in sich zusammen und plumpst ins Gras.

Die Frage, wie das verdammt noch mal sein kann, rast wie ein Querschläger durch mein Hirn. Dann wird alles schwarz.

Irgendwann wird alles wieder hell. Neonröhrenhell. Ich ruhe, halb liegend, halb sitzend, auf einem ausmontierten Autositz, meine Hände liegen gefesselt auf meinem Bauch, mein Mund ist verklebt, meine Erinnerungen tröpfeln: Jegor, die Spritze. Seltsam, meine Haut fühlt sich sauber an, nicht so schmutzverkrustet wie das Kleid, das an mir pappt. Jemand hat mir Hände und Gesicht gewaschen. Wie aufmerksam! Ich lebe, sage ich mir. In welcher Verfassung auch immer. – Billie, bis du da? Keine Antwort.

Ich blinzele in den Raum. Ich kenne ihn. Aber in anderem Licht, dem Licht einer Taschenlampe. Es ist der »Stall«, in dem Mila und drei weitere Mädchen eingesperrt waren. Die Innenarchitektur dieses grausigen Gefängnisses hat sich mir für immer eingeprägt. Und jetzt bin ich hier eingesperrt. Von Jegor.

In der Box mir gegenüber liegt Frank bäuchlings auf den blanken Fließen, an Händen und Füßen gefesselt. Verglichen mit ihm genieße ich einen gewissen Komfort. Jegor misst wohl mit zweierlei Maß.

Franks Gesicht scheint verletzt, er rührt sich nicht, muckst sich nicht. Schläft. Oder tut als ob.

Das ist klug. Ich schließe die Augen, sperre die Ohren auf. Unweit von mir zwei Stimmen: Jegor und ... Mila! Sie flüstern miteinander. Auf Russisch. Ich verstehe nur »ditja«, das heißt *Kind*, und »mesiazi«, das heißt *Monate*. Vorsichtig hebe ich den Kopf, spähe durch halb geschlossene Wimpern in den Neonröhrenschatten. Milas Silhouette lehnt an Jegors. Seine Lippen küssen ihre Fingerkuppen. Neben ihm liegt ein winkelförmiger Gegenstand auf dem Boden, die Beretta. Ich glaube es einfach nicht. Ich brauche den Kopf nicht zu senken, die Augen nicht zu schließen, beides geschieht von ganz allein. Ich drifte erneut in ein schwarzes Nirwana ab.

Bis jemand aufschreit: »Billie!« Und schon ist Mila bei mir, kniet sich vor mich hin, die hellgelbe Tunika, die sie bevorzugt trägt, um ihren Babybauchansatz zu kaschieren, umflutet meinen Schoß. Sie streichelt mir die Wange. »Billie! Du mein Freundin.«

Ich würde ihr gern erklären, dass in unserem Kulturkreis Freunde einander im Allgemeinen nicht fesseln, knebeln und in Pferdeboxen einsperren. Aber das Klebeband auf meinem Mund lässt nur ein Brummen zu. Ersatzweise ziehe ich ein zorniges Gesicht.

Ein frisch eingekleideter Jegor erscheint neben Mila, beugt sich zu mir. »Hör zu, Billie, dir passiert nichts, hör einfach nur zu. Später nehme ich dir den Knebel und die Fessel ab. Versprochen.«

Ich sehe Mila an. Ihre Augen glitzern. Ich schicke ein zustimmendes Geräusch durch meine Nase.

Jegor beginnt seinen Vortrag. Es klingt, als warte er schon lange darauf, zu sagen, was er zu sagen hat. »Ich habe Mila hergebracht. Um sie zu retten. Sie und das Kind. Hier sucht sie garantiert niemand, die haben alles verrammelt, nachdem ihr hier wart. Sogar die Imbissstube ist dicht. Ein Typ namens Wanja ist hinter Mila her, ein Oberarschloch. Du hast ihn bei eurem Einbruch in diesen Puff knapp verpasst. Der hat viel für Mila bezahlt und lässt es sich nicht gefallen, wenn man ihm was wegnimmt. Krankes Ego, verstehst du?«

Klar weiß ich, was ein krankes Ego ist. Seit ich Billie kenne, hab ich selbst eins. Ich mache eine unschlüssige Kopfbewegung.

»Ich musste Mila in Sicherheit bringen«, fährt Jegor fort, und vor lauter Emphase schießt ihm beim scharfen S in »musste« ein Spuckesprühregen aus den Zahnlücken. »Weil sie meine Schwester ist.«

Ich scheine ziemlich dumm dreinzusehen. Jegor lacht leise auf. Dann bekommen seine Augen einen feuchten Schimmer. »Ehrlich, Billie, ich werde Onkel.«

Mila streichelt wieder meine Wange. Ich lasse es zu.

Sie seien sich absolut sicher, erklärt Jegor weiter. Er habe in Franks Archiv nur spärliche Informationen über sich gefunden, aber übers Internet habe er schließlich doch Freunde seiner Eltern und ehemalige Nachbarn ausgemacht. Und ihnen geschrieben. Die hätten ein Foto von seinem Vater und ihnen beiden aufbewahrt, aufgenommen bei der Auswanderung 1999. Und sie hätten ihm einen Profifotografen in der Stadt genannt, der die Hochzeit seiner Eltern begleitet habe. Ein uralter Mann sei das heute, und er habe sich von seinen Negativen nicht trennen können. »Zeig Billie die Fotos, Milenka.«

Mila zückt ein Smartphone, wischt übers Display, hält es mir vor die Nase.

Ich erkenne ein Brautpaar in Farbe, ärmlich und altmodisch. Das Brautkleid mit Rüschenbesatz ist der Braut ein wenig zu groß, die schwarze Anzughose dem Bräutigam ein wenig zu kurz. Sie lächeln stolz in die Kamera. Der Mann sieht Jegor überaus ähnlich. Sogar das Grübchen im Kinn haben beide gemeinsam. Und die Mutter? Ja, sie könnte seine Mutter sein, sie könnte gut und gerne auch Milas Mutter sein. Aber Russland ist groß und bevölkerungsreich. Hübsche ebenmäßige Gesichter mit perfektem Oval und slawisch hohen Wangenknochen kommen häufiger vor. Mila wischt das Foto größer, richtet den Fokus auf die Frau. »Meine Mama«, sagt sie und streichelt zur Abwechslung das Smartphone.

Ich bleibe skeptisch, auch als Mila mir ein Hochzeitsfoto nach dem anderen zeigt: das Brautpaar vor dem Altar, vor einer alten Buche, vor einem Teich mit jeder Menge Enten. Zuletzt eine laienhafte Aufnahme der Nachbarn: Jegors Vater in Jeans, Lederjacke und Sportschuhen, neben sich einen wuchtigen Rollkoffer. An ihn gedrückt und mit einer Art Ranzen auf dem Rücken steht der etwa dreijährige Jegor. Und auf dem Arm trägt der Vater ein glatzköpfiges Baby im rosa Strampler. »Das ich«, sagt Mila, als zweifle sie kein bisschen daran.

Jegor zählt weitere Indizien auf. Dass Milas Ziehmutter Tanja mit Vornamen geheißen habe und dass er seiner Akte zufolge von einer Tante Tanjuscha ausgesetzt worden sei. Beides sind Kurzformen von Tatjana. Und überhaupt sei Mila nur eine Variante von Milena – laut Polizeiakte der Name seiner Schwester.

Alles kein Grund, Frank und mich festzusetzen und zu misshandeln. Denke ich, deute ein Stirnrunzeln an und richte meinen Blick auf die Pferdebox gegenüber.

Jegor hat kapiert, er holt tief Luft und erzählt weiter. »Frank hat Verbindung zu Wanja, schon viele Jahre. Er führt ihm große und kräftige Jungen aus Jugendheimen in ganz Europa als Helfer für einen Schleuserring zu. Und kassiert dabei ordentlich. Mit Mila und den anderen Zwangsprostituierten hat Frank auch zu tun. Indirekt. Er wollte Mila ausliefern, als er mitbekam, dass Wanja und seine Leute sie suchen. Und er wollte mich für seine Zwecke neu anheuern, hat mir jede Menge Geld versprochen. Ich habe so getan, als sei ich einverstanden, und ihnen die Pässe ausgehändigt. Natürlich habe ich verschwiegen, dass wir die eingescannt und Kopien behalten haben. So konnte ich einen Vorschuss kassieren und Zugang zu den Spritzen bekommen, mit denen sie die entführten Mädchen wehrlos machen. Verstehst du jetzt?«

Ich verstehe alles und glaube nichts, nicke aber, damit er weiterredet.

Sein Plan klingt derart verrückt, dass mir dämmert, wie verzweifelt Mila und er sein müssen: Sie wollen heiraten! Pro forma natürlich. Als deutsches Ehepaar können sie problemlos ausreisen, zum Beispiel als Touristen nach Südamerika. »Brasilien, Argentinien, Chile … egal. Mit dem erstbesten und billigsten Flieger.« Jegor streicht Mila übers Haar. »Hauptsache weg aus Europa, wo Wanja und seine Leute uns früher oder später ausfindig machen.«

Um schnell und ohne bürokratische Hürden zu heiraten, wollen sie nach Dänemark. »In Sønderborg«, so hat er im Internet herausgefunden, »geht das an einem einzigen Tag. Für mich genügt mein Perso, für Mila ihr Pass und ein einfaches Touristenvisum.«

Super Idee! Worauf wartet ihr? Nehmt den Ducato und haut ab. Meinen Segen habt ihr jetzt schon. Nur losbinden solltet ihr mich bitte vorher, würde ich gerne sagen, hätte ich kein Klebeband auf dem Mund.

»Das Problem ist: Wer fährt uns?« Jegor seufzt tief, und es klingt alles andere als gespielt. Er hat immer noch keinen Führerschein. Und kaum Fahrpraxis. Mila sowieso nicht. »Wenn ich der Verkehrspolizei unangenehm auffalle, sind wir geliefert. Also, was ist, bringst du uns hin?«

Ich schiele auf die Beretta, die aus Jegors Gürtel ragt, und fange Milas flehentlichen Blick ein. »Du nehmen Auto für zurück. Wir zahlen Benzin«, sagt sie und lächelt warmherzig.

Sie kommen für meine Rückfahrt auf? Wie nett!

Ich schaue von einem zum anderen. Jede Menge Fragen explodieren in meinem Hirn wie Popcorn in der Mikrowelle: Warum haben sie Anneli umgebracht? Werden sie auch Frank töten? Und mich? Weil ich Mitwisserin bin! Und selbst wenn sie mich davonkommen lassen, was wird dieser obskure Wanja anstellen, um mich als Zeugin später loszuwerden? – Wie gut, dass sie mir den Mund verklebt haben. Es ist besser, meine Zweifel für mich zu behalten. Und meine Panik zu verbergen.

»Sie agieren nur aus Angst vor ihren Verfolgern so. Und aus verzweifelter Geschwisterliebe, die armen Teufel«, will Billie mir einflüstern, »ähnlich wie Bonnie und Clyde. Weißt du nicht mehr? Papa hat uns von ihnen erzählt. Oft vorm Einschlafen. Waren das nicht wundervolle Geschichten? Also hab Verständnis.«

Mich schüttelt es. »Ist doch egal, ob man von einem bemitleidenswerten Systemopfer oder einem geldgeilen Mafioso gemeuchelt wird. Das Ergebnis ist dasselbe. Meine Meinung.«

Am Ende unseres stillen Disputs sind wir zumindest in einem Punkt einig: Wir spielen mit. Erst mal. Die Fahrt dauert ein paar Stunden. Zeit genug, sich eine Strategie einfallen zu lassen und einen Fluchtweg zu entdecken. Ich sehe Jegor in die lauernd verengten Augen. Und nicke ergeben.

Er strahlt. Mila genauso. Vorsichtig, wie um mir nicht wehzutun, zupft sie das Paketband von meinen Lippen, nestelt die Kordel von meinen Händen und küsst mich auf die Stirn. Sie reicht mir eine frische Jeans und ein Longshirt aus eigenem Bestand. Die Schuhe, die sie für mich ausgesucht hat, sind mir zu groß. Ich beschließe, die grässlichen pinken Pumps anzubehalten, die Frank für mich besorgt hat. Wir satteln den Ducato, den Jegor am Waldweg geparkt hat: Den schlammbespritzten und weiterhin schlafenden Frank hievt Jegor auf die Rückbank hinter dem Fahrersitz. Mila fesselt ihm die Hände vor dem Bauch und fixiert seinen rechten Fuß am Scharnier des Vordersitzes. Damit Franks Kopf nicht vornüberbaumelt, bindet sie ihn mit seiner Krawatte an der Kopfstütze fest. Die hinteren Seitenscheiben bekommen eine Sonnenschutzfolie. Wirklich findig, dieses Gaunerpärchen. So fällt überholenden Autofahrern nichts auf.

Beinahe empfinde ich Mitleid mit Frank. »Was habt ihr mit ihm vor?«, frage ich so beiläufig, als sei es mir im Grunde egal.

»Kurz vor der Grenze geben wir ihm eine letzte Dröhnung und laden ihn in der Pampa ab«, sagt Jegor. »Bis er zu sich kommt, sind wir am Ziel. Die Polizei ruft der eh nicht, er weiß, dass er dann selber dran ist. Wir müssen nur verhindern, dass er uns Wanja und seine Handlanger auf den Hals hetzt, bevor wir in Sicherheit sind.«

Letzte Dröhnung? Vielleicht haben sie auch Anneli eine Dröhnung gegeben und übersehen, dass es für ihr altersschwaches Herz zu viel war. In dem Fall hätten sie sie aus Versehen umgebracht. Wissen es vielleicht nicht mal. Es wäre eine Erklärung für Annelis Tod, die mich halbwegs versöhnen könnte. Oder ist Jegor wieder das alte Schlitzohr und meint er mit *letzter* Dröhnung eine … eine *finale* Dröhnung? Und seine geliebte Schwester, die gut gelaunt auf die rechte Seite der Rückbank klettert, ihren Sicherheitsgurt anlegt und sich über den gerundeten Bauch streichelt, sie hat keine Ahnung?

Wer – ist – Jegor? Hat er längst sein Gedächtnis zurück? Seine alte Identität, seine Bosheit? Führt er uns die ganze Zeit an der Nase herum? Uns alle? Mir rattert das Hirn, mir zittern die Beine, als ich auf den Fahrersitz Platz nehme. Er fixiert meine rechte Hand – netterweise nicht mit einem Kabelbinder, sondern einem Nylonseil – am Steuerrad, setzt sich auf den Beifahrersitz und packt die Beretta ins Innentürfach. Ich habe keinen Zweifel daran, dass sie geladen ist.

»Vertrauen ist gut, Kontrolle ist besser«, sagt Jegor.

Während Billie darüber sinniert, dass er damit ein Zitat von Papas verehrtem Wladimir Iljitsch Lenin dreist zweckentfremdet, füge ich mich in mein Schicksal, richte mir Rück- und Seitenspiegel ein, starte den Motor – linkshändig.

Das Navi empfiehlt die A 7 und meldet 710 km, 6 Stunden 20 Minuten bis Sønderborg. Die Uhr am Armaturenbrett zeigt 13:11, der Tag ist warm und sonnig. Mila – ich kann sie im Rückspiegel sehen – hat die Lider geschlossen und summt vor sich hin. Jegor, neben mir, süffelt Red Bull aus der Dose. Er wendet sich zu mir. »Magst du auch eine?«

Ich schüttele stumm den Kopf, als klebe mir noch immer das Paketband auf den Lippen, und schalte den Verkehrssender ein. »Zur Zeit liegen uns keine Staumeldungen vor«, sagt ein unangenehm gut gelaunter Radiosprecher. Der Typ verkennt, dass es Situationen im Leben gibt, in denen Leute sich einen Stau herbeisehnen. Zum Beispiel ich, hier, jetzt. Ich würde Zeit gewinnen, könnte den ein oder anderen Autofahrer auf der Strecke auf meine prekäre Lage aufmerksam machen.

Dann bringen sie Musik, Lena singt »Taken by a Stranger«. – Ja, ein Stranger. Jegor erscheint mir mit einem Mal wieder so fremd und voller Hass wie damals, bei diesen Flaschencontainern in Kranichstein, als er mich mit der brennenden Zigarette im Mundwinkel zynisch angrinste, seine Fingernägel mit der Spitze eines Klappmessers putzte: *Na, gib schon her, Fotze!* Eine Ewigkeit scheint das her, doch wenn ich zurückrechne, sind gerade mal fünf Monate vergangen.

Endlich wird Frank wach. Er bollert mit den Knien von hinten gegen meine Rückenlehne und maunzt wie eine malträtierte Katze. »W… was macht ihr … mit mir?«

»Halt die Fresse.« Jegor spuckt aus dem Fenster.

Frank verstummt, hört auf zu zappeln, scheint sich zu besinnen. Ich würde ihm gern ins Gesicht gucken, aber umdrehen geht schlecht mit einer am Steuer angeleinten Hand. Was hatte er mit mir vor, ehe Jegor mich befreit, nein, ehe Jegor mich zu eigenen Zwecken gekidnappt hat? Wohin wollte Frank mich bringen? Wer hätte mich am Ziel unserer Fahrt erwartet? Dieser Wanja? Quatsch, denke ich, Frank ist kein Krimineller. Jegor und Mila spinnen sich was zusammen.

Als hätte er meine Gedanken erraten, trumpft Jegor auf. »Pass auf, liebe Billie. Gleich erfährst du, von welcher Sorte dein Chef ist. Ich habe ein kleines Hörspiel vorbereitet, während du geschlafen hast.« Er greift ins Handschuhfach und zückt sein Handy, zieht gleichzeitig meines aus seiner Jackentasche. »Du bekommst es sogar digital konserviert. Wenn du zurück bist, kannst du es der Polizei vorspielen. Ich wette, da gibt's Leute bei der Staatsanwaltschaft, die werden hochinteressiert sein.« Er schaltet beide Handys ein und richtet Lautsprecher und Mikro zueinander aus.

Die Aufnahme ist mäßig, aber verständlich. Die Überspielung müsste klappen. Ich lausche angespannt.

»Na los, Frank, was hast du mit Wanja zu tun?«, knarrt der Hörspiel-Jegor mit kaum verhaltener Wut.

»Eigentlich … eigentlich nichts.« Franks Stimme ist fast nicht wiederzuerkennen, so gedruckst, so greinend.

»Also eigentlich doch.«

»Ich kenn ihn kaum, ich meine persönlich.«

Jegor wiehert vor Lachen und legt nach: »Aber seine Leute kennst du persönlich. Sogar höchstpersönlich, was? Und hast genau gewusst, was die mit den Jugendlichen anstellen, die du ihnen zulieferst?«

»Die haben mich gezwungen.«

»Gezwungen? Niemand klingelt bei wildfremden Leuten an der Haustür und zwingt sie, bei so einer Scheiße mitzumachen. Also, warum hatten die dich in der Hand?«

»Die haben mich erpresst.«

»Warrrum will ich wissen.«

Frank schweigt, stöhnt, die Aufnahme bricht ab, und ich kann mir lebhaft vorstellen, auf welche Weise Frank zu den Prellungen in seinem Gesicht gekommen ist. Nach einem leisen Klicken läuft das Band weiter: »Weil … weil wir bei der Vermittlung an die Heime Geld einbehalten haben«, nuschelt Frank, als habe er keine Zähne mehr.

Unwillkürlich schüttele ich den Kopf, kapiere nichts, will nachhaken. Die Erläuterung liefert der Hörspiel-Jegor laut und deutlich nach: »Also, Frank Hölzel, ich übersetze mal für unsere Zuhörer: Du solltest im Auftrag der Stadt und des Landes Waisen und Sozialwaisen in Betreuungseinrichtungen unterbringen. Und hast von den dafür vorgesehenen Geldern wiederholt was in die eigene Tasche gewirtschaftet. Besonders lukrativ waren schwer Erziehbare. Denn für die gibt's extra viel Geld. Dass die Kids in billige Bewahranstalten gesteckt werden, merkt in den chronisch unterbesetzten Behörden ja keiner. Hab ich recht?«

Frank gibt ein Geräusch von sich, das mit etwas Phantasie als Zustimmung gewertet werden kann.

Jegor reicht das nicht. »Ob ich recht habe?«

»Jauuu… a!«

»Möglich wurde diese Transaktion über eine scheinbar honorige GmbH, deren Geschäftsführer du bist. Ich nehme an, Frank Hölzel, deine Arbeit hat sich gelohnt. Da versteht jeder, wieso du dir trotz deines moderaten Gehalts von dreieinhalb Tausend brutto eine Penthousewohnung und ein Mercedes-Cabrio leisten kannst.«

Ich halte die Luft an, muss an den Luxus denken, mit dem Frank sich umgibt, seine Todds, seine Burberry-Hemden, seinen Breitling-Chronographen. Viereinhalb Tausend Euro kostet so ein Ding. Viereinhalbtausend Euro trägt der Typ an seinem Handgelenk spazieren und lässt seine Mündel in maroden

Bewahranstalten vor die Hunde gehen. Ich lausche auf sein selbstmitleidiges Schniefen hinter meiner Rückenlehne und ekele mich unendlich, mit diesem Mann in einem Bett gelegen zu haben, einem teakgerahmten Bett.

»Dein Problem war, Frank Hölzel, dass dir ein in Osteuropa agierender Schleuser und Zuhälter in die Quere kam. Der fischte in denselben Heimen nach Mädchen. Und nach männlichem Nachwuchs, der die Mädchen gefügig prügelt. Aber warum nicht gemeinsame Sache machen mit diesem Wanja? Die Kinder aus dem Westen sind doch alle irgendwie gestört heute. Da muss man nur einen gefälligen Gutachter finden, nicht wahr, Frank? Und auf diese Weise, verehrtes Publikum, wurde über Nacht aus einem kleinen Betrüger ein Kapitalverbrecher.«

»Du warst wirklich … schwierig, Jegor.«

»Ich war verschlossen, ich war eigenbrötlerisch. So steht es in meiner Akte. Aber ich war nicht verhaltensgestört, Frank. Meine Lehrer am Gymnasium, meine Mitschüler – ich habe mehrere gefunden und sie gefragt. Alle haben sich gewundert, dass ich als Zwölfjähriger urplötzlich in ein Heim für schwer Erziehbare verschickt worden bin. Ja Frank, das Internet ist die reinste Schatzkiste für einen, der Amnesie hat. Und wenn dein Betreuer glaubt, du könntest nichts als am Computer spielen, dann hast du Zeit ohne Ende.«

Jegor lacht bitter, unterbricht die Aufnahme, schaltet beide Smartphones aus und sieht mich von der Seite an. »Jetzt weißt du auch, Billie, weshalb Frank so rührend um mich besorgt war, nachdem ich aus dem Koma erwacht bin. Weshalb ich das Praktikum bei euch bekommen habe, weshalb ich fortgesetzt die Sekretärin bei ihm spielen durfte. Für Wanja war ich nach zwei misslungenen Anschlägen, der Attacke im Hinterhof und der Manipulation der Klinikapparate, wie eine tickende Zeitbombe, eine der Polizei bekannte Zeitbombe. Sie mussten fürchten, dass meine Erinnerungen wieder einsetzen. Aber es war zu riskant, noch einmal zu versuchen, mich umzubringen. Also hatte Frank den Auftrag, mich zu beobachten. – Und die Szene damals im Kletterwald, die hat er selbst inszeniert oder von Wanjas Leuten inszenieren lassen. Er brauchte einen Vorwand für seine verstärkte Obhut.«

Mir schwant was. Mir schwant alles. Auch wer die beiden Ärzte mit den ultraweißen Kitteln in die Magdalenen-Klinik geschleust hat. Und manches andere. »Seine Firma, wie heißt die?«, frage ich.

»Juvenis, Juventus, oder so ähnlich«

»Juventis? Ich glaub's nicht! Die hatten auch Laura und Sophie in den Flossen«, schreie ich, erzähle von dem obskuren Heim am Plattensee, von Billies Rettungsaktion, von Franks Telefonat mit einem gewissen *Charly*.

Jegor wirft den Kopf in den Nacken. »Davon wusste ich nichts.«

»Wo Laura und Sophie jätzt?«, fragt Mila entgeistert.

»In Sicherheit«, sage ich. »In einem ordentlichen Heim in der Nähe der Kraftsruhe. Ich hab alles dem Fürsorgeamt gemeldet.«

Frank hält verdächtig still, man hört nicht mal seine Füße scharren. So verhalten sich kleine Kinder, die nicht beim heimlichen Naschen oder beim Zerlegen des Weckers ertappt werden wollen.

Das macht mich hellhörig. »Sie sind doch in Sicherheit, Frank? Oder sollte ich besser *Charly* fragen? Wer ist das überhaupt? Dein Kompagnon?«

Frank bleibt die Antwort schuldig, denn die Bremslichter eines LKWs hundert Meter vor uns leuchten auf, glimmen aus, erlöschen, leuchten wieder auf. Und vom Parallelstreifen her strahlt mir ein Band aus roten Lichtern entgegen, Fanale der Hoffnung: der Stau, der mich retten könnte. Stockend schieben sich Limousinen, Kombis und SUVs auf zwei parallelen, aber unkoordinierten Fließbändern bis zum Horizont.

»Scheiße«, sagt Jegor.

Ich schalte in den zweiten Gang, dann wieder das Radio ein. Jegor hat den Verkehrsfunk abgestellt, damit wir Frank Hölzels Gejaule auf Band besser verstehen konnten. Ein strategischer Fehler in Ihrer Planung, Mister Jeggo, denke ich und verkneife mir ein Grinsen.

»Elf Kilometer zäh fließender Verkehr infolge eines Unfalls«, melden die Radioleute. Ich überlege, ob ich das Fenster runterkurbeln und um Hilfe kreischen soll.

Da meldet sich Billie aus dem Off. Sie hat unterwegs einen protzigen kupferfarbenen BMW ins Auge gefasst. Darin sitzen zwei südländisch aussehende Männer, beide bullig und auffallend unattraktiv. Der Fahrer trägt Rasurglatze und Habichtprofil, der Beifahrer Schnauzbart und Kotletten in Kombination mit fliehendem Kinn – eine Typberatung würde sich dringend empfehlen. Aber vielleicht hat die Karre so viel gekostet, dass dafür kein Geld übrig bleibt.

Die Luxuskarosse mit den ungewöhnlich hässlichen Insassen ist Billie schon kurz hinter der Autobahnzufahrt aufgefallen. Sie fahren dieselbe Strecke wie wir in ähnlich gedrosseltem Tempo. Just stecken sie neben uns auf dem linken Fahrstreifen fest. Der mit dem Schnauzbart schielt aus dem Augenwinkel herüber.

Billie lächelt ihm zu. Und stupft sich mit der freien linken Hand die Haare am Hinterkopf bauschig, wie es die Flirt-Ratgeberbeiträge mancher Frauenzeitschriften öfter zeigen. Billie kann so was sofort umsetzen.

Der Schnauzbart starrt mich aus dümmlichen Knopfaugen an. Passiert dem wohl nicht alle Tage, dass ihn eine Frau anmacht. Der Glatzkopf lässt eine Lücke zu seinem Vordermann, ich kann rechts überholen, fahre im Schritttempo vorbei. Billie blinzelt derart kokett, dass dem Schnauzbart der Mund offen stehen bleibt und mir schlecht wird. Sogar der Fahrer wendet uns sein Habichtgesicht zu, grinst.

Ich werfe einen Blick nach rechts zu Jegor. Der ist hinreichend damit beschäftigt, übers Navi die nächste Ausfahrt zu suchen. Mila schnarcht leise. Und Frank? Gibt keinen Mucks mehr von sich. Recht so. Soll sich schämen.

Ich schere vor dem BMW ein. Billie sucht im Rückspiegel Blickkontakt.

»In dreihundert Metern, Nörten-Hardenberg, geht's ab«, sagt Jegor.

»Auf die Landstraße etwa?«, fragt Billie, als sei das eine ganz, ganz blöde Idee.

»Los, fahr raus«, kommandiert Jegor, als die Bake mit den drei Strichen vor uns auftaucht, »wir müssen vorankommen.«

Ich setze bedauernd den Blinker, fädele mich zwischen zwei SUVs ein, blinke erneut und bin baff. Der BMW folgt uns, klebt an der Stoßstange eines Toyota-Kombis hinter uns, blinkt rechts, als wolle er wie wir die Ausfahrt nehmen. Keine Minute später, auf der Landstraße Richtung Norden, hat er uns eingeholt.

»Bingo«, triumphiert Billie in meinem linken Ohr. »Unsere Rettung.«

Von wegen Rettung. Alles kommt anders. Der BMW fährt eine Weile hinter uns her. An einer verkehrsarmen Stelle überholt er uns, schneidet uns, baut sich quer zur Fahrbahn vor uns auf. Erschrocken trete ich auf die Bremse, unser Ducato schießt auf den Seitenstreifen, stoppt mit einem Ruck. Mila schreit auf, Jegor brüllt: »Das sind die! Fahr weiter, fahr einfach drumherum und weiter!«

Ach komm, das sind zwei notgeile Hanseln, Leute von der Mafia fahren schwarze Limousinen, weiß doch jeder, will Billie sagen, aber ich beiße ihr auf die Unterlippe und versuche eine Kehrtwendung, denn ich fürchte, dass Jegor recht hat. Zu spät, die Typen sind aus ihrem Auto gesprungen, postieren sich rechts und links von uns mit gezückten Knarren, reißen die

Türen auf, glotzen zu uns rein. Der Glatzkopf zerrt Mila vom Rücksitz, der Schnauzbart nimmt sich Jegor vor, als der Mila nachspringen will, verpasst ihm einen Schlag gegen die Schläfe, dass er in die Knie geht. Bilde ich es mir ein oder wirft mir der Typ dabei ein bedauerndes Lächeln zu? Jedenfalls muss ich, angekettet ans Lenkrad, mit ansehen, wie die Ganoven Mila mit einem Lappen vor dem Mund betäuben, in ihren Kofferraum verfrachten und den Deckel zuhauen. Jegor, kreidebleich am Boden, zuckt nur schwach. Haben die Jegor erschlagen? Sie schleppen ihn zu ihrem BMW und bugsieren ihn auf die Rückbank.

Der Schnauzbart kommt zurück, betrachtet Frank, betrachtet mich, den gezückten Revolver in der Hand. Ich zittere nicht mehr, ich fröstele nicht mehr, ich bin gefasst und rechne mit dem Leben ab. Im Nachhinein betrachtet war es kein schlechtes, denke ich.

Billie schüttelt meine Schicksalsergebenheit vehement ab, reckt ihren Busen, guckt dem Schnauzbart unverwandt in die Knopfaugen. »Ich danke Ihnen«, haucht sie, »Sie haben mich gerettet, mich und meinen Chef«, sie macht eine schnickende Kopfbewegung Richtung Rückbank. »Schade, dass wir uns unter diesen widrigen Umständen begegnen mussten.«

Er neigt den Kopf zur Seite, als müsse er intensiv nachdenken, lächelt ergriffen und walzt in seiner viel zu engen schwarzen Lederkluft zurück zum BMW. Mit einem bedauernden Blick über die Schulter steigt er ein. Sein Kumpel legt eine ungeschickte Wendung hin, sie fahren davon.

Ich schnappe nach Luft, horche auf mein rasendes Herz, stelle fest, dass ich lebe. Trotzdem schüttelt mich erneut das Entsetzen. Was machen sie mit Mila? Mit Milas Baby? Und ist Jegor jetzt tot?

Frank bollert – diesmal vor Ungeduld – mit seinen Knien gegen meine Rückenlehne. »Lass uns verschwinden, Isabell. Im nächsten Ort gibt es bestimmt eine Tankstelle, die offen hat, oder einen Kiosk oder so. Da kann uns jemand die Fesseln abnehmen und …«

»Wer ist Charly?«

»Hast es erraten, ist mein Kompagnon.«

Ich zögere nicht lange, ergreife das Steuer, gebe Gas und jage dem BMW hinterher. Ich nehme stark an, dass sie direkt zurückfahren: die A 7 bis Kirchheim, dann wahrscheinlich die A 5 zum Frankfurter Bahnhofsviertel. Zu diesem Puffmeister Wanja. Um Mila abzuliefern und Jegors Leiche zu beseitigen. Wir müssen sie einholen, irgendwie.

Franks Stimme klingt, als leide er unter Kopfschmerzen: »Du machst einen Fehler, Isabell, einen schweren Fehler. Du hast gesehen, wozu Wanja und seine Leute fähig sind.«

»Schnauze«, zischen Billie und ich wie aus einem Mund.

In unserem Ducato steckt verblüffend viel Energie. Ich weiß das, seit Billie mit ihm in einem Rutsch vom Plattensee bis nach Hause gefahren ist, Laura und Sophie im Gepäck. Elegant legt sich das alte Gefährt in jede Kurve, fädelt sich trotz seiner ausladenden Maße durch dichten Verkehr und schafft, außer am Berg, stolze hundertfünfzig Sachen.

Vielleicht haben Wanjas Hanseln eine Fresspause eingelegt oder sich ein Schläfchen nach all der Aufregung gegönnt, jedenfalls erspähe ich schon nach knapp einer Stunde die Karosserie des BMW, wie sie golden in der Abendsonne vor mir aufleuchtet. Jetzt würde sich empfehlen, die Polizei zu rufen. Und Nikos anzurufen. Aber mein Handy liegt immer noch zusammen mit der Beretta im Seitenfach der Tür gegenüber. Ich zerre an dem verdammten Nylonseil, mit dem meine Hand ans Lenkrad fixiert ist, ich verrenke mir fast den Hals beim Versuch, mit meinem linken Arm über meine rechte Schulter hinweg die Beifahrertür zu erreichen. Keine Chance. Ich erwische nur Jegors letztgeöffnete und am Boden klebende Red-Bull-Dose, schütte den Rest der Flüssigkeit in mich rein, ducke mich hinters Lenkrad, als könnte ich damit den Ducato wegducken, und folge dem BMW in einigem Abstand.

Mein Vorteil ist, dass Wanjas Leute nicht mit mir rechnen. Sie denken, ich wäre froh, davongekommen zu sein. Denken, ich würde brav nach Hause fahren und mich nicht mehr mucksen. So wie der fortwährend lamentierende, sich reuig gebende Frank es vorgezogen hätte.

Aber seit ich Billie an meiner Seite habe, muss alle Welt mit mir rechnen. Sobald die Überholspur frei ist, schicke ich dem lieben Gott ein Stoßgebet, instruiere Frank, dass er wie ich, um ein Schleudertrauma zu vermeiden, den Nacken kerzengerade und das Kinn gesenkt hält. Und dann tue ich es: Ich überhole den BMW, ich schneide ihm in James-Bond-Manier den Weg ab und latsche auf die Bremse. – *Engelchen, Bengelchen, flieg!*

Karachooo!

Dem Geräusch nach zu urteilen, hat der BMW Totalschaden. Der Ducato dürfte dank der gewaltigen Knautschzone überdauern. Ich lasse ihn auf die Mitte der Fahrbahn weiterrollen, schalte die Warnblinkanlage ein und geriere mich meiner Umgebung gegenüber als schockstarres Verkehrshindernis.

Frank stöhnt. »Du spinnst, Isabell. Du spinnst echt.«

Ich verkneife es mir, laut aufzulachen. Denn die Dinge laufen wie erhofft. Genauer gesagt, wie von Billie geplant: Im Nu bildet sich ein Stau hinter uns, interessierte Mitmenschen kommen angerannt, fotografieren und filmen erstmal die Szene … die Unfallwagen, die Insassen … Ein älterer VW-Fahrer ist sogar hilfsbereit, erkundigt sich nach meinem Befinden, verspricht mir, ein Warndreieck aufzustellen, einen Krankenwagen und die Verkehrspolizei zu rufen.

»Oh ja, bitte«, sage ich und senke bescheiden mein Haupt. Beobachte dabei im Außenspiegel, wie die grauhaarige Begleiterin des VW-Fahrers eine genervte Miene macht und sich eine Zigarette anzündet. Mit dem Zigarettenanzünder aus dem VW!

In mir glimmt eine Idee auf. Darauf hätte ich, zumindest Billie, auch früher kommen können. Ich betätige den Zündschlüssel bis die Elektrik anspringt, drücke den kleinen schwarzen Stopf neben der Handbremse in seine Vertiefung … ein paar Sekunden später ist es so weit: Ich halte das glühende Ende an meine Fessel, es zischt, es stinkt, die Nylonschnur baumelt mir vom Gelenk, ich bin frei. Und steige aus.

Keinen Moment zu früh, denn aus dem BMW (beziehungsweise aus einem seitlich heraushängenden Airbag-Rudiment auf der Rückbank) kriecht jemand – Jegor! Er starrt mich entgeistert an, fasst sich wieder. »Dieser Charly … das ist vielleicht der Heimleiter«, keucht er. »Karolus Kaiser heißt die Sau.«

Es dauert zwei, drei Atemzüge, ehe die Nachricht die richtigen Synapsen in meinem Hirn erwischt. Unterdessen taumelt Jegor weiter zum Kofferraum des BMW, wo Mila weiterhin versteckt sein müsste. Der Schnauzbart, der sich ebenfalls von seinem ersten Schrecken erholt zu haben scheint, hetzt hinter Jegor her, holt mit der Faust aus, Jegor pariert … Drei mutige Männer aus dem Pulk der Schaulustigen versuchen vergeblich, die beiden zu trennen. Der Lärmpegel steigt. Glatze telefoniert. Ich kann mir denken mit wem.

»Wo sind die restlichen Spritzen«, frage ich Frank. Es müssen noch welche da sein. Denn zumindest eins dieser Dinger hatte Jegor ja nach eigenem Bekunden für ihn reserviert.

Frank schließt die Augen, antwortet nicht, überlegt wohl, was er den anrückenden Verkehrspolizisten erzählen könnte.

»Arschloch«, sagt Billie.

Ich gebe ihr einen aufmunternden Schubs. »Vielleicht sind die Spritzen im Verbandskasten im Kofferraum. Wäre sinnig.«

Tatsächlich finden wir dort eine, eine einzige. Ich schnappe sie mir, verstecke sie in meiner Gesäßtasche und gehe direkt auf den Schnauzer zu, der mir finster entgegensieht und von Jegor ablässt, der wie ohnmächtig zusammengesunken ist.

Dann übernimmt Billie: »Ich wollte das nicht machen, mein Chef hat mich gezwungen«, greint sie. »Und doch bin ich unendlich glücklich, dich wiederzusehen. Unverletzt, hoffe ich.« Sie streckt ihm ihre rechte Hand (mit dem leicht zu deutenden Rest Nylonschnur) sehnsüchtig entgegen.

Seine Pupillen weiten sich, sanft zieht er sie zu sich heran …

Ich muss sagen, dass mir Billies Hinterhältigkeit im Nachhinein unangenehm ist. Man sollte minder intelligente Menschen nicht veralbern. Sie hätte abwarten können, bis der Schnauzer mich angreift, um ihm bei dieser Gelegenheit die Spritze in den Wanst zu jagen. Das wäre ehrenhafter gewesen. Meine Meinung.

Wie dem auch sei, die für Frank bestimmte »letzte Dröhnung« streckt nun diesen Bullen nieder. Butterweich sackt er samt seiner Lederkluft in Billies Umarmung zusammen.

»Dieser Herr braucht ärztliche Hilfe. – Ja, glauben Sie mir, ich bin Krankenschwester und arbeite für eine kirchliche Einrichtung«, sage ich den verdutzten Umstehenden, die auf meine schmuddeligen pinkfarbenen Pumps starren. »Kann bitte jemand bei der 112 melden, dass zwei Personen ärztlich versorgt werden müssen. – Nein, drei«, fällt Billie ein. »Die dritte Person sitzt hilflos bei mir auf dem Rücksitz. Und steht unter Crack.«

Ich nehme Frank die Handfesseln ab, den Rest schafft er wohl alleine. Ich überlege, wie ich den Glatzkopf festsetzen und Mila aus dem Kofferraum rausholen kann, drehe mich nach dem BMW um und traue meinen Augen nicht: Die Fahrertür klafft auf, der Fahrersitz ist leer, genauso der Kofferraum.

Sie können nicht weit sein, sagt Billie, greift sich Handy und Beretta, huscht ins Gehölz am Autobahnrand und hält Ausschau.

Ich jage hinter ihr her. »Lass uns lieber auf die Polizei warten.«

»Bis die kommt, ist Glatze mit Mila auf und davon!«

Ich seufze und begebe mich auf Spurensuche. Billie betrachtet derweil die Anrufliste auf unserem Handy: zweimal Gerald, einmal Marco, einmal Frederico ... kein Mall Nikos. Kein einziges Mal. Das tut weh. Weiß ich. Trotzig sucht sie seine Kurzwahl heraus, erwischt nur den Anrufbeantworter. »Hier Billie«, flüstert sie ins Micro, »bitte kümmere dich um Laura und Sophie. Die sind in Gefahr. Mach's gut.« Sie tippt auf die Auflegetaste, ohne ein Wort über sich, über uns zu verlieren, stopft sich das Gerät in die Hosentasche. – Billie ist so tapfer, ich könnte weinen.

Ich weine nicht, sondern reibe mir nur die Augen, als ich einen umgetretenen Windschutzzaun und frisches Blut an einer Farnpflanze entdecke. Wenige Meter weiter wieder welches, diesmal auf trockenem Buchenlaub. Ich spähe durch die Baumzeilen. Und da sind sie. Aus blattlosem Gehölz blitzt Milas gelbe Tunika, flattert ruckartig querwaldein, gefolgt von einer Bärengestalt in bärenbrauner Kluft. Nur der Kopf schimmert hell Es gehört nicht viel Phantasie dazu, zu ahnen, dass es Glatze ist, der Mila seinen Revolver in den Rücken bohrt.

Plötzlich halten sie an. Er wendet sich nach links, nach rechts, als suche er was. Dann schubst er sein Opfer weiter zu einer freistehenden jungen Birke, zieht sich den Gürtel vom Bauch und bindet damit die am Hinterkopf blutende Mila am Stamm fest, auf Brusthöhe und mit angelegten Armen.

Aha, kein Paketband, keine Kabelbinder dabei, denke ich. Der Gedanke beruhigt mich ein bisschen.

»Na, wenn dem jetzt nicht die Hose rutscht«, sagt Billie.

»Dann käme er nicht weit«.

Wir gucken gespannt hinüber. Leider bleibt der Hosenbund an seinem dicken Hintern hängen. »Immerhin ist der bewegungseingeschränkt«, sage ich.

»Nicht so sehr wie Mila.«

Glatze hockt sich gut fünf Meter von Milas Marterpfahl entfernt auf einen Baumstumpf und telefoniert erneut. Kein Zweifel, er ruft nach Verstärkung. Und nach einem intakten Gefährt. – Verdammt, wahrscheinlich verläuft die Landstraße nicht weit von hier.

»Wir könnten ihn von Mila ablenken«, sagt Billie.

»Um selber in seine Fänge zu geraten?«

»In alten Sagen werfen wehrlose Helden einen Stein ins Gebüsch.«

»Und schon rennt Rübezahl vor lauter Angst auf und davon? – Ach komm, das hier ist kein Kinderbuch.«

»Okay, im realen Leben ruft man besser die Polizei. Die Kriminalpolizei. Also los.«

»Erst mal orten, wo wir genau sind«, sage ich, krame mein Handy raus. Die Beretta stecke ich hinten in meine Jeans, wie die Zivilfahnder im Fernsehen es machen, versenke den Lauf zwischen meinen Pobacken. Dann öffne ich die Google-Maps-App und studiere meine Umgebung, finde die Autobahn, die Aufforstung, die Landstraße. Als unvermittelt eine Faust von oben auf mich niedersausen will. Glatze ist behänder, als er aussieht.

Aber Billie ist auch nicht schlecht, duckt sich rechtzeitig weg, tritt Glatze den Pumps in die … nein, daneben, der Schritt sitzt ohne den Gürtel tiefer. Wie konnte sie das vergessen! Doch sie kämpft weiter, wie eine Amazonenfürstin, wirklich bewundernswert. Trotzdem lande ich keine Minute später in der piekenden Gefangenschaft einer Kriechkiefer. Die Beretta ist mir tief in die Unterhose gerutscht, keine Chance heranzukommen. Am Ende des Schlagabtauschs finde ich mich mit Schürfwunde am Kinn, Moosfasern an den Zähnen und Rücken an Rücken mit Mila wieder – zwischen uns der schmale Birkenstamm. Glatzes geflochtenen Ledergürtel tragen wir nun gemeinsam um unsere Hälse geschlungen und festgezurrt. Obendrein fesselt er meine Hände – mit Jegors Nylonstrippe.

Billie hätte sich die Zeit nehmen sollen, sie abzupfriemeln. Fehler!

Kaum ist Glatze fertig, meldet sich mein Handy. Nikos, vielleicht. Glatze zieht es mir aus der Hosentasche, würgt den Anruf ab, betrachtet das Teil mit Begeisterung. Kein Wunder, es ist ein brandneues iPhone. Billie hat es vor zwei Wochen Frederico abgeschwatzt. Woher Frederico es hat, entzieht sich glücklicherweise meiner Kenntnis.

Glatze lässt sich damit auf seinem Baumstumpf nieder. »Flossen ruhig halten, sonst knallt's«, schreit er und legt den Revolver neben sich ab, um Simkarten auszutauschen, seine eigene gegen meine, die er mit einem Stein bearbeitet und in die Büsche kickt. Dann telefoniert er wieder. Mit meinem iPhone! Fühlt sich vermutlich gemüßigt zu melden, dass er inzwischen *zwei* Frauen gefangen hält, der Angeber.

Von der Autobahn her klingt gleichmäßiges, gleichmütiges Rauschen. Ob Krankenwagen und Polizei jetzt da sind? Ob man nach den Fahrern der beiden Unfallwagen sucht? Kann sein, sie glauben, die Fahrzeuge seien gestohlen, die Diebe abgehauen. Was wird Frank der Polizei erzählen? Und was Jegor? Was denkt Nikos, wenn er keinen Rückruf bekommt?

Ich hebe den Kopf an, drehe ihn zur Seite, damit Mila mich gut hören kann, flüstere: »Jegor lebt.«

Mila schnieft leise. »Dannke für hälfen, Billie.«

»Wollte ich gar nicht. Kam so über mich.«

Mila scheint das für einen Scherz zu halten. »Du guter Mänsch, Billie.«

»Was man von dir nicht behaupten kann.«

»Bittä?«

»Warum habt ihr Anneli umgebracht?«

Ich spüre es durch den Birkenstamm hindurch, wie sie erstarrt. »Anneli – tot?«

»Tja«, sage ich.

»Du dänken, ich? Du dänken, Jegor und ich?«

Ich schweige, schätze, das ist Antwort genug.

Ein Zittern in meinem Rücken, ein lauter Schluchzer, fast kreischt sie es: »Annäli mein Freundin. Die das gämacht …« Was sie mir sonst noch sagen will, geht in anhaltendem Winseln unter.

»Schnauze, sonst gibt's eins drauf«, blökt Glatze und springt in Habachtstellung.

Prompt sind wir beide still. Mila zieht leise die Nase hoch. Und ich, ich fühle mich beschämt. »Mein Freundin«, sagt sie erneut. Kein Zweifel, Freundschaften sind was Heiliges für sie.

Glatze hat sich wieder hingesetzt. Mir fällt die Beretta in meiner Hose ein. Mit den verknoteten Handgelenken kann ich sie nicht fassen. Aber Mila vielleicht? *Wenn du einem Menschen Vertrauen schenkst, dann gibst du ihm eine Pistole in die Hand, mit der er dich verteidigen oder erschießen kann*, denke ich in Abwandlung eines alten Sprichworts. Meine Entscheidung ist gefallen. »Fass mir an den Po«, zische ich durch geschlossene Zahnreihen.

»Waaas?«

»Letzte Warnung«, brüllt Glatze, reibt sich den Schweiß von derselben, steht auf und geht ein paar Schritte in die Richtung, in der ich die Landstraße vermute.

Mila gehorcht, fingert von hinten in meine Hose, eiskalt sind ihre Finger, sie hält erschrocken inne. Ich auch. Ist die Beretta eigentlich gesichert?

Bremsgeräusche vom Straßenrand her, eine Tür knallt. Ich wende den Kopf, so weit wie der Gürtel um meinen Hals es zulässt, erkenne einen muskulösen Mann um die Vierzig im grauen Anzug, der durch den Farn watet, als handele es sich um Kuhmist. Er knurrt Glatze an, ich verstehe nur Brocken: »Versager« und »verdammte Scheiße«.

Glatze fiept Verteidigung, weist mit ausholender Armbewegung auf Mila und mich, wie wir regungslos am Baum festhängen. Es hilft ihm nichts. Ein dumpfes Plopp, und Glatze fällt um, stumm und schlaff wie ein Sack Blumenerde.

»Das Wanja«, raunt Mila. Ihre Stimme klingt belegt wie nie. Sie zerrt mir die Beretta mit einem Ruck aus der Jeans. Mir wird schwindelig.

Wanja? Wer da seitlich auf uns zukommt, sonnenbankgebräunt, straffe Haltung, finstere Miene, ist niemand anderes als der Schwarzenegger-Verschnitt, der Jegor im Kletterwald verfolgt hat. Damals mit Helm und in Trainingsoutfit, heute geckenhaft im anthrazit schillernden Zweireiher, mit weißem Schlips und gegeltem Haar. Nur der unförmige Revolver mit dem Schalldämpfer-Aufsatz, den er mit beiden Händen fasst und vor sich herträgt, passt so gar nicht zu seinem Aufzug.

Ob er mich erkennt? Er fixiert mich mit vorgestülpter Unterlippe und zornzerfurchter Stirn. – Billie dürfte bei ihm keine Chance haben, mit dem Mann ist nicht gut flirten.

Er kommt näher, konsequent von der Seite, um sowohl Mila als auch mich im Auge zu behalten. Doch sein Blick ist genau wie der Lauf seines Revolver-Ungetüms fest auf mich gerichtet.

Okay, jetzt ist es aus, endgültig aus, sage ich mir, wende mein Gesicht in die Gegenrichtung, schaue hinauf zum dramatisch bewölkten Abendhimmel. Mein Herz pumpt, als wolle es mir widersprechen. Billie weint leise in sich hinein. So viel Nahtod-Erfahrung an einem Tag ist zu viel, sogar für sie.

Da vernehme ich statt eines Schusses ein dumpfes Knacken, ein lautes Plumpsen, einen Aufschrei in männlicher Tonlage. Ich wende mein Gesicht vorsichtig nach links, kein Revolverlauf mehr, keine Zornesfurchen mehr. Wanja ist zu Boden gegangen. Der Kletterathlet vom Kletterwald ist über einen querliegenden Ast gestolpert. Bäuchlings liegt er da, seine Waffe ist ihm davongeflogen – direkt vor meine Füße, vor meine hässlichen pinken Pumps.

Billie, geistesgegenwärtig wie nie, fährt das linke Bein aus, fischt sich das Schießeisen, steckt den 5-cm-Absatz in den Abzugsbügel. »Na, dann komm mal her und hol dir deine Knarre,

Wanja.« Ich ahne es, sie ist wild entschlossen, ihm ins Gesicht zu treten, schön mit der pinken Spitze auf die klassisch gerade Nase.

Wanja ahnt es auch. Er läuft zornesrot an, stützt sich auf die Oberarme, hebt den Kopf, hebt den ganzen Oberkörper wie eine Kobra …

Ein Knall. Ohrenbetäubend. Nackenhaarsträubend.

Mila hat geschossen. »Das für mein Freundin Annäli!«, schreit sie und schießt ein zweites Mal. »Und das für mein Freund Ralf!«

Die Kobra hat zwei Löcher im Hals, aus denen Blut schießt, immer weiter Blut schießt. Sie reißt die Augen auf, starrt Mila an, fasst sich an die Gurgel, betrachtet die tropfenden Finger. Eine endlose Weile später starrt sie ins Leere und sinkt in ihre Blutpfütze, dass es spitzt. Das Moos, die Laubdecke – alles rotgesprenkelt. Auch unsere Füße.

Mila jault angewidert auf. Ich jaule mit.

»Nimm dich zusammen, Isa«, kommandiert Billie.

»Nimm dich zusammen, Mila«, kommandiere ich.

Wir entfesseln einander. Mila heult Rotz und Wasser. »Jätzt ich Mörder.«

Ich umarme sie. »Bist du nicht, das war Notwehr.«

»Was die Indizien beweisen werden«, verkündet Billie. Sie nimmt Wanjas Revolver (eingehüllt in trockene Buchenblätter, um keine Fingerabdrücke zu hinterlassen) und legt ihn neben Wanjas rechter Hand ab.

Ich hege meine Zweifel, ob das korrekt ist. »Manipulationen am Tatort gehen zu weit, auch wenn man dem Recht zu seinem Recht verhelfen will. Meine Meinung«.

»Mila ist unsere *Freundin*«, kontert Billie.

Ich gebe klein bei. Arm in Arm stapfen wir alle drei durch das Unterholz zurück zur Autobahn, die immer noch teilgesperrt ist, weil die Kriminalpolizei auf dem rechten Fahrstreifen parkt und den Grünstreifen nach uns absucht.

Sie haben Nikos dabei. Tatsächlich Nikos! Er entsteigt dem Rücksitz und humpelt auf Krücken auf uns zu. Billie stürzt ihm entgegen. »Wieso …«

»Du warst weg, Jegor auch. Gerald, Marco, Frederico, alle haben Alarm geschlagen. Und als du bei deinem Anruf vorhin geflüstert hast, war mir klar, dass da was nicht stimmt.«

»Hab ich geflüstert?«

Nikos umarmt sie, küsst sie auf die Stirn, betrachtet unsere Abschürfung am Kinn. »Sonst alles okay mit dir?«

»Jetzt ja.«

Sie irrt sich. Erkennt nicht, dass sein Blick nur freundschaftlich ist. Dass sein Blick erst warm, weich, liebevoll wird, als Mila auf ihn zugerannt kommt, als er Mila umarmt, als er Mila auf die Stirn küsst. Billie gibt sich fröhlich, tut beschäftigt, weist der Polizei armrudernd den Weg zu den beiden Leichen. Aber ich, mitfühlend wie ich bin, verspüre einen altbekannten Schmerz, einen fiesen Stich zwischen den Rippen, vorne links, da, wo das Herz sitzt.

Wie die Kriminalpolizei in Frankfurt am Main meldet, ist es vorgestern gelungen, dreiunddreißig Mitglieder eines international agierenden Zuhälterrings zu überführen und festzusetzen. Bei einer Razzia in mehreren Nachtclubs und Laufhäusern der Region wurden eindeutige Beweise sichergestellt. Der Kopf der Bande und ein weiteres Mitglied kamen Ende September bei einer Schießerei in einem Waldstück nahe der nordhessischen Gemeinde Neuenstein ums Leben, nachdem sie durch einen Verkehrsunfall auf der A 7 an der Weiterfahrt gehindert worden waren (wir berichteten darüber). Festnahmen beteiligter Personen und der Bericht von Augenzeugen haben unterdessen zum Ausheben des Rings geführt, dem die Staatsanwaltschaft neben Menschenhandel und Zwangsprostitution auch Mord in mehreren Fällen vorwirft. Erste Anhaltspunkte für die Mordanklage erbrachte die

Exhumierung einer Frauenleiche aus Darmstadt. Der Hausarzt der alten Dame hatte einen Herzinfarkt angenommen, die Obduktion ergab aber eine ins Zahnfleisch gespritzte Insulingabe als Todesursache.

Als Kollaborateure der Menschenhändler fungierten privat geführte Waisenhäuser in Osteuropa. Eindeutige Hinweise darauf verdankt die Kripo einem Siebzehnjährigen aus Bayern, der kürzlich von seinen Entführern schwersterkrankt nahe der ungarischen Ortschaft Hidekút ausgesetzt worden war.

Die von Opfern des Rings angezeigte Querverbindung zum angesehenen Martinushof in Darmstadt sowie zur Juventis GmbH lässt sich bislang nicht eindeutig bestätigen. Juventis, eine Tochterfirma des Reiseveranstalters Seasons, vermittelt seit Jahren im Auftrag mehrerer Städte und Landkreise schwererziehbare Jugendliche in Heime im In- und Ausland. Nach Angaben des Geschäftsführers Frank Hölzel sind bei den halbjährlichen Kontrollen der Anstalten keine Unregelmäßigkeiten aufgefallen. Fürsorgeamtsleiter Benjamin Baumann in Darmstadt sprach der Juventis GmbH und der Leitung des Martinushofs sein vollstes Vertrauen aus. Die Ermittlungen dauern an.

*

Da gehen sie hin. Er hat den Arm um ihre Schulter gelegt, dirigiert sie sanft durch eine rückwärtige Schleuse zum Rollfeld. Ich bleibe zurück und winke ihnen nach. Die Militärmaschine nach Athen startet in einer Viertelstunde.

Mila Nazarenko heißt jetzt Klara Bruss, denn als Kronzeugin im Ermittlungsverfahren gegen Wanjas Schergen wurde ihr eine neue Identität als Deutsche samt Perso, Pass und Krankenversicherungskarte zugebilligt. Nikos' Familie in Moschato hat sich bereiterklärt, Mila aufzunehmen und sich um eine gute Geburtsklinik zu kümmern.

Nikos hat seinen Rückflug schon gebucht. Sagt er. Doch ich fürchte, er kommt nur, um seine Zelte in Deutschland endgültig abzubrechen, wie er es ohnehin vorhatte. Er wird Mila heiraten. Das ist gut so, ledige Mütter dürften es nicht leicht haben in Griechenland. Und er wird bestimmt bald Arbeit finden, Männer wie Nikos werden immer gebraucht.

Ich lege den Arm um Billies Schulter, dirigiere sie sanft zur Besucherterrasse, von wo aus wir beobachten können, wie die Militärmaschine anrollt, abhebt und zwischen den Wolken verschwindet. – Ja, dieser piekende Schmerz in der Brust, der so ein Gefühl wie inneres Wundsein hinterlässt, ich kenne ihn gut. Mit sechzehn habe ich ihn schon einmal verspürt, als Flori Sommer aus der Parallelklasse am Morgen nach unserer ersten gemeinsamen Nacht verlangte, dass ich ihn meiner Freundin Sabrina vorstelle. Ein ganzes Jahr hat der Schmerz angehalten, und an jedem Tag, an dem ich die beiden auf dem Schulhof zusammen sah, schien die Wunde frisch aufzureißen. Aber Billie ist taff. Zwei, drei Wochen, dann hat sie ihre Enttäuschung verwunden. Und sich in einen anderen verknallt. Frederico vielleicht?

»Besser einen Pieks in der Brust als ein echtes Messer zwischen den Rippen«, sage ich.

»Oder eine Bleikugel«, sagt Billie und lacht. Sie wischt sich eine Träne von der Wange und wechselt das Thema: »Gut, dass die Staatsanwaltschaft Frank und seine Juventis GmbH wenigstens wegen Veruntreuung von Steuergeldern am Wickel hat.« Sie zieht ein dickes, silbrig glänzendes Armband aus der Manteltasche. »Ich finde, wir haben eine Belohnung verdient. Was schätzt du, wie viel bekommen wir für das Teil hier auf dem Schwarzmarkt?«

Ich traue meinen Augen nicht. Es ist Franks viereinhalbtausend Euro teurer Breitling-Chronograph. Sie lässt ihn um ihren Zeigefinger kreisen, als sei er ein Kinderspielzeug. Woher sie ihn hat? Ich frage erst gar nicht, ich ahne es: Als ich Frank nach dem Zusammenprall auf der Autobahn die Handfesseln gelöst habe, da hat sie zugelangt, einfach so. Und er hat sich nicht gewehrt, hat vor ihr gekuscht, der Drecksack. Trotzdem ist es Diebstahl. Meine Meinung.

»Ich behalte nicht alles, mindestens die Hälfte des Reingewinns schenke ich Jegor«, erklärt Billie.

»Na, dann … « Ich nicke beifällig. Jegor kann das Geld gut gebrauchen. Sein Praktikumsplatz ist futsch, jetzt droht ihm Hartz IV. Ich weiß ja, was das bedeutet.

Trotzdem ist Jegor glücklich, sehr glücklich, denn er hat seine Schwester wiedergefunden. Seine wirkliche Schwester. Sie heißt Milena Ossipowa, ist nicht bei Tante Tanjuscha, sondern bei einer liebevollen Pflegefamilie auf dem Land aufgewachsen. Heute wohnt sie in St. Petersburg und macht eine Ausbildung zur Tourismuskauffrau. Sie hat ihm eine Mail geschickt. Ganz ergriffen sei sie von der Nachricht, einen Bruder in Deutschland zu haben, so schreibt sie. Und lädt ihn zu Weihnachten ein. Ihre Familie freue sich, ihn kennenzulernen.

Ob ich Jegor eines Tages verrate, wer ich bin. Ihm sage, wie er zu seinen Brandverletzungen kam und was ich damit zu tun habe? Ich denke oft darüber nach.

»Er wird dir nicht gram sein«, glaubt Billie. »Schließlich hat er dich seither als seinen besten Kumpel erlebt.«

»*Du* bist sein bester Kumpel.«

»Ich will nicht streiten.«

Wir wenden uns zum Ausgang, denn ich bin in Eile. Heute Nachmittag habe ich einen Termin beim Psychologen. Mein Hausarzt besteht darauf, dass ich hingehe, weil er glaubt, dass ich sonst eine sogenannte posttraumatische Belastungsstörung entwickle. Im Ernst, das hat er gesagt. Total ahnungslos, der Mann. Vielleicht erzähle ich dem Psychomenschen alles. Von Anfang an. Auch von Jegor, von Nikos, von Mila.

»Von mir erzählst du aber nichts«, sagt Billie streng.

»Natürlich nicht. Wozu denn?«

»Ach Isa«, sagt sie mit einem wonniglichen Seufzer und schließt beide Arme um mich, »ich glaube, dies ist der Beginn einer wunderbaren Freundschaft.«

Das gibt's nicht. Klaut sie jetzt sogar die heiligsten Filmzitate!

Nachwort

»Zu Risiken und Nebenwirkungen dieses Romans lesen Sie bitte …«

Oh, sorry, das ist der leidige, juristisch notwendige Spruch zur Arzneimittelwerbung. Der zu fiktiver Literatur geht anders: »Namen und Handlung sind frei erfunden, jede Ähnlichkeit mit …«

Sicher muss ich auch diesen Sermon hier nicht zu Ende zitieren, Sie wissen Bescheid. Romane sind Phantasiegeburten, dieser ebenso.

Einerseits.

Andererseits haben Sie vielleicht in den letzten Jahren die ein oder andere Fernsehreportage gesehen, den ein oder anderen Artikel gelesen, in dem es um Geschäftemacherei mit Heimkindern ging. Auch wenn da nicht von sexuellen Übergriffen durch Heimleiter oder Aufseher die Rede war, sondern von »ganz gewöhnlichen« Schiebereien, die Folgen für die Betroffenen waren schlimm.

Stichwort Haasenburg. Ein Heimkomplex in der brandenburgischen Provinz machte 2012 und 2013 fortwährend neue Schlagzeilen. Mädchen und Jungen, die aus nicht immer ersichtlichen Gründen als schwer erziehbar gebrandmarkt waren, sollen dort von unqualifiziertem Personal teils vernachlässigt, teils schikaniert und misshandelt wurden sein. Den Steuerzahler kostete diese »Inobhutnahme« bis zu 10.000 Euro pro Kind und Monat. Frontal21 hatte diese Missstände aufgedeckt (siehe »Geschlossene Jugendheime – Geschäfte mit Schwererziehbaren«, Sendung vom 24. April 2012), das Presseecho war immens. – Sie ahnen es: Die Haasenburg hat bei meinen nordhessischen Fuchswald-Heimen Modell gestanden.

Stichwort Gelsenkirchen. Der städtische Jugendamtsleiter und sein Stellvertreter fungierten als Gesellschafter einer Firma namens Neustart Reszocializációs Kft, die verwaiste oder sozial-verwaiste deutsche Jugendliche in Ungarn unter fragwürdigen Bedingungen verwahrte. Die Herren genehmigten ihrer Privatfirma 5.500 Euro pro Kind und Monat aus öffentlichen Kassen. An den Transaktionen beteiligt war, so wird vermutet, ein katholisches Gelsenkirchener Kinderheim. Vor anderthalb Jahren deckte Monitor diese kuriose Geschäftsidee auf (siehe »Mit Kindern Kasse machen«, Sendung vom 30. April 2015). – Sie können es sich denken, dass mir die Story als Vorlage für die Machenschaften von Karolus Kaiser und seinen Freunden sehr nützlich war.

Ein grausiger Nebenaspekt bisheriger Recherchen ist, dass diese und ähnliche Skandale nur ans Licht gekommen sind, weil Verwandte, ehemalige Nachbarn und Lehrer keine Ruhe gaben und sich an die Medien wandten. Denn damit drängt sich die Überlegung auf, was mit all den Kindern geschieht, nach denen keiner fragt.

Ich gebe zu, ich habe mir da etwas Ungeheuerliches ausgedacht. Aber ist es abwegig anzunehmen, dass der organisierte Menschenhandel zuschlägt, wo es am einfachsten ist? Zum Beispiel bei Jungen und Mädchen, um deren Schicksal sich niemand kümmert? Ich überlasse die Antwort gerne Ihnen.

Gelsenkirchen ist kein Einzelfall. Ähnliche Griffe in die Trickkiste gab es schon anderswo. Bekannt geworden sind (ebenfalls durch Monitor) krasse Beispiele in Dorsten am Rande des Ruhrgebiets und in Wacken in Schleswig Holstein. Eine Studie des Instituts der Deutschen Wirtschaft lässt aufhorchen: Mit der zunehmenden Privatisierung der Jugendarbeit in Deutschland hat sich die Zahl der »Inobhutnahmen« während der vergangenen Jahre fast verdoppelt (von 26.000 Fällen in 2005 auf mehr als 48.000 in 2014), erst recht stiegen die Kosten dafür immens. Ein Schelm, wer Böses dabei denkt.

Und was ist mit Darmstadt, wo dieser Krimi spielt? Da mir wahrhaftig kein Fitzelchen eines Verdachts bekannt ist, habe ich das Jugendamt der Stadt nicht in diesen Roman hineingezogen. Deshalb habe ich der Stadtverwaltung ein zusätzliches Ressort angedichtet, ein »Fürsorgeamt«, in Deutschland ein Unikum, eher in der Schweiz verbreitet.

Apropos Darmstadt. Die südhessische Stadt, zwischen Frankfurt und der Bergstraße gelegen, ist natürlich nicht erfunden. Gibt es. Mitsamt den genannten Straßen, Plätzen, Parks, Stadtvierteln und umliegenden Ortschaften. Dem weltberühmten Hochzeitsturm sowieso. Auch viele der beschriebenen Läden und Gaststätten existieren real, zum Beispiel »Der goldene Schnitt«, wo Isa sich eine neue Frisur zaubern lässt, das Eiscafé Venezia, in dem Billie Frank Hölzel in Verlegenheit bringt, der Kletterwald am Böllenfalltor, in dem Jegor verfolgt wird und vieles mehr.

Was es dagegen nicht gibt: das Magdalenen-Krankenhaus, das Isa erst ausbeutet und dann ohne Anhörung rauswirft, den Waisen-Umschlagplatz Martinushof, das Null-Energie-Vorzeigeobjekt Elisabethenhaus mitsamt seinem korrupten »Jugendbeauftragten« und manches andere. Ja, auch das sympathische KeinZoff habe ich mir ausgedacht, weil ich den realen und sicherlich hochkorrekt arbeitenden Streetworkern der Stadt keinen unerlaubten Waffenbesitz, keine Einbrüche in Puffbüros und keine Entführung von Kirchenbediensteten andichten mochte.

Verwirrend? Dann nehmen Sie's als kleines Ratespiel, durchforsten Sie den Stadtplan, studieren Sie die Gelben Seiten, googeln Sie die Namen, und schon wissen Sie Bescheid. Kleine Hilfestellung: Alles Positive in meinem Roman ist real, alles Negative oder auch nur Anrüchige ist Fiktion. Eher umgekehrt als im wahren Leben.

Beim Erfinden und Verfassen meiner Geschichte haben mich viele Freunde und Bekannte unterstützt. Dafür danke ich allen ganz herzlich.

Zum Beispiel Christiane Dieckerhoff, Krimiautorin mit Ausbildung zur Kinderkrankenschwester. Sie hat mir all meine Fragen zu den Abläufen in einer Klinik beantwortet. Und das waren nicht wenige, denn ich habe – toi, toi, toi – nur selten eine von innen kennengelernt.

Auch Molotowcocktails sind nicht mein Spezialgebiet, nicht einmal die legendären 68er Varianten. Meine Krimikollegin Ria Klug wusste über Beschaffenheit und »Halbwertzeit« gut Bescheid. Ich habe vermieden, zu fragen wieso.

Ich lebe keine zehn Kilometer von Darmstadt entfernt, gehe dort regelmäßig shoppen, zum Arzt, ins Restaurant, zu Freunden feiern, und das seit über zwanzig Jahren. Doch reicht das, um meine Figuren trittsicher durch lauter verborgene und verbotene Winkel der Stadt zu führen? Echte »Heiner« (so nennen sich alle, die in der Stadt geboren und ihr bis dato treu geblieben sind) werden das entschieden verneinen. Und zwar mit Recht. Deshalb hat mich Klaus-Günther Hoffmann, ein besonders netter Heiner und ehrenamtlicher Sanitäter, kompetent und geduldig beraten. Jede Menge weiterer wertvoller Tipps und Hinweise zum Leben in Darmstadt stammen von Brigitte und Gerhard Schmitt.

Sehr knifflig wurde meine Recherche rund um die Spezialthemen: Wie durfte ich mir ein echtes Koma vorstellen? Wie sollte ich eine schwere Amnesie nachvollziehen? Wie, vor allem, konnte ich einen armen Teufel wie Jegor (beinahe) sterben lassen, als er in einer Intensivstation am Tropf hing? Hier verdanke ich Constanze Roseno, seit Jahrzehnten Krankenschwester in einer Intensivstation, alle krimitauglichen Details.

Weitere Fragen, an denen ich zu knabbern hatte: Was sollen Isa und Billie mit einer illegal eingereisten und abgetauchten Zwangsprostituierten wie Mila anfangen? Was passiert denn, wenn sie beim Darmstädter Frauenhaus um Hilfe bitten? Sind die Mitarbeiterinnen nicht verpflichtet, die Polizei zu informieren und damit Milas Abschiebung in die Wege zu leiten?

Barbara Akdeniz hat mich beruhigen können. Heute ist sie Sozialdezernentin, zuvor war sie jahrelang Leiterin des örtlichen Frauenhauses. Sie hat mir versichert, dass in solchen und anderen Fällen Diskretion gewahrt bleibt und eine vertrauensvolle Zusammenarbeit mit FIM (dem Verein »Frauenrecht ist Menschenrecht«) in Frankfurt anstünde. – Tja, Milas Problem wäre damit gelöst gewesen, meines nicht. Um meine Romanhandlung nicht vorzeitig enden zu lassen, musste Mila in Darmstadt bleiben und von meinen Hauptpersonen versteckt werden. Aus dem Grund habe ich ihr eine Frankfurt-Phobie angedichtet, die – soweit ich weiß – im südlichen Hessen gelegentlich vorkommt.

So viel zu den Inhalten. Nun aber noch zur Form, zum Stil, zum Duktus. Ja, auch unter solchen Aspekten brauchen Autoren ab und an Hilfe, denn einsam am Schreibtisch zu hocken macht leider betriebsblind. Da sind Kolleginnen und Kollegen, mit denen sich gut fachsimpeln lässt, ein großer Gewinn. Bei diesem Projekt haben mich vor allem die Krimiautorinnen Gudrun Lerchbaum aus Wien und Fenna Williams aus Wiesbaden mit entscheidenden Tipps unterstützt.

Noch mehr zu verdanken habe ich meinem wunderbaren Ehemann Fritz Theiss. Er hat mich bei sämtlichen Zwischenetappen dieses Romans bis zum druckreifen Ende mit viel Geduld begleitet. Und somit manches bis zu dreimal lesen müssen. Viele ebenso freundliche wie wertvolle Hinweise verdanke ich meiner ganzen wunderbaren Familie.

Last but not least danke ich Anette Kleszcz-Wagner für ihr sensibles und konstruktiv-kritisches Lektorat meines Manuskripts, das durch ihre Arbeit zweifellos sehr gewonnen hat.

Ella Theiss